LES GRIFFES DU PASSÉ

LES GRIFFES DU PASSÉ

FRANÇOIS DARRACQ

Éditions
Terre d'HistoireS

DU MÊME AUTEUR :

Splendor Veritatis, Slatkine, 2015.

www.francoisdarracq.com

Couverture : Studio City / Shutterstock

ISBN : 978-2-8246-1433-5
Code Hachette : 46 6165 5
Catalogues et manuscrits : city-editions.com/terredhistoires

Dépôt légal : Mars 2019

À la mémoire de Henrik Heegaard,
témoin attentif de la résilience
de l'Europe.

« Le sang se lave avec
les larmes et non avec le sang. »

VICTOR HUGO, *ACTES ET PAROLES*

1

— Dr Kluge ?

— *Ja* ?

— Police française, veuillez me suivre s'il vous plaît !

Chesny secoue la tête.

— Prends un ton plus ferme, Jean ! Plus « flic ». Ils ne comprennent que ça les Allemands, l'autorité. Surtout des types de son espèce. Montre-toi plus tranchant : *Dr Kluge ?... Sigmar Kluge ?* C'est bien d'ajouter le prénom, ça ressemble à un contrôle d'identité en règle. *Police !* – inutile de préciser « française ». *Suivez-moi !* Moins il y a de mots, plus c'est percutant.

Les autres acquiescent.

Martineau sort dans le couloir pour rejouer la scène. Il se présente à nouveau devant le compartiment, toujours flanqué de Bourquin et Bergeron légèrement en retrait, frappe avec force à la porte vitrée et procède cette fois-ci à une interpellation plus vraie que nature.

— Putain ! s'exclame Kowalski. J'ai l'impression de me retrouver en présence de sbires de la Gestapo. Vous faites froid dans le dos, les gars !

Ce point acquis, les cinq hommes passent en revue les différentes réactions possibles. Kluge obtempérant, Kluge résistant. Il faut aussi compter avec ses compagnons de voyage, susceptibles de se mêler à l'affaire, et avec son fils, devant le compartiment duquel on évitera de passer au moment de faire sortir le père. Ils minutent l'intervention pour qu'elle coïncide avec la courte halte du train à Châlons-sur-Marne.

De longs silences entrecoupent les phases de la répétition générale. Chacun prend le temps de considérer ce que telle ou telle variante implique pour le rôle qui lui a été assigné. Il faudra savoir improviser, bien sûr, mais la prudence recommande de faire preuve d'imagination avant, pour ne pas en manquer après.

Le passage du contrôleur ramène un instant les membres du commando à leur réalité de simples voyageurs.

Dès qu'il est ressorti, Paul Chesny répète son credo, comme pour empêcher que le souci des détails ne les déstabilise :

— L'effet de surprise jouera pour nous ! Ils n'auront pas le temps de se demander ce qui leur arrive que nous serons déjà descendus… Et s'il faut le sortir, je le sortirai.

Il dégage de l'intérieur de son veston la crosse d'un revolver. Personne ne lui pose de questions sur cette arme, où il se l'est procurée, si elle est chargée. Ils connaissent la détermination de Chesny. Aucun ne manifeste de réserves. L'opération requerra peut-être les grands moyens. Ils sont prêts à les employer.

Pour la suite, on en reste aux grandes lignes définies à Paris la veille au soir.

Chesny consulte sa montre.

— Il monte dans vingt minutes.

Il sort la photo de Kluge de la poche de sa veste, l'examine avec attention, puis la confie à Martineau. Cela fait huit ans que le visage de *Jésus* surgit dans leurs nuits de cauchemars, ils pourraient le dessiner de mémoire. La photo passe pourtant de main en main, comme un flacon de gnôle entre des camarades d'escouade sur le point de lancer l'assaut. Ils s'en rassasient une nouvelle fois la vue et la mémoire, pour être sûrs de sentir, au moment de le saisir par le collet, leur bras poussé par le dernier souffle de ceux qui sont restés à Buchenwald. La justice, enfin ! comme ils se l'étaient juré. Une justice simple et directe, authentique, qui éclatera au visage d'une France trop prompte à oublier.

Il n'est jamais trop tard.

2

Samedi 4 juillet

— Ils arrivent !

Marcel Rivier ferme la porte arrière de la mairie. La clef lui échappe des mains. Il doit s'y prendre à deux fois pour la placer dans la serrure, gêné par l'écran de fumée que sa cigarette forme devant ses yeux. En regagnant la gare située en contrebas de l'avenue Jaurès, il semble rebondir sur l'asphalte. La hâte l'empêche de maîtriser son pied aux fractures mal remises.

— Ils arrivent ! répète-t-il à mi-chemin d'une voix forte, sachant que sa première annonce n'a pas pu être entendue.

Cette seconde tentative, confirmée par son pouce levé visible de loin, provoque un « Ahhhh ! » collectif parmi la trentaine de personnes qui guette son retour. L'étroit rectangle d'ombre qu'elles occupent devant le bâtiment de la gare ne parvient plus à contenir leur impatience ; le réapprovisionnement régulier en eau peine à refroidir leur nervosité.

Un jeune homme se précipite dans le hall d'attente pour annoncer la nouvelle, qui soulage également l'autre moitié du groupe : les plus jeunes, dont l'agitation a fini par leur valoir le droit de s'asseoir par terre, et les plus âgés, qui se partagent les places sur les bancs trop courts.

Rivier leur confirme que l'autorail a quitté Châlons une demi-heure auparavant :

— Ils seront donc là dans quelques minutes.

Jacques Espingeon se lève.

— Parfait, alors mettons-nous en place ! dit-il en remettant son veston et en ajustant son écharpe tricolore.

Le comité d'accueil s'exécute, les conseillers municipaux et le proviseur du lycée en tête.

Avant de leur emboîter le pas, Espingeon se tourne vers Rivier, comme un général inquiet chercherait le regard de son lieutenant. Tout cela se prépare depuis des mois, mais dans une forme d'abstraction. Les dossiers s'accumulent en un nombre tel sur son bureau de maire, de sénateur et de conseiller général… Il reste persuadé, dans le cas présent, de s'engager dans la juste voie, celle qui prépare l'avenir. Mais l'initiative est osée, et la voir à quelques minutes de se concrétiser instille soudain le doute dans son esprit. Ont-ils préparé tout cela comme il faut ? Six jours, près de trente Allemands…

— Le fin mot de l'histoire, lui glisse Rivier à l'oreille, c'est que des douaniers zélés les auront plus retardés que la ligne Maginot !

Le maire éclate de rire – un bon rire propre à soulager ses hésitations.

— Après toi ! abrège-t-il sur un ton volontaire en invitant son adjoint à rejoindre les autres.

Cette minute de battement a suffi au groupe pour se mettre en place, sous l'œil exaspéré du chef de gare qui peine à faire respecter la marge de sécurité entre les rails et le quai devenu trop étroit. Le silence règne désormais dans les rangs des jeunes, comme au garde-à-vous.

— Ma parole, vous êtes plus disciplinés en vacances qu'en classe ! s'amuse René Dupré, leur professeur d'allemand.

Espingeon passe le comité d'accueil en revue : il a fière allure, comme la gare, ripolinée pour l'occasion grâce au concours d'un ami bien placé au sein de la SNCF. Leurs hôtes verront au premier coup d'œil qu'ils ne débarquent pas dans la cambrousse. Le journaliste du *Courrier de la Marne* doit être du même avis : il propose d'immortaliser le groupe depuis le quai d'en face. C'est cette photographie qui paraîtra le lundi à la une du quotidien, un large arc de cercle formant comme deux bras accueillants, devant une banderole tendue dans toute la longueur de l'auvent : « Bienvenue à Saint-Victor ».

Soudain, le klaxon du train se fait entendre au loin. Cet avertissement provoque un regain de raideur généralisé.

— Ça va aller les garçons ! lance Rivier au groupe de chanteurs, oubliant qu'il comprend aussi sa fille Claudine.

Elle lui jette un sourire mi-amusé, mi-inquiet. Ces encouragements sont à l'image des mille questions qu'il s'est posées durant toute la journée à propos du programme : superflus. Son père est agité, elle le sent, elle le voit. Elle le comprend. Elle sait que ça fait forcément remonter des souvenirs. Elle ressent l'envie soudaine de sortir des rangs – sa seule voix féminine serait de toute façon noyée parmi celle des garçons – et d'aller accueillir leurs hôtes en lui donnant la main. Mais à quinze ans, il y a des gestes qu'on ne s'autorise plus.

L'autorail pénètre enfin dans la gare de Saint-Victor-en-Champagne, avec plus d'une heure et demie de retard sur l'horaire officiel. Ce délai n'a visiblement rien ôté aux sourires enthousiastes des jeunes Allemands qui se bousculent aux fenêtres de leur wagon. Associé à cette image, le crissement des freins donne l'impression aux Victoriens qu'ils poussent de petits rires stridents d'excitation.

Le train s'arrête pile à l'endroit espéré. Lycéens et lycéennes en descendent les premiers, confiant leurs bagages aux deux cantonniers de la mairie qui les évacuent par le côté. Mais les jeunes Allemands obstruent vite la descente, intimidés par ces premiers pas en France au milieu de Français ; Dupré les invite, dans leur langue, à s'avancer.

Les adultes descendent à leur tour, un par un.

Marcel Rivier ne prête pas attention à la dernière personne qui se présente à la porte. Il y a du monde sur le quai, l'homme porte un chapeau et baisse la tête vers le marchepied. Et puis, comme tout le monde, Rivier tourne son regard vers la chorale dès qu'elle se met à entonner en allemand :

Auf ihr Freunde
auf und singt
bis es immer besser
immer besser klingt

Allons chers amis
Allons, chantez
Jusqu'à ce que ça sonne
Toujours mieux, toujours mieux

À la deuxième répétition, Dupré se tourne vers les jeunes Allemands et les encourage à imiter leurs camarades français. Ce qu'ils font de bon cœur. De part et d'autre, on joue rapidement à qui mieux mieux, pour que ça sonne non pas plus juste, mais plus fort… Lorsque les jeunes commencent à s'égosiller, Dupré juge opportun de mettre fin à la partie.

Des applaudissements enthousiastes retentissent. Le maire de Saint-Victor se fraie un passage vers son homologue pour une longue et chaleureuse poignée de main. Elle dure plus encore à la demande du photographe, qui cherche le meilleur angle pour illustrer son reportage.

Sans lâcher la main du *Bürgermeister*, Espingeon annonce à la cantonade qu'ils sont tous attendus à la mairie pour l'apéritif où il sera plus commode de faire connaissance.

Rivier rejoint Espingeon et le maire allemand, qu'il salue à son tour. Mais il s'en tient là, pour ne pas perturber l'élan de la masse qui se met en branle. Il manque ainsi une nouvelle fois de croiser le regard de cet homme qui se tient à l'écart, parmi les conseillers municipaux de Riedenfeld.

Le silence intimidé qui règne dans la colonne sur le court trajet entre la gare et la mairie se rompt dans la salle de mariage. Le décor de lustres et dorures déclenche quelques « *wie schön !* » prononcés à voix basse. Les exclamations retentissent lorsque se dévoile à leurs yeux une mise en scène de l'art de vivre et de l'apparat « à la française ». Sur une table placée au pied de l'estrade se dresse une pyramide de coupes à champagne superposées ; elle est flanquée, aux quatre angles, de majestueux jéroboams.

Jacques Espingeon invite alors son homologue à monter sur l'estrade ; Dupré les rejoint pour assurer la traduction du discours en allemand.

— Chers enfants, chers amis de Riedenfeld ! commence le maire, vers lequel se tournent tous les visages. Nous avions prévu un goûter, ce sera finalement un apéritif ! Mais qu'à cela ne tienne, il n'y a pas d'heure chez nous pour remplir les coupes de champagne… Ne tenons donc pas rigueur à nos douaniers d'avoir retardé cette rencontre tant attendue : il faudra peut-être encore un peu de temps aux autorités françaises pour supprimer, comme vous l'avez fait pour nous, l'obligation de visa d'entrée. Les mentalités, nous le savons bien, évoluent à un rythme lent, et l'administration s'inscrit souvent dans leur sillage. Mais un jour, j'en suis convaincu, ceux qui perpétueront l'amitié entre nos deux villes passeront tout droit sans s'arrêter, et souriront à l'idée même qu'il y ait eu une frontière entre nos deux pays.

Parce qu'il tient à ce que sa pensée puisse être transmise à ses hôtes avec précision ou pour être compris des lycéens allemands, Espingeon articule chaque mot, ce qui ralentit singulièrement son débit habituel.

— Fariboles ? Je prends à témoin nos écoliers ici présents, vous tous qui, Allemands ou Français, avez étudié l'histoire de Charlemagne. Vous en conviendrez : lui aussi aurait déploré qu'un jour son empire fût divisé en États séparés par des frontières, n'est-ce pas ? Ce qui était possible il y a mille ans peut et doit le redevenir. Mais je ne vous propose pas, Dieu nous en garde, de retourner au Moyen Âge ! Je vous parle d'avenir.

Il y a une trentaine d'années – vous n'étiez pas nés, mais ça ne remonte pas si loin –, je me souviens que deux grands hommes d'État, Aristide Briand du côté français et Gustav Stresemann du côté allemand, ont reçu le prix Nobel pour leurs efforts conjoints en faveur de la paix. Et je me rappelle l'émotion que ce moment a fait naître en moi. Ces deux hommes, malgré le passé douloureux que vous connaissez, faisaient le pari d'une réconciliation. Mais pas d'une simple réconciliation dans les gestes, qui ferait se serrer la main comme après un match de football. Ils avaient en tête que l'avenir pour nos deux peuples passerait par un destin commun, inscrit dans une sorte de fédération d'États d'Europe dont nos deux pays constitueraient pour ainsi dire la colonne vertébrale. Quelle magnifique idée ! Des États-Unis d'Europe !

Le voyant sur le point de s'emporter dans des tournures emphatiques, Dupré interrompt le maire en lui mettant la main sur l'avant-bras. Ce geste suscite quelques rires étouffés chez ses administrés, qui connaissent l'orateur. Espingeon s'arrête de bonne grâce. Comme les auditeurs d'outre-Rhin écoutent l'interprète avec un plaisir manifeste, il veut croire que son discours est rendu avec tout le soin requis.

— Cette idée d'États-Unis d'Europe, reprend le maire, n'est pas morte avec la nouvelle catastrophe qui nous a touchés – et là, jeunes gens, vous n'ignorez pas de quoi je parle, car vous l'avez tous vécue.

Elle n'est pas morte. Au contraire, elle est revenue avec plus de force encore. La création, il y a deux ans, de la Communauté européenne du charbon et de l'acier en est la reprise plus ambitieuse. Elle fait naître un nouvel espoir. M. Schuman l'a dit : elle doit rendre à l'avenir un nouveau conflit *impensable*, parce que nos intérêts économiques sont ainsi liés de manière indissoluble. On parle maintenant d'une communauté de défense au sein de l'Europe avec la CED, que la France ne tardera pas à ratifier, j'en suis sûr. On évoque même la possibilité de créer une monnaie commune en Europe de l'Ouest…

C'est bien, personne n'en disconviendra. Mais cela ne suffit pas ! C'est moins dans le monde minéral, les uniformes ou les billets de banque qu'on trouvera l'union, que dans les cœurs… La *concorde* !

J'aimerais que, dans leurs futurs livres d'histoire, vos enfants et petits-enfants apprennent qu'en ce mois de juillet 1953, un autre pas décisif a été accompli dans ce sens. Non par le haut, par les chefs d'État ou de gouvernement, mais à votre échelle, avec votre enthousiasme, avec vos regards neufs.

Vous êtes les pionniers d'un monde nouveau, et nous autres, adultes, sommes là en soutien – n'est-ce pas, *Herr Bürgermeister ?* –, pour vous aider à créer ce que nous n'avons pas réussi à bâtir nous-mêmes.

Je sais, jeunes gens, que vous vous êtes déjà envoyé quelques lettres grâce à vos professeurs respectifs, MM. Dupré et Wohllieb, que je salue et remercie vivement au passage. Maintenant, nous allons tous pouvoir faire plus ample connaissance pendant ces six jours d'échange qui, j'en suis sûr, en appelleront bien d'autres.

À notre avenir commun ! Buvons à l'amitié entre Riedenfeld et Saint-Victor !

Une salve d'applaudissements, comme cette salle en connaît lors des grands mariages, retentit avant même que Dupré ait pu traduire les dernières phrases. Il s'en abstient, voyant que les hôtes ont saisi l'essentiel. Du reste, les préposés au service s'attellent déjà, sur signe du maire, à défaire le muselet des bouteilles géantes. Lorsqu'ils s'en prennent aux bouchons, les Allemands arrêtent soudain d'applaudir et se couvrent les oreilles en rentrant le cou. Passé la seconde d'étonnement, cette réaction provoque un éclat de rire général chez les Français. Les quatre jéroboams sont bientôt ouverts, sans autre explosion que celle admise par les canons champenois : le simple souffle caressant de la décompression.

Les bulles du précieux liquide chassent les appréhensions qui obstruent les gorges. À l'initiative de quelques meneurs, les deux groupes de jeunes se mêlent, et le niveau sonore monte d'un cran.

Mais au répertoire des salutations vite épuisé succède un hoquet de rires gênés. Moins entre garçons, au demeurant, qu'entre filles et garçons. Pour les élèves de M. Dupré, se retrouver en face d'une classe mixte constitue déjà un événement en soi. La perspective que huit Allemandes soient reçues dans des familles de garçons a fait jaser. Avant l'heure du choix des correspondants, les fiers à bras avaient clamé dans la cour du lycée leur intention de « tâter de la Teutonne » à domicile ; placés maintenant devant l'objet de leur fanfaronnade, en présence de leurs parents pour nombre d'entre eux, ils ne sont plus que rouge aux tempes et gestes empruntés. Seul Maxime ose esquiver la main tendue par sa correspondante pour l'embrasser sur les joues. Son geste héroïque ne passe pas inaperçu... D'autant que la jeune Allemande, voyant son hôte revenir à la charge pour une seconde bise aussi inattendue que la première, se penche d'un coup maladroit qui fait s'entrechoquer légèrement leurs têtes.

Claudine Rivier, pour sa part, a l'impression d'accueillir une vieille connaissance. Les lettres échangées avec Ingeborg au cours des trois derniers mois ont établi entre elles un début de complicité. Le bon niveau de français de la jeune Allemande a permis à la rubrique « Mes goûts et mes loisirs » de s'étoffer au-delà des lignes convenues. Constatant l'écart de niveau dans leur premier échange, Claudine avait mis dès lors les bouchées doubles pour s'améliorer en allemand. Un petit goût de revanche l'y avait aidée, puisqu'elle ne devait sa place dans le groupe d'accueil qu'au rôle joué par son père dans cette entreprise : Mlle Zink, sa professeur d'allemand, avait opposé un refus catégorique à l'idée de faire participer sa classe de filles à l'échange. Les démarches conjointes de Rivier et du proviseur pour la faire changer d'avis s'étaient heurtées à un mur. Alsacienne et communiste, elle soutenait avoir deux bonnes raisons de ne pas s'associer à cette... « initiative ».

Au milieu de cette forêt de corps raidis par l'embarras, les deux demoiselles se signalent ainsi par la spontanéité de leur conversation.

De son côté, Marcel Rivier invite les accompagnateurs bavarois à monter avec lui sur l'estrade pour procéder enfin aux présentations. Il renonce à sortir de sa poche la liste des noms transmise en avance par la municipalité de Riedenfeld : à l'aide de deux-trois mots d'allemand et surtout de quelques gestes parlants, il signifie aux hôtes et aux notabilités locales qu'ils peuvent se présenter les uns aux autres librement.

On se salue dans un ballet rythmé par les « *willkommen !* » des Français et les « merci beaucoup ! » des Allemands. Chacun s'efforce de retenir le nom de son vis-à-vis du moment, tout en songeant que la lecture de la liste après la cérémonie sera utile à rafraîchir les mémoires. On prête moins attention aux noms, du reste, qu'on n'observe, avec cette émotion paradoxale de revoir des gens qu'on n'a jamais vus. Entre deux hochements polis, on se scrute mutuellement le visage. À quoi ressemble une tête d'Allemand *vraiment* amical ? Les sourires français gardent-ils trace de l'humiliation de 40 ? À chaque poignée de main, les mêmes questions traversent les esprits, comme s'il s'agissait d'évaluer d'emblée les chances de succès du présent séjour et du jumelage à venir.

Lorsque Rivier tend le bras au dernier de la file et croise enfin son regard, son sourire et ses pensées se figent.

— Sigmar Kluge, enchanté ! annonce l'Allemand.

Rivier sent sa main mollir dans celle de son interlocuteur. Il balbutie son propre nom. Il ne peut détacher les yeux de ce visage pendant les interminables secondes de ce premier contact, que le tintement énergique de la coupe à champagne d'Espingeon interrompt fort heureusement.

— Merci monsieur le Maire ! lance le *Bürgermeister* d'une voix forte, pour prêter secours aux « chut ! » qui montent de la salle. Je vais essayer de vous parler en français. Je vous demande d'excuser ma mauvaise langue... J'ai pris un papier pour vous lire, car c'est un moment très secouant.

Du beau discours prononcé par le Dr Wegenrein, Marcel Rivier ne perçoit que des bribes. Il ne focalise plus son attention que sur ses poumons, qui rechignent à aspirer l'air ambiant, de plus en plus chargé de chaleur et d'humidité. Il aurait donné cher pour inhaler une bouffée d'oxygène frais. Il accroche son regard tantôt à une moulure du plafond, tantôt à un lustre, dans un effort vain de procurer un point d'appui à son esprit. Les murs se mettent à ondoyer. Des mots flottant dans cette atmosphère étouffante – « paix », « amitié », « avenir » – agressent ses tympans. Il mobilise tout ce qu'il trouve de ressources en lui pour ordonner à ses jambes, à sa nuque et à ses épaules de se redresser. Puis la lutte se déplace sur le terrain nébuleux de sa conscience. Un sentiment de culpabilité assiège soudain sa tête. Il tourbillonne. Un voile noir obscurcit petit à petit sa vision. Il entend en lui l'écho très lointain d'un pathétique « Tu vas tout foutre en l'air ! », pas assez fort toutefois pour créer ce sursaut qu'il appelle de toute sa volonté. De son regard obscurci, il balaie l'assistance en contrebas, à la recherche des yeux de sa fille, comme un ultime secours. Il n'a pas le temps de les trouver qu'il s'effondre au beau milieu de l'estrade.

*

Le Dr Girod retire le brassard. Il prend quelques notes dans un carnet.

— Votre tension est un peu haute, mais rien d'anormal.

En réfléchissant aux causes possibles de la syncope, il

laisse ses yeux parcourir le corps allongé de son nouveau patient. Rivier vient de lui apprendre qu'il n'a pas consulté de médecin depuis des années. Girod ne s'en est pas étonné. Depuis qu'il le connaît – cela remonte à la campagne pour les élections municipales de 1947 –, il a toujours considéré Marcel Rivier comme un homme en bonne forme pour un ancien déporté. Un peu trop mince peut-être, mais cela cadrait bien avec sa nature énergique, voire nerveuse. Sa forte consommation de tabac ne l'aidait pas non plus à prendre du poids avec les années. Actif comme il l'était au service de la collectivité, le premier adjoint ne devait guère être du genre à s'écouter, et encore moins, par conséquent, à se rendre chez un praticien. Là, bien sûr, Girod remarque que les yeux bleus de Rivier paraissent moins vifs, et ses joues plus creusées que d'habitude. Mais le médecin n'y voit aucun signe alarmant.

— Un simple malaise vagal, conclut-il. Il fait très chaud, il y avait du monde, de l'émotion, et ça suffit parfois pour nous faire tourner de l'œil. Vous en êtes quitte pour une belle bosse.

— Je m'en veux surtout d'avoir gâché cette cérémonie ! Le maire allemand a dû croire que son discours était en cause…

Assise sur le bord du lit, Claudine lui saisit la main.

— Tu es quasiment tombé dans ses bras, Papa. Il semblait surtout embêté de ne pas t'avoir retenu comme il l'aurait souhaité.

— Bon, en même temps, ce n'est pas mal joué de ma part que de vouloir commencer par de grandes embrassades, non ?

Sa plaisanterie sonne faux à ses propres oreilles. Il sent sa tête peser lourd sur son oreiller. L'image fixe des yeux de l'Allemand continue d'imprégner sa rétine.

Espingeon frappe quelques coups sur la porte ouverte de la chambre à coucher.

— J'entends que notre adjoint a repris ses esprits, et même son esprit ! Comment te sens-tu ?

— Ça va mieux, merci Jacques. Mais tu les as laissés seuls, il ne fallait pas ! Les Allemands, qu'ont-ils dit ?

— Ils ont pu constater que tu reprenais conscience. Ils ont été rassurés.

— J'ai jeté un froid, ça me contrarie énormément !

— Rassure-toi, la cérémonie touchait à sa fin. Je viens de déposer Wegenrein et les conseillers municipaux chez moi. Ils ne paraissaient pas mécontents, après une telle journée, de pouvoir enfin aller se rafraîchir au calme.

Le Dr Girod prend congé. Claudine le raccompagne.

— Alors, mon pauvre vieux, qu'est-ce qui t'arrive ? s'enquiert le maire avec une mine incrédule.

Ses yeux grands ouverts arrondissent encore son visage tout en chair de bon vivant. Rivier a l'impression de voir penchée sur lui une réplique de montgolfière, large au sommet, pointue en bas ; la barbichette cendrée d'Espingeon la prolonge comme une nacelle qui aurait pris la poussière. Les traits du maire, en contre-plongée, forment une image insolite.

Le visage anguleux de Sigmar Kluge lui revient comme un flash.

Arrête, Marcel !

— Je n'en sais rien, répond Rivier en allongeant la mâchoire pour mieux feindre la perplexité. J'ai dû prendre un coup de chaud.

— C'est vrai qu'on a rarement connu pareille chaleur !

Le maire s'empare d'une chaise pour s'y laisser fondre.

— Bon, eh bien, ça s'est parfaitement passé, même si tu as déclaré forfait avant la fin ! lance-t-il avec un sourire taquin. Ils sont ravis de l'accueil qu'on leur a réservé.

— Je n'ai rien saisi du discours de Wegenrein, regrette Rivier.

— Les mêmes idées que les miennes, à peu près, avec un « tcharman' agzen' » qu'on avait presque oublié... Je vais lui demander son texte, ce serait bien qu'on le publie dans notre prochain bulletin municipal. Ça calmera les pisse-vinaigre !

Espingeon se met à caresser les poils de son bouc.

— Ils sont venus avec un cadeau... Un jeune chêne. Une variété bavaroise. Il va falloir le planter quelque part...

Ce « quelque part » en suspens appelle les suggestions de Rivier à la rescousse. Il fait un effort pour remettre ses neurones en état de marche. Devant l'hôtel de ville, place Alsace-Lorraine ? Ambigu vis-à-vis des Allemands. À proximité du monument aux morts ? Certains ne manqueraient pas de hurler à la provocation. Derrière l'église de la Madeleine ? Ce serait donner un sens religieux à un symbole qui n'en a pas besoin. Aménager un tertre sur une place existante, éventuellement la rebaptiser en l'honneur de ce jumelage naissant ? Prématuré, et surtout compliqué : il faudrait à nouveau en discuter au conseil municipal, les opposants auraient encore beau jeu de pousser des cris d'orfraie.

— Devant le lycée ? propose Rivier.

— J'y songeais aussi, même si cette solution ne me satisfait pas totalement. Ils pourraient considérer qu'on cherche à limiter nos relations à des échanges scolaires.

— Tout est dans l'emballage. Si tu nous sors quelques belles formules dont tu as le secret, ils trouveront ce choix judicieux. À mon sens, le symbole n'est pas galvaudé, on reste dans la droite ligne de ce que vous avez souhaité, toi et Wegenrein : transmettre le témoin aux nouvelles générations.

Le maire opine d'une rafale de hochements. En écarquillant les yeux, signe qu'il compose déjà son intervention et imagine la séquence des événements.

— On demandera aux jeunes de le planter demain après la messe, décide le maire, en voyant Claudine revenir dans la chambre. Est-ce que ma filleule accepterait la délicate mission de manier la pelle et l'arrosoir, demain au sortir de la messe ?

Informée du projet, Claudine se dit ravie de contribuer à un « plan vachement bien ».

— « Un plan vachement bien ! » répète Espingeon en secouant la tête. Le goût de la belle langue se perd chez les jeunes, décidément… Tu aurais pu dire : une initiative remarquable, une cérémonie excitante, que sais-je ?

— *Okay, okay,* répond-elle avec un air espiègle. Ton truc terrible, quoi !

Le rire d'Espingeon retentit dans la chambre, spontané comme il peut l'être lorsqu'ils se retrouvent tous les trois. En présence de Thérèse, son épouse, l'humour a certes droit de cité, mais dans le périmètre de ce qu'elle appelle « les bonnes manières ». Un espace un rien étroit dans son esprit, Espingeon doit bien l'admettre, même s'il vénère sa femme. L'amitié qui le liait à Rivier depuis dix ans déjà s'était muée en lien indéfectible avec l'arrivée de « la petite ». Elle n'en est plus une, bien sûr. Mais il veut le croire et la traite comme telle, ce qui accentue son côté délicieusement rebelle. Sa filleule ! La fille que Thérèse ne lui a pas donnée, en somme. Il a trois fils… Peut-il la blâmer ?

Claudine aussi rit de toutes ses dents. Son père se force à l'imiter, même s'il sait les siennes jaunies par la nicotine et la caféine. Il veut les rassurer tous les deux sur son état. Il s'en voudrait beaucoup de contrarier l'enthousiasme de sa fille, qui attendait la venue des Allemands, et surtout d'Ingeborg, avec une impatience grandissante depuis des semaines. Mais le cœur n'y est pas, il s'est remis à battre fort. Il le picote de manière très désagréable. Il s'en inquiète, mais n'en dit rien.

— Thérèse doit m'attendre avec le rouleau à pâtisserie, je file ! annonce Espingeon.

Il embrasse Claudine sur une joue en lui recommandant de bien s'occuper de son père.

— Un maire sans bras droit, ce n'est plus un empereur, c'est un manchot ! lance-t-il à l'adresse de Rivier en lui appuyant affectueusement sur l'épaule. À demain, mon cher, au son du clairon !

*

Du crépuscule à l'aube, volets ouverts – il ne les ferme jamais la nuit, mais regrette bientôt ce principe intangible –, Marcel Rivier a tout le temps d'observer les nuances que la faible lumière jaune de l'éclairage public produit sur le papier peint de la chambre de sa fille. À force de les contempler, les centaines de petites violettes au mur lui apparaissent bien niaises. Et même d'une densité oppressante. Il décide qu'il profitera de l'été, dès le départ des Allemands, pour changer cette parure d'avant-guerre, défraîchie et démodée. Claudine aurait pu le lui demander avant.

Elle a cru bien faire en insistant pour qu'il dorme en bas : l'épaisseur des murs préserve encore sa chambre de la fournaise, il n'en récupérerait que mieux. Il s'est laissé convaincre, materner même durant la courte soirée… Elle a préparé le dîner, procédé au réaménagement des chambres avec l'aide d'Ingeborg et même incité son père à aller se coucher tôt. Elle éprouve du plaisir à s'occuper ainsi de lui. Il ne s'est pas senti le droit de l'en priver. Il est toutefois resté sans illusion sur la qualité de la nuit à venir. Chaleur ou pas, son cerveau, lui, était en ébullition, quoi qu'il n'en ait rien montré.

Face à lui-même, maintenant, rien ne sert de donner le change. Compter les violettes au mur n'est d'aucun secours.

Rivier tente d'en sourire. Si ce M. Kluge savait l'effet de son aimable poignée de main…

Il se frotte le visage avec énergie, dans l'espoir d'échapper encore au traquenard que lui tend sa mémoire.

Sigmar Kluge. Quelle ressemblance possible entre ce monsieur en complet-veston et le sadique en uniforme ? Entre cette tête à la chevelure ondoyante – il la revoit avec une étrange netteté, malgré la brièveté du premier contact –, et le crâne entretenu à la tondeuse qu'on devinait sous le képi du tortionnaire ? Kluge porte des lunettes ; « Jésus » n'en avait pas. Voilà un premier argument solide.

« Jésus ».

Un surnom inventé par Paul Chesny. Pour rire. Pour en rire. Un humour de communiste. « Jésus », pour nommer l'Antéchrist, en fait. Rivier mesure, en y repensant, ce que cette image traduisait du besoin inconscient de s'agripper à des repères religieux quand le sol se dérobe à ce point. Même sous les pieds d'un « rouge » parfaitement athée.

Kluge – Jésus : comment a-t-il pu associer ces deux visages, puisque le réflexe de survie le plus élémentaire commandait de baisser les yeux dès qu'on risquait de croiser le regard d'un SS ? « *Mütze ab !* », le bonnet prestement ôté, on regardait ses sabots plats, en espérant s'épargner un coup de cravache. Ces trois syllabes vociférées, « *mü-tze-ab* », résonnent à nouveau dans sa tête. On ne se le faisait pas dire deux fois. Un seul rappel valait parfois pour l'éternité.

Pourtant, c'est vrai – il doit l'admettre même si cela va à l'encontre de ce qu'il cherche à se faire dire –, Rivier l'avait vu droit dans les yeux, Jésus… Ce salaud qui s'installait sur une chaise les dimanches de 44 pour résoudre les problèmes de surpopulation dans les baraquements. Ce n'était pas le Jésus de la Rédemption, c'était celui de l'Apocalypse qui s'amusait à rendre le jugement dernier. « *Rechts !* », « *Links !* ». Les centaines de gars du Block 63 qui trottinaient devant lui en file indienne se rangeaient à droite ou à gauche suivant l'instruction. Ou alors il brandissait sa badine comme un chef d'orchestre sa baguette : selon le « temps » marqué par le *maestro*, on se retrouvait dans l'un ou l'autre groupe. Il poussait le sadisme jusqu'à changer, d'une fois sur l'autre, la direction de l'abattoir ; un dimanche à droite, deux dimanches à gauche, sans logique. Bien malin celui qui pouvait, dans la file d'attente, deviner à quelle masse de loques humaines il valait mieux être affecté.

Marcel Rivier se couvre du drap, frissonnant malgré la température. Il met fin au tremblement de ses mains en les coinçant entre le matelas et ses lombaires. Il est en revanche sans secours pour calmer le reste de son corps. Sa respiration, qu'il tâche pourtant de maîtriser, se fait saccadée. La machine du souvenir est maintenant actionnée, malgré lui ; et lorsque sa mémoire émerge ainsi de la cave sombre et silencieuse dans laquelle il la maintient tant bien que mal depuis huit ans, rien ne sert de tenter de l'y renvoyer. La force du monte-charge fait sauter les verrous de sécurité, et toute la cage en est ébranlée.

Il avait bien croisé son regard, là-bas. Et pas qu'une fois. Combien de dimanches ? Il est incapable de le dire. On ne comptait pas, à Buchenwald, dans aucun sens du terme. On grappillait le temps comme on recueillait au sol la moindre miette de ce qui semblait comestible. Face à Jésus, ces dimanches-là, tous avaient conscience de participer à une partie de roulette russe. Rivier se revoit rassembler ses dernières forces pour se redresser, à chacune de ces occasions. Et regarder un instant la mort droit dans les yeux, à moins de deux mètres, comme pour la convaincre qu'il ne lui appartenait pas encore totalement.

Le même épisode, toujours le même, du moins dans son souvenir.

Il fixe Jésus du regard, pour le persuader de le laisser encore survivre en enfer, le convaincre que ses bras et sa tête possèdent encore la force de se rendre utiles pour l'accomplissement de leurs tâches inutiles. Pas de regard d'imploration, surtout pas. Pitié égale péché capital dans la tête du SS. Non, Rivier s'empêche, face à lui, de penser à sa femme et à sa fille, ses seules raisons de tenir. Il faut transmettre un autre message. Ne surtout pas boiter à ce moment-là. Raide, intrépide, résolu, comme un SS.

C'était insensé ! Jésus aurait très bien pu prendre son attitude pour une bravade et l'envoyer simplement au rebut, comme tant d'autres. Pourtant, le stratagème avait fonctionné… Peut-être aussi ne fallait-il y voir que de la chance, répétée. Mais Rivier entretient volontiers l'idée que cette action, même insignifiante, a contribué à l'extraire de la géhenne. L'idée qu'une once d'influence humaine ait pu le détourner d'une mort certaine joue le même rôle qu'un mythe héroïque dans l'histoire d'un peuple émancipé : elle aménage un espace à la volonté. Et Rivier y tient. Mais il oublie de se rappeler que c'est peut-être bien cette forme de résistance qui lui a valu un traitement spécial de la part de Jésus. Et de le voir de tout près…

Le visage de Georges Bernardot se fraie un passage dans la bousculade de ces souvenirs.

Rivier s'empresse de plier sa pensée dans la direction de son raisonnement initial. *Tu divagues, mon pauvre !*

En définitive, peut-il vraiment dire qu'il se souvient du visage de Jésus ? Ce moment suspendu du regard croisé n'était qu'une simple addition d'instants fugaces ! Il serait incapable de décrire ses traits. Le canon d'un fusil qui vous tient en joue ne laisse comme image qu'une béance noire. Comment peut-il croire le reconnaître dans un contexte aussi différent, à Saint-Victor, neuf ans après les faits ?

Tu nages en pleine confusion, c'est clair. Arrête, maintenant...

La seule statistique doit lui ouvrir les yeux – ou plutôt lui permettre de les fermer enfin : un homme, un seul, sur trente millions de mâles allemands, ça fait quelle probabilité de tomber sur le même salopard ? Combien de *SS-Totenkopf* durant la guerre ? Combien de survivants possibles à leur propre horreur ?

Il a bien vu comment les Allemands se sont fait casser la gueule en 1945... Et Nuremberg ? Et les procès d'épuration ? Jésus n'a pas pu échapper à une justice ou à une autre ! Et les suicides ? Beaucoup ont certainement préféré suivre l'exemple de leur *Führer* ou de Himmler plutôt que de devoir rendre des comptes. Et quand bien même l'impensable se serait-il produit : ce sadique aurait retrouvé l'air pur à Riedenfeld, tel un crocus au dégel ? Se serait présenté aux élections – ce qui impliquait donc de s'exposer ? Se serait fait élire comme si de rien n'était ? Les choses avaient quand même dû changer dans l'Allemagne dénazifiée par les Alliés, dans l'Allemagne d'Adenauer... Et puis, dans les petites villes, on n'élit que des gens du coin, dont on connaît le passé.

Invraisemblable, impossible... ridicule, même ! Les adjectifs s'entrechoquent dans l'esprit fébrile de Marcel Rivier. Il achève de s'en convaincre : si les Allemands fermaient vraiment les yeux sur le passé, Jésus ne courrait en revanche pas le risque de venir dans un pays où des milliers de survivants à son mouroir pourraient le reconnaître.

Des gars comme moi ! Vivants comme moi...

Une impression fugitive, dans l'atmosphère particulière de la veille, ne pouvait prendre le pas sur ces vérités. Il s'est laissé gagner par l'émotion, le Dr Girod a vu juste. Tout le monde souffre de la chaleur. Qui peut mettre sa défaillance sur le compte d'autre chose ? Lui-même ne doit pas aller chercher l'explication ailleurs : un coup de chaud, couplé à l'émotion, a simplement perturbé ses sens.

Il se félicite d'être parvenu à cette sage conclusion. Fallait-il vraiment que ces choses remontent à la surface au premier prétexte ?

Il tente une nouvelle fois de laisser tomber ses paupières. Les yeux de Jésus ont disparu. Pour mieux laisser la place à ceux de Georges Bernardot.

Machinalement, Rivier se frotte les narines. Il hume ses doigts, en réalité. Il se le reproche aussitôt. Il espérait s'être débarrassé de cette manie. Il plisse le nez. Les relents de chiasse y sont revenus.

La panique le gagne.

Il se lève et s'empresse d'allumer l'une de ces cigarettes qu'il roule en avance, pour les cas d'urgence. Il inspire à plein nez les premiers panaches de fumée sortis de sa bouche, tentant ainsi d'anesthésier, quelque part dans ses sinus ou au-delà, les récepteurs à l'origine de cette supercherie. Mais la manœuvre échoue. Il passe ses dix doigts, les uns après les autres, au-dessus de la cigarette. Ils sentent toujours. Et plus il les renifle, plus il pense à Georges. Il déniche dans la salle de bains une lime qui appartient à Claudine. Il rabote avec application les ongles de ses mains fines de comptable, jusqu'au point où la corne adhère à la peau. Il savonne ensuite le tout. Énergiquement. Dans toutes les ridules, dans chaque recoin, avec toute la minutie dont il est capable. En vain. Il remet le haut de son pyjama et descend à l'établi. Même plusieurs rincées d'essence de térébenthine ne viennent à bout de l'odeur.

Rien n'y fait.

La puanteur habite sa tête.

Comment ai-je pu en arriver là ?

Des années d'efforts s'évanouissent sous ses yeux. Il a l'impression de ne pas se reconnaître. Il se sent assiégé par les fantômes d'un passé révolu. Révolu, parce qu'il lui semblait, depuis trois ou quatre ans, leur avoir tourné le dos pour de bon. Les voilà qui pénètrent à nouveau, sournoisement, dans la zone d'exclusion.

Commence par arrêter de les inviter, imbécile !

Durant les heures qui suivent, il se tourne et se retourne sur son lit trop chaud dans un corps-à-corps inégal avec lui-même. Des jurons d'impuissance résonnent régulièrement dans la pièce jusqu'aux premières lueurs de l'aube. Il a beau s'invectiver, il reste sourd à ses propres injonctions.

Jusqu'au petit matin, il espère que l'étourdissement de ses cogitations ténébreuses va finir par engourdir son crâne et lui faire baisser pavillon. À défaut de sommeil réparateur, il compte sur un répit, propre à remettre de l'ordre dans sa tête. Mais rien n'y fait.

3

Dimanche 5 juillet

Sur le parvis de l'église Saint-Roch, dans la douce atmosphère matinale, les mines paraissent plus fraîches que la veille au soir. Arrivé parmi les premiers en compagnie de sa fille et d'Ingeborg, Marcel Rivier affiche le visage le plus radieux possible pour rassurer et remercier les personnes qui, les unes après les autres, viennent s'enquérir de sa santé.

Il est vrai qu'il n'a même pas à feindre, malgré ses yeux bouffis. Il se sent étonnamment dispos, comme s'il avait déjà confié l'épisode fâcheux de la veille à sa petite boîte.

La « stratégie de la petite boîte »... Son père lui avait appris une bien belle technique pour ne pas remâcher ses soucis. On imagine un réceptacle en liège dans lequel on place ce qui nous tracasse, on dépose le tout délicatement sur la Marne et on le regarde s'éloigner, emporté par le courant. De la Marne, la petite boîte passe dans la Seine, où elle rejoint la Manche puis les eaux froides et tumultueuses de la mer du Nord. Là, assurait-il, les conditions étaient réunies pour que le sel, le froid et la violence des vagues dissolvent le liège et que la mer engloutisse le mauvais souvenir à jamais. Mais cela nécessite de bien accompagner la boîte du regard, avec des jumelles de plus en plus puissantes, jusqu'à ce qu'elle devienne invisible au large de l'Écosse, voire de la Norvège pour les boîtes les plus volumineuses.

Ce truc d'enfant l'a accompagné jusqu'à maintenant. Il se surprend à en user encore.

La Hotchkiss du maire se présente bientôt, pleine comme un œuf. Trois conseillers municipaux allemands ont réussi à se serrer sur la banquette arrière pour laisser la place, à côté du conducteur, à la très généreuse nature de M. Hammerstein. La voiture s'arrête devant Rivier, qui leur ouvre la porte pour leur permettre de s'extraire.

— Je repars chercher le reste de la troupe, lui annonce Espingeon.

Rivier acquiesce en refermant la portière d'un geste machinal. Sorti du côté opposé, Kluge vient de déployer sa haute taille hors de la berline.

Rivier sent son ventre se nouer, son corps se raidir. Par un effort de volonté, il tâche de décrisper les muscles de son visage pour saluer avec l'affabilité requise les quatre hommes qui s'approchent de lui.

— Comment ça va ? lui demande Kluge le premier, pas mécontent d'employer l'une des deux ou trois seules phrases qu'il connaît en français.

— Beaucoup mieux, merci. Ce n'était qu'un petit malaise dû à la chaleur.

Kluge tourne un regard interrogateur vers l'un de ses collègues conseillers, Kurt Schneider, qui traduit pour lui et les autres.

— Je ne parle pas français, se justifie Kluge avec une mimique de déception. *English ?*

Rivier secoue la tête, et émet un petit rire nerveux :

— *Bad English !*

Une sorte de spasme s'empare des muscles de son cou et lui fait à nouveau secouer la tête. Il ne respire plus.

Claudine a la bonne idée, sans le savoir, de venir tirer son père de son asphyxie : le prêtre souhaite lui parler. Rivier sent ses jambes l'emmener et s'entend prononcer quelques mots d'excuse. Quand il revient sur le parvis, Espingeon est de retour avec Thérèse et leurs deux hôtes restants. On fait donc donner les cloches pour inviter les fidèles à entrer dans l'église.

Kluge s'installe au deuxième rang, sur le même banc que Rivier. Dupré, le professeur d'allemand, se tient entre eux. Rivier ne prête aucune attention au déroulement de l'office. La messe a cessé de l'intéresser à l'adolescence quand, de croyant, il s'est soudain retrouvé à juger sa foi profondément absurde. Rien dans les événements qui ont marqué sa vie ultérieure ne l'a incité à se rapprocher de Dieu et de ses serviteurs, bien au contraire. L'idée d'inclure ce rendez-vous dominical au programme lui est tout de même apparue, à lui, le laïcard assumé, comme une évidence. « Nos Bavarois, en bons catholiques, apprécieront ce moment de communion », avait fait valoir Espingeon, qui ne manquait pas une messe, lui. Rivier doit bien admettre que le père Blanchard lui avait facilité la tâche en soutenant le projet en toute occasion, sans chercher à tirer la couverture à lui. Un prêtre simple, éclairé, dénué de cet esprit doucereusement prosélytique si commun aux curés : l'Église catholique compte tout de même en son sein des membres de valeur.

L'attention de Rivier est accaparée par Kluge, qu'il observe du coin de l'œil. Tout en génuflexions et en inclinaisons de tête, il semble pénétré par la solennité du moment. Il récite ses prières latines avec ferveur, appuyant sur les *t* et les *d* à l'allemande, à la manière d'un chanteur d'opéra. L'homme ne manque pas d'élégance. Lorsqu'il revient à pas lents dans le couloir central, hostie en bouche et yeux baissés, Rivier a tout loisir de le détailler. *Stature* – Kluge lui prend quelques centimètres, il dépasse le mètre quatre-vingts ; *poids* – svelte, il a une allure plutôt athlétique ; *âge* – tempes grisonnantes éclaircissant une chevelure noire à l'origine, début de tonsure à l'arrière du crâne, il doit lui aussi approcher de la cinquantaine. Rivier établit ainsi sa fiche signalétique comme s'il allait pouvoir la comparer à celle de l'autre, de Jésus, enfouie quelque part dans les archives de sa mémoire.

En réalité, il sait l'entreprise vouée à l'échec. L'épaisse nuit de Buchenwald a noirci les images. Chercher à les éclaircir revient à vouloir approcher une lampe torche d'une photographie dans le bain révélateur. Il ne reste à Rivier que ce premier regard qui l'a tétanisé la veille, ce raidissement irrépressible qui s'empare de ses membres en présence de Kluge, cette sensation que ses entrailles rétrécissent pour ne plus laisser qu'un filet d'air à ses poumons. Qu'est-ce qui, *objectivement*, peut provoquer cette absurde réaction ? se demande-t-il alors que toute l'église entonne un alléluia.

Rien ! Marcel. Rien ! Arrête, s'il te plaît...

Pas d'allure martiale. L'Allemand marche sans faire claquer ses talons – il porte des chaussures ordinaires ; ni galons ni tête de mort sur son costume en lin beige clair, qui tombe si bien qu'on peut le croire taillé sur mesure. Pas de menton carré ou de rictus suspect. Au contraire, ses lunettes cerclées de fer-blanc arrondissent son visage allongé. Et dans son regard marron, que Rivier a capté pour la deuxième fois ce matin, il n'a pu revoir qu'une nature avenante. Élégant, sympathique même, au premier abord. Un homme dont, avec une autre disposition d'esprit, Rivier prendrait certainement plaisir à faire la connaissance.

C'est ce qu'il se dit en tâchant de se convaincre que cet épisode lui offre peut-être une chance d'achever son « travail ». Peut-être. Peut-être que sa boîte, la grosse, celle qu'il a envoyée en 1945 si loin qu'elle s'est prise dans les glaces du Spitzberg, attend cet événement pour s'en libérer et couler enfin, à jamais.

*

Le jeune chêne offert par les Riedenfeldois trouve donc sa place dans un terre-plein séparant le lycée Louis-Pasteur de son parc à voitures. Il y sera à l'aise, comme est venu s'en assurer Espingeon la veille au soir. Le jardinier de la commune a gentiment accepté d'en ameublir la terre et d'en nettoyer les abords au petit matin de ce dimanche. Avec quelques fleurs à ses pieds, l'arbre s'épanouira en jolie compagnie.

Maires et prêtre en tête, toute l'église se met à marcher en direction du lycée. Déjà la chaleur monte, contrastant avec la fraîcheur assurée par les murs épais de Saint-Roch. Sur le bitume sans ombre de l'établissement scolaire, Espingeon juge opportun d'abréger son allocution. Encadrant avec le *Bürgermeister* la plante dont le pied est encore emballé dans sa toile de jute, il insiste sur le fait qu'en France, on sait apprécier la force symbolique de l'arbre ; qu'il souhaite aussi longue vie à ce cadeau des amis allemands qu'au peuplier qui offre son ombre généreuse à la place de la Liberté depuis 1792. Il évoque le chêne planté par Hugo à Guernesey dans l'espoir qu'il voie l'avènement, un jour, des États-Unis d'Europe. Il affirme que quatre-vingts ans après, si les conditions se mettent enfin en place, elles sont surtout affaire de volonté. Que celle-ci nourrira la force vitale du petit chêne, « que nos jeunes verront croître, année après année, comme la promesse d'un avenir radieux. »

Un quart d'heure après la messe, un dernier « amen » serait monté de l'assistance sans que cela ne choque personne. Du reste, le père Blanchard se sent autorisé à enchaîner par une formule de bénédiction de l'arbre, à grand renfort d'aspersoir. Au milieu des applaudissements, Espingeon fait signe à Claudine d'approcher et demande au Dr Wegenrein de choisir l'un de ses jeunes. Un lycéen s'avance tout sourire, heureux d'avoir été désigné pour accomplir le geste historique. Il hérite de la pelle et Claudine du jeune plant dont le jardinier vient de dégager les racines.

La courte scène est saisie sous plusieurs angles par un photographe du *Courrier de la Marne*. C'est la troisième photo qui illustrera l'article du lundi, avec, en légende : « L'appariement des deux villes prend racine grâce à deux lycéens, Claudine Rivier et Adi Kluge. »

La centaine de personnes présentes est ensuite conviée à lui arroser le pied de quelques gouttes d'eau symboliques. Un long défilé commence.

Au sortir du baptême collectif, Rivier retrouve sa fille et le jeune homme. Il est surpris d'être rejoint par Sigmar Kluge, qui serre la main du garçon en le félicitant.

— *Mein Sohn* Adi, dit-il à Rivier en faisant faire à son index plusieurs allers-retours rapides entre son fils et lui.

— C'est son fils, Adi, traduit Claudine.

— Oui, j'avais compris. Il suffit d'ailleurs de les voir côte à côte pour le deviner, dit-il en tâchant d'afficher un sourire avenant à l'adresse des deux Kluge. Chez qui loges-tu ?

La question tombe à plat. Le mot « loger » échappe aux compétences linguistiques de son jeune interlocuteur.

— Tu habites chez qui ? tente Rivier en articulant chaque syllabe.

— Aha ! fait Adi qui vient de comprendre. Chez la famille Duborgel.

— Il vient d'obtenir son bac ! s'exclame Claudine, admirative.

— Félicitations ! lance Rivier au jeune homme, en le regardant mieux. Il paraît en effet prendre deux ou trois ans aux élèves de Dupré. Il dépasse déjà la taille de son père et la peau de son menton est visiblement habituée au passage du rasoir. C'est donc lui, ce fils de conseiller municipal dont il avait entendu parler pendant la préparation du séjour. Les Allemands avaient demandé à Dupré s'ils pouvaient l'ajouter à la liste de la classe de M. Wohllieb pour équilibrer le nombre d'élèves, et Dupré en avait touché un mot à Rivier. Il avait donné son accord, d'autant que sa propre fille bénéficiait déjà de la même mesure du côté des Victoriens.

La symétrie des situations le déconcerte.

Un silence s'instaure.

On regarde les derniers arroseurs s'acquitter de leur office. Le cumul des contributions, même modestes, a fini par former une petite mare dans le creux aménagé au pied de l'arbuste.

Tout le monde se rend au café de l'Hôtel de ville pour l'apéritif. Il n'y avait aucune raison de déroger à cette tradition dominicale d'après-messe. Le propriétaire des lieux, un élu de la commune d'abord rétif à l'idée du jumelage, a d'ailleurs revu sa position lorsque Rivier est venu lui passer commande, au nom de la municipalité, pour ce dimanche midi.

C'est dans la longue colonne qui s'ébranle que l'on peut apprécier le progrès rapide des rapports franco-allemands. Silencieuse la veille, encore formée de deux groupes distincts, elle bruit désormais des conversations des participants mélangés.

Kluge tente à nouveau d'amorcer la discussion d'un « *Fantastisch !* » adressé à Rivier. Sa main ouverte dessine successivement deux figures en l'air, l'une circulaire à propos de l'ambiance générale, l'autre verticale en relation avec le beau temps.

— Chance ! répond Rivier à propos de la météo, sachant le mot utilisé en allemand.

— *Seit wann sind Sie* « maire adjoint » ? demande Kluge en se tournant vers Claudine, qui marche juste derrière eux.

— *Seit wann* ? répète-t-elle pour confirmer qu'elle a bien entendu. Il demande depuis quand tu es adjoint.

— Depuis six ans... 1947. *Sieben und vierzig.*

Ces trois mots lui sortent de la bouche sans qu'il ait eu l'intention de les prononcer. 30 447 : *Dreißigtausendvierhundertsiebenundvierzig.* Le mot allemand le plus important qu'il ait dû apprendre, là-bas. Son numéro de matricule. Répété des centaines de fois en deux ans, il reste gravé dans sa mémoire comme un tatouage mental.

— Tu sais compter mieux que moi ! dit Claudine, surprise que son père se mette à parler allemand.

— Très bon, confirme Kluge.

C'est maintenant à Rivier qu'il revient de relancer la conversation. Il est partagé entre deux envies aussi fortes l'une que l'autre. D'un côté, il veut en savoir plus sur cet homme, afin de dissiper pour de bon cette obsession qu'il s'en est faite, contre toute vraisemblance. D'un autre côté, il rêve de pouvoir accélérer le pas et de rejoindre d'autres interlocuteurs, tant il craint ce qu'il pourrait découvrir à son sujet. Il reste, moins par politesse que parce qu'il sent ses jambes trop cotonneuses pour lui permettre de fuir.

— Et vous, depuis quand êtes-vous élu ? demande-t-il à son tour.

— Dix-neuf-cinquante.

— Je crois me souvenir que vous dirigez une entreprise, n'est-ce pas ?

Le regard interrogateur de Kluge donne lieu à un échange entre les deux jeunes. C'est en passant par le mot « profession » suggéré par Claudine qu'Adi, en faisant le lien avec l'anglais, finit par trouver *Beruf.*

— Je suis *Arzt. Psychiater.*

— Médecin psychiatre, traduit Claudine.

— Ah oui, c'est vrai ! s'excuse Rivier, qui se reproche aussitôt son manque de mémoire.

— Et vous ? tente Kluge en français.

— Comptable. Fonctionnaire. Préfecture de la Marne à Châlons.

Cette succession de mots inconnus occupe les intermédiaires quelque temps avant qu'ils puissent en rendre l'idée en allemand.

— *Ist Ihre Frau auch dabei ?* demande Kluge en pointant le sol de l'index.

— Il demande si Maman est là. *Nein, meine Mutter ist tot*, répond Claudine d'elle-même.

La mine enthousiaste de Kluge s'évanouit soudain. Il murmure un « *Entschuldigung !* Pardon ! ».

Rivier le rassure d'un signe de la tête : il n'y a pas de mal. Puisqu'ils y sont et qu'il ne risque plus de mettre les pieds dans le plat, Rivier lui retourne la question. Il apprend ainsi que la famille Kluge est composée d'une mère bien vivante, elle, et qui a mis au monde trois enfants. Adi a une sœur de quatorze ans, et un petit frère de douze. Sa femme est restée à Riedenfeld pour s'en occuper, même si elle avait très envie de voir la France, lui assure Kluge en lui posant la main sur l'avant-bras.

Ce geste de familiarité prend Rivier par surprise.

Son esprit commençait pourtant à vagabonder loin de sa vision fantomatique. Les mots prononcés par son interlocuteur permettaient à ses pensées de refluer tant bien que mal vers une réalité présente toute de normalité. Il voyait Kluge siéger dans la salle de la mairie réservée au conseil municipal, attentif aux débats mais prenant peu la parole, comme cela se passe pour tout conseiller élu depuis peu. Il l'imaginait en blouse blanche dans son bureau – à l'hôpital ou dans son cabinet, peu importe, c'était un bureau de médecin classique, encombré par des livres et des liasses de documents –, écoutant ses patients parler d'eux. Il visualisait Mme Kluge et ses deux autres enfants. Elle, mère au foyer dévouée, dans la vaste maison que la situation de son mari leur permettait d'entretenir ; les rejetons aux cheveux châtains, par analogie avec ceux d'Adi. Sur la photo de famille que se créait Rivier, la mère devenait blonde, plus par déduction que par cliché – il en avait vu, à l'arrivée des Américains, des Allemandes aux cheveux assombris par la débâcle : puisque le père avait les cheveux noirs, la mère devait être claire, c'était aussi simple que cela.

Mais le contact de la main de Kluge sur son bras provoque une sorte de décharge électrique qui remonte le long de ses vertèbres. Dans le prolongement de sa nuque, il sent se hérisser ses cheveux jusqu'au sommet de son crâne comme les pointes d'un porc-épic en danger. Par réflexe, il effectue un mouvement d'esquive. Ce mouvement brusque surprend Kluge, qui relève aussitôt la main. Rivier ne trouve rien de mieux que de lui signifier en deux gestes, qu'il espère le plus parlants possible, que sa chemise cache un problème, quelque chose comme une hypersensibilité cutanée. Restée en l'air, la main de Kluge se cabre en signe d'excuse. Rivier n'ose pas jeter un coup d'œil en arrière pour voir si sa fille a remarqué la scène. Il adresse un sourire forcé à son accompagnateur. Il se sent accentuer sa claudication.

Marcel, reprends-toi, je t'en supplie...

Ils marchent côte à côte jusqu'au café sans plus se parler. Rivier n'arrive pas à relancer la conversation. Aucune question ne lui vient sinon celle qui mettrait un terme à cette pantomime indigne, mais qu'il ne peut pas poser : « Vous ne serviez pas dans l'unité SS qui s'occupait du *Lager* de Buchenwald en 44-45, n'est-ce pas ? »

*

— Quatre heures à table, *unglaublich* ! C'est la vie. Vive la France !

— Tu sais, Adi, c'est exceptionnel, lui fait remarquer Claudine. C'est réservé aux grandes occasions... Comment dit-on « occasion », en allemand ?

— *Gelegenheit*, répond Ingeborg. Tu peux aussi dire *Anlass.*

— *Große Anlässe*, Adi, précise la jeune Française.

— Ils sont finis. Nous jouons ? propose le jeune homme en sautant du banc, constatant que quelques camarades viennent de libérer l'une des zones dédiées cet après-midi-là aux parties de pétanque.

— « Ils ont fini », rectifie Ingeborg en distinguant bien le « ilz » du « ont ». *Auf französisch benutzt man « haben » mit dem Verb* finir.

Claudine vient au secours d'Adi :

— C'est compliqué de voir la différence entre « ilson » et « ilzon ». Vous n'avez pas de liaison entre les mots, en allemand.

— Oui, c'est vrai. Mais on peut apprendre ! rétorque Ingeborg.

— Je veux bien jouer, mais il me faut d'abord boire de

l'eau, annonce Claudine, se levant à son tour. Je vous en rapporte un verre ?

— Je te suis, répond Ingeborg.

— Je viens aussi. *Zaussi*, pardon madame ! s'exclame Adi en lui titillant l'oreille de son index.

Claudine éclate de rire, même si sa correspondante, en repoussant d'un geste vif la manœuvre taquine d'Adi, montre qu'elle n'apprécie guère.

La jeune Française laisse Adi prendre quelques mètres d'avance. Dans son dos, elle adresse un signe discret à sa camarade : deux index tendus dont les côtés s'entrechoquent, en référence à Ingeborg et Adi. Une gestuelle tout aussi explicite lui vient en retour. Ingeborg, les yeux écarquillés, pointe un index sur sa tempe et agite son poignet. Elle s'approche de Claudine pour lui glisser à l'oreille un « C'est toi ! » qui provoque le fou rire des deux demoiselles, maintenant bras dessus, bras dessous. Adi se retourne, avec un air interrogateur qui attise leur hilarité.

Ils entrent dans le marché couvert par l'une des portes latérales, laissées grandes ouvertes pour créer un semblant de courant d'air. Sous la charpente métallique de la halle, l'atmosphère est restée supportable. Les convives trouvent là une raison supplémentaire de s'attarder autour de l'immense table qui s'étend dans l'allée centrale.

Une vraie réussite, ce banquet, se félicite Rivier.

La logistique constituait l'une des principales préoccupations de l'équipe d'organisation. Une trentaine d'Allemands, une vingtaine de familles d'accueil, cela faisait du monde à gérer. Rivier et Michon – le président du comité des fêtes – avaient décidé de placer dans le programme un maximum de moments en commun. Surtout durant les deux premiers jours, un week-end où la grande majorité des participants français disposait de temps libre. Pour le déjeuner du dimanche, il fallait donc trouver le moyen d'installer tout le monde dans un même lieu. Aucun des trois restaurants de la ville ne possédant de capacité d'accueil suffisante, Espingeon avait imaginé joindre tables et bancs de kermesse dans la halle. C'était un bâtiment très convenable, pour une petite ville de dix-sept mille habitants, avec ses arcatures et ses verrières typiques du Second Empire. La formule présentait aussi l'avantage de ménager le budget alloué à cette semaine d'accueil, qui en avait fait tousser plus d'un au sein du conseil. Pour le bon coup de balai, de serpillière et de chiffon à poussière, Rivier avait d'abord mis sur pied une brigade de lycéens toute disposée à fournir de l'huile de coude à l'issue du marché du samedi. Il avait ensuite abordé les cuisinières, un groupe de mères de lycéens, en évoquant un buffet froid, appréciable l'été et qu'elles pourraient préparer à l'avance. Sa proposition avait été accueillie par des protestations indignées : on ne pouvait pas recevoir dignement un dimanche sans prévoir une spécialité chaude.

Elles s'étaient surpassées.

En entrée, les artichauts à la vinaigrette surprirent agréablement leurs hôtes d'outre-Rhin. Beaucoup en mangeaient pour la première fois. Certains, croyant qu'il fallait ingérer les feuilles entières, s'étaient arrêtés à la première. Mais une fois les explications données, aucune ne quitta la table sans avoir été dûment nettoyée. Le pâté en croûte, assorti de petits cornichons, disparut vite des assiettes.

Même si l'appétit lui manquait, Rivier dut admettre que leurs tripes à la champenoise avec leurs pommes de terre nouvelles et leurs haricots croquants valaient largement celles qu'il avait pu manger dans les meilleurs restaurants de Reims ou de Troyes.

La cuisine française, ce n'est pas l'allemande, il y avait une réputation à défendre ! Dans le sourire poli affiché par les cuisinières en réponse aux compliments unanimes, Rivier perçut bien le contentement de la douce revanche. Pendant des années, les occupants les avaient obligées à composer avec les topinambours et rutabagas ; après une décennie de difficultés liées à l'impérialisme allemand, voici que l'art culinaire français pouvait à nouveau se manifester au grand jour. Après ce plat de résistance, le Dr Wegenrein avait improvisé un toast sur le thème « *Glücklich wie Gott in Frankreich* » – « Heureux comme Dieu en France » – en leur rendant hommage.

Avaient suivi les fromages : chaource, langres, cendré de Champagne et même rocroi, accompagnés d'un savoureux pinot noir d'un viticulteur local. Au milieu de ces agapes, la seule inquiétude concerna le pain, qui vint à manquer. Des deux cents baguettes commandées pour la centaine de convives, il n'en resta plus qu'une dizaine à peine les fromages servis. Il fallut prendre des mesures de rationnement drastique du côté des lycéens, qui avaient englouti l'essentiel du stock.

Lorsque Claudine et les deux jeunes Allemands entrent dans l'édifice, une trentaine d'adultes s'attarde autour des verres de digestif et des biscuits roses de Reims. Leurs conversations résonnent dans la halle désertée par les adolescents, partis les uns jouer à la pétanque, les autres se baigner dans la Marne. Visiblement, bonne chère, alcool et tabac agissent. Les coudes pèsent sur les tables. Les hommes ont retroussé leurs manches de chemise. Les lignes ont bougé, aussi : Claudine remarque que son père a quitté le bout de la table pour rejoindre Thérèse Espingeon et la femme d'un conseiller municipal allemand – seule épouse à être du voyage. Rivier aperçoit sa fille et lui fait un signe de la main. Claudine s'excuse auprès de ses deux camarades et vient déposer un baiser sur la joue de son père.

— As-tu déjà été présentée à Mme Schneider ? lui demande-t-il en tendant la main vers l'élégante cinquantenaire assise en face de lui.

— Non, pas encore.

— Alors nous y voilà : ma fille Claudine, Mme Schneider. Madame loge avec son mari à La Grillette.

Elles échangent quelques mots. Bien que Mme Schneider parle le français avec aisance, Claudine tâche de lui répondre en allemand.

Rivier contemple sa fille, debout à côté de lui, une main sur son épaule. Pour la première fois, il voit en elle une adulte. La petite fille que son regard paternel n'a pas voulu voir grandir se dresse là, dans toute sa féminité. Sa robe à smocks lui va à ravir. La ceignant à la taille, elle fait ressortir les courbes de ses hanches et de sa poitrine, déjà généreuses, comme les avait sa mère. Sa couleur rouge, parsemée de pois blancs, donne par contraste de jolis reflets rosés à la peau hâlée de ses bras. Ses boucles châtain clair dessinent des arabesques sur ses épaules. À bientôt seize ans, sa fille est désormais une femme, prête à croquer la vie avec ses dents du bonheur. Un pincement au cœur accompagne cette constatation, comme si elle mettait fin à son rôle de père protecteur. L'effet en est renforcé lorsqu'il la regarde s'éloigner avec Ingeborg et Adi.

La conversation avec Annette Schneider est agréable. Presque trop. C'est moins la digestion qui donne à Rivier une furieuse envie d'aller s'allonger – il n'a mangé que ce que son estomac lui a passé, c'est-à-dire peu de choses – que sa nuit blanche. Il lutte pour garder la nuque droite alors que les deux femmes le bercent de leur voix douce.

Bien que n'ayant jamais eu l'occasion de venir en France, Mme Schneider parle un français fluide. Elle leur apprend que la France l'habite depuis qu'elle a goûté le lait maternel, pour ainsi dire. Sa grand-mère était née Ancillon, descendante d'une famille huguenote de Metz émigrée au Brandebourg à la fin du XVIIe siècle. Depuis lors, les neuf générations de descendants se sont évertuées à conserver leur langue d'origine, même si l'endogamie des premiers temps au sein de la petite communauté française a vite été abandonnée. Une tradition s'est toutefois maintenue, du moins lorsque le conjoint d'ascendance allemande donne son accord : les enfants doivent porter des prénoms en usage dans les deux pays.

Dans son français livresque, avec quelques vieilles expressions qui paraissent sortir tout droit des ouvrages de Bayle ou de Rousseau, elle parle de la France comme d'un Eldorado longtemps désiré et enfin rejoint, ce qui ne manque pas non plus d'étonner ses deux interlocuteurs, qui en connaissent la réalité plus prosaïque.

— Vous comprenez l'aise que j'ai éprouvée au récit de mon mari, ajoute-t-elle avec son accent à la provenance indéfinissable, mâtiné d'intonations germaniques. Ce jumelage, j'ai tout de suite voulu y participer. Je suis très contente que vous m'ayez accueillie, Mme Espingeon.

— C'est un plaisir, répond Thérèse. Et pour tout vous dire, je suis heureuse d'avoir un peu de compagnie féminine à la maison.

— Vous faites bonne œuvre en recevant tant de monde. Je ne sais pas comment nous vous le rendrons.

Thérèse sourit. En vérité, l'idée de son mari de loger le maire et les conseillers municipaux allemands dans leur maison, aussi spacieuse soit-elle, ne l'avait guère enchantée – et elle le lui avait fait savoir. Il ne se rendait pas bien compte du travail que cela représentait, sept invités. Mais elle doit admettre qu'il avait bien fait d'insister. Ses hôtes se montrent attentionnés et reconnaissants. Comme cette Mme Schneider, dont Thérèse comprend mieux, maintenant, les raisons de la présence. Elle incarne une sorte de trait d'union inattendu entre les deux cultures, même si ses origines françaises, il faut l'avouer, remontent à des temps assez lointains. Sur le plan pratique en tout cas, sa présence à La Grillette facilite la communication, car aucun des Allemands qui y loge ne parle couramment la langue de Molière. Le professeur de français, M. Wohllieb, est hébergé quant à lui par son confrère Dupré.

— Kurt, mon mari, a eu la chance d'être à Paris il y a dix ans, précise-t-elle dans l'enthousiasme de l'évocation de ses rapports avec la France.

Cette confidence spontanée sort brusquement Rivier de sa somnolence. Il perçoit aussi un raidissement chez Thérèse. Le mot « chance » lui apparaît fort inopportun au regard de l'ambiance vert-de-gris qu'elle lui évoque immédiatement : bruits de bottes, chants martiaux, croix gammées, arrestations, restrictions… Kurt Schneider est donc l'un d'entre eux. Un parmi des centaines de milliers d'Allemands venus pendant la guerre profiter des charmes de la France à l'en épuiser. Faudrait-il s'étonner qu'un de leurs hôtes se soit déjà invité dix ans auparavant ? C'était inévitable, et tous les Victoriens en sont conscients. La « chance » d'en avoir un à table est autrement plus grande que celle d'accueillir un bourreau de Buchenwald, pense Rivier en jetant un coup d'œil en bout de banc où Kluge discute avec Espingeon et Wegenrein.

M. Schneider, cet homme courtois et cultivé assis à trois mètres de lui, avec lequel il discutait de jazz une heure auparavant, a donc passé un an ou deux en France. Ainsi s'explique son assez bonne maîtrise du français. En tant que quoi ? se demande Rivier. Au mieux, en tant que sous-fifre de la Wehrmacht qui n'a fait qu'essuyer ses bottes sur les pavés parisiens ; au pire, comme membre de cette même Gestapo qui en a envoyé tant dans l'enfer d'un camp de concentration… Entre les deux se déclinait toute une palette de fonctions et de comportements possibles, du blanc (ou du gris) au rouge sang. Comment savoir ?

Vouloir savoir ?

Huit Allemands, sept hommes âgés de quarante-cinq à soixante-cinq ans grosso modo. Que des forces vives, vingt ans auparavant, à l'arrivée d'Hitler au pouvoir. Qui d'entre eux l'avait suivi avec enthousiasme, qui par opportunisme ? Qui avait regretté la mort de la démocratie allemande ? Qui s'était opposé au dictateur et à son appareil, ne fût-ce qu'en conscience ? Qui avait souhaité la guerre, qui l'avait servie ? Qui s'était félicité du rang retrouvé par la Grande Allemagne ? Qui avait cru en une « nouvelle Europe » sous le joug nazi ? Qui savait ce que cette idée impliquait dans les territoires conquis ? Qui, de ces hommes dans la fleur de l'âge, avait participé au viol sans répit de l'Europe ? Qui avait su le sort infligé aux prisonniers des camps de concentration ? Et celui des Juifs ?

Wegenrein, Kluge, Wohllieb, Schneider, Schultz, Hammerstein, Jäger : Rivier se trouve en présence d'hommes en chair et en os. Des individus avec des histoires individuelles, un passé personnel forcément lié, de près ou de loin, au crime collectif de leur nation. Ces noms sur sa liste d'hôtes transmise quelques semaines avant leur arrivée n'avaient rien évoqué en lui, obnubilé qu'il était par une promesse toute tournée vers l'avenir.

« On fixe la route devant soi, on ne regarde pas dans le rétroviseur. » Sur le moment, au début du projet, Rivier avait jugé l'avertissement d'Espingeon superflu. Il doit bien admettre, maintenant, qu'il constitue un principe salutaire qu'aurait bien fait d'observer Mme Schneider. Moins on en sait, mieux on se porte. Sinon, la suspicion voile le regard et rétrécit les cœurs.

Il se demande du même coup si une telle consigne a été donnée du côté des Bavarois. Il a du mal à imaginer que non. Mais s'il se trompait ? Cette réflexion provoque en lui un regain de vertige, comme si toute la charge liée au poids du passé ne devait reposer en réalité que sur les épaules des Français. Comme si la victime était condamnée à vivre avec le souvenir, tandis que le crime s'évaporerait dans la conscience du peuple bourreau.

Les Français ceci, les Allemands cela. Tais-toi, Marcel !

C'est précisément ce mode de pensée qu'il avait cherché à démanteler lorsqu'une partie du conseil municipal s'était dressée avec véhémence contre le projet naissant. Des deux côtés, il fallait pouvoir compter sur les bonnes volontés, un point c'est tout. Rivier pouvait constater par lui-même que les Allemands, en gestes et en paroles, n'étaient pas venus à Saint-Victor en simples touristes, mais bien en amis cherchant à établir une relation de confiance.

Pourtant, Mme Schneider ne semble pas remarquer l'effet de sa révélation sur ses deux interlocuteurs, à croire que les femmes allemandes n'ont pas la moindre idée des drames de l'Occupation. C'est d'autant plus surprenant que l'Allemagne elle-même connaît une situation similaire depuis la chute du Reich. Quoique ! Le contexte a radicalement changé. Les troupes des démocraties françaises, britanniques ou américaines stationnées à l'Ouest doivent savoir se tenir, se dit Rivier. Il ne le jurerait pas pour la zone d'occupation soviétique, mais la Bavière se trouve du bon côté du rideau de fer.

De retour de France, en tout cas, Schneider n'avait pas écorné l'image d'Épinal que s'en faisait son épouse. Celle-ci enchaîne :

— Quand j'étais enfant, ma mère, qui est venue à l'Exposition universelle en 1900, me berçait le soir en me décrivant le Louvre, la Sainte-Chapelle, les Champs-Élysées, Montmartre…

Elle suspend sa voix, tout à sa rêverie de ces lieux qui servent de décor à sa mythologie française.

— Kurt a tout vu, lui ! s'exclame-t-elle soudain comme pour dénoncer une injustice.

Thérèse se rembrunit. À trop en rajouter, Annette Schneider frise l'incorrection. Non seulement elle se permet de faire allusion à cette période avec beaucoup de légèreté, mais elle agit comme un invité sans savoir-vivre qui, la bouche pleine et devant la maîtresse de maison, raconte à table les mets qu'il a dégustés la veille dans le meilleur des restaurants.

— Saint-Victor et la Champagne, ce n'est peut-être pas Paris, mais il y a de belles choses à voir aussi, réagit Thérèse sur un ton laissant pointer son agacement.

— Oui, oui, bien sûr ! La France est belle partout, s'empresse de préciser Annette Schneider, se rendant compte de sa maladresse.

La conversation s'interrompt sur ce lieu commun, car Espingeon les accoste.

— Pour nous dégourdir les jambes, je vous propose une partie de pétanque.

— Il fait encore chaud, Jacques, est-ce bien raisonnable ? fait remarquer Thérèse.

— L'ombre gagne du terrain. Et puis ce sera sympathique ! Ils sont tous partants en bout de table.

L'idée emporte l'adhésion de tous les adultes présents

dans le marché couvert. Rivier se dit qu'il est temps qu'il se lève s'il ne veut pas s'affaler sur la table, cette fois-ci. Des chaises sont bientôt alignées dans la bande ombragée qui sépare le bâtiment du terrain des boulistes. De retour de baignade, les jeunes viennent compléter le public.

Toutes les combinaisons possibles sont mises en œuvre, sur les quatre rectangles parallèles improvisés en boulodromes : maris contre épouses, couples contre couples, pères contre enfants, jeunes contre vieux, lycéens contre lycéennes, etc.

Les dames, craignant le soleil, laissent vite la place aux plus motivés. Les hommes, quant à eux, s'accommodent des ruissellements de sueur sur leur chemise. Pris par le jeu, chapeau de paille ou casquette bien arrimés sur la tête, ils rivalisent d'habileté. On entend même quelques jurons proférés par les plus passionnés après des coups ratés.

Soudain, les jeunes réclament haut et fort une confrontation France-Allemagne entre les deux équipes municipales. Espingeon s'y refuse dans un premier temps, prétextant être à court d'énergie, mais la pression populaire lui fait consulter Wegenrein. Ce dernier s'est poliment abstenu de se prononcer alors qu'il prenait goût au jeu, comme tout le monde a pu le constater. Le conciliabule entre les deux maires ne dure que le temps d'évaluer les forces en présence. Les Allemands sont six, les Français trois, Espingeon compris. On décide donc d'aligner deux triplettes. Les deux sexagénaires de Riedenfeld, Schultz et Jäger, cèdent volontiers la place aux plus jeunes. Le très corpulent Hammerstein a la sagesse de s'effacer. Wegenrein, Kluge et Schneider défient ainsi Espingeon, Rivier et Michon.

Rivier, qui n'a accepté jusque-là de disputer qu'une seule partie sur l'insistance de sa fille, semble contrarié d'être ainsi désigné volontaire.

— Et ce qui devait arriver arriva, glisse-t-il à l'oreille de son maire.

— Allons, Marcel, c'est une manière de mieux faire connaissance, lui répond Espingeon.

— Veillons tout de même à ne pas brûler les étapes, dit Rivier avec sérieux. Ils ne sont arrivés qu'hier.

Sa réaction surprend le maire, tant son adjoint manifeste d'ordinaire un enthousiasme communicatif. Il la met sur le compte de la fatigue qui cerne ses yeux. L'évanouissement de la veille lui revient à l'esprit.

— Je crois qu'ils y tiennent, Marcel, insiste Espingeon. Une petite partie, c'est amusant. On ne peut pas se défiler. Mais si tu préfères te reposer, je fais réduire les effectifs à deux doublettes, ou alors on demande à Dupré de te remplacer.

— Non, c'est inutile, maintenant que les équipes sont faites, répond Rivier. Allons-y, pour la gloire ! conclut-il dans un soupir.

Espingeon ne juge pas nécessaire d'épiloguer, persuadé que l'après-midi est sur le point de se terminer sur un point d'orgue.

Le public assiste à une belle opposition de styles. Celui des Allemands défie les lois de la pétanque. Ils tirent leurs boules comme les enfants : paume ouverte vers le haut, et sans trop se poser de questions. En revanche, ils respectent systématiquement l'ordre de préséance, d'abord le *Bürgermeister*, puis son premier adjoint, puis Kluge. Le fait est qu'après les quatre premiers tours, ils mènent déjà neuf à zéro. Du côté de la triplette française, Espingeon met pourtant beaucoup de cœur à l'ouvrage et tâche de montrer aux Bavarois en quoi consiste une véritable attitude de bouliste. Avant de pointer, il s'accroupit comme s'il avait vingt ans de moins pour étudier les aspérités du terrain ; il utilise son mouchoir pour essuyer ses boules, au grand dam de Thérèse qui se tortille d'indignation sur sa chaise à le voir ainsi sacrifier la pièce d'étoffe brodée, en plus d'empoussiérer ses chaussures ; il commente à haute voix la tactique à adopter, pour lui-même comme pour ses coéquipiers, en effectuant des allers et retours entre le cochonnet et la zone de tir. Mais sa démonstration tourne à chaque fois au fiasco, ce qui provoque des rires narquois parmi quelques blancs-becs de sa commune, un comble !

Michon encaisse les points adverses avec une moue d'impuissance. Il se contente pour sa part de suivre au mieux les conseils d'Espingeon quand vient son tour de lancer ses boules. Par deux fois il empêche les Allemands de faire carton plein… en prenant le contre-pied, involontaire, de ses consignes.

La palme de la maladresse revient toutefois à Rivier. D'ordinaire, il s'abstient volontiers de toute activité sportive, si ce n'est de quelques promenades à vélo. Espingeon le sait bien, mais il ignorait à quel point cela se justifiait. C'est à se demander s'il tire les boules de sa main habile. Elles fuient le bouchon comme s'écartent l'un de l'autre des aimants de pôles identiques. La seule fois qu'il fait un carreau, c'est pour chasser une boule bien placée de sa propre équipe. Des excuses ponctuent chacune de ses interventions. Mais avec une attitude fataliste qu'Espingeon ne lui connaît pas. Jamais il n'a vu ses épaules tomber et son dos maigre se voûter comme aujourd'hui. Pris par la compétition, le maire ressent même l'envie furieuse de secouer son ami pour provoquer chez lui un sursaut salvateur. Il se contente d'adresser discrètement un regard interrogatif à sa filleule, qui semble, elle aussi, tout à fait désabusée par la piètre performance de son père. Du reste, Claudine cesse bientôt de l'encourager avant ses lancers. Connaissant son souci du travail bien fait, elle imagine combien ce moment doit être pénible à vivre pour lui.

Le mot « Fanny » commence à sortir de plus en plus fort de la bouche de quelques jeunes effrontés.

Devant le danger de subir l'humiliation suprême et peut-être de devoir expliquer l'expression « embrasser Fanny » à ses hôtes, Espingeon sollicite une courte interruption de jeu, au prétexte, par ailleurs justifié, de s'hydrater. Il en profite pour essayer de mobiliser ses partenaires. Les porteurs d'eau qui viennent ravitailler l'équipe française l'entendent parler de « Bérézina », de « baroud d'honneur », de « reconquête ».

Du côté allemand, à en juger par la suite de la partie, on a décidé de changer d'approche. En effet, à la reprise, les locaux accomplissent une remontée phénoménale. L'eau a rafraîchi les organismes et rendu un peu de sérénité à leurs lancers, devenus moins imprécis. Cela facilite la tâche des Bavarois, qui feignent une soudaine peur de gagner. Quelques « *mist !* » censés accréditer la thèse de la déconcentration collective leur échappent après des coups spectaculairement ratés. À l'égalisation à onze partout, le public se réveille enfin, à la grande satisfaction d'Espingeon, qui a du mal à contenir son excitation. À tout seigneur, tout honneur : c'est à lui que revient le plaisir de conclure l'exploit d'un tir aussi chanceux qu'audacieux, qui soulève une clameur mémorable – et des rires sonores du côté des lycéens français, qui se tapent sur les cuisses.

Le maire, aux anges, donne l'accolade à ses coéquipiers et console les adversaires avec tact. Thérèse vient le rappeler à l'ordre au bout d'un quart d'heure de jubilation qui lui fait revivre la partie en paroles. Il est temps d'organiser le rangement de la halle et de laisser tout le monde se retirer chez soi après cette journée épuisante.

— La mienne n'est pas terminée, Jacques, je te le rappelle…

Pour sa part, Marcel Rivier décide de s'éclipser. Il passe le dire à sa fille.

— Tu veux bien débarrasser à ma place ? On se retrouve à la maison un peu plus tard.

— Tu ne te sens pas bien, Papa ? Tu veux que je t'accompagne ?

— Non, ne t'inquiète pas, lui dit-il avec un sourire censé la rassurer. J'ai mal dormi la nuit dernière et je le sens. On n'a pas arrêté, aujourd'hui !

Claudine le regarde s'éloigner, clopin-clopant. Son père n'est pas du genre à se plaindre, ni à montrer le moindre signe de faiblesse, voilà ce qui l'inquiète depuis vingt-quatre heures.

4

Lundi 6 juillet

Rivier redouble d'efforts pour placer le saphir sur le bord du disque. Au bout de ses doigts, le bras de l'électrophone s'entête à dessiner d'impossibles arabesques. Il finit par le remettre sur son support. Poser la cigarette ; reprendre le contrôle de ses mains ; reprendre le contrôle de soi. Il effectue une rapide gymnastique d'assouplissement des doigts et poignets, même s'il sait pertinemment que la cause des secousses loge quelque part dans les replis profonds de son cerveau. L'en extirper nécessite d'autres moyens. Il est à court d'idées. Les arrangements de Duke Ellington y contribueront peut-être, il en connaît les vertus. Pour autant qu'il arrive à placer ce fichu saphir sur la piste muette de son 33 tours.

Il se résigne. *Mood Indigo* est amputé de ses premières notes. Il approche l'oreille du haut-parleur. Le phrasé du pianiste le plonge dans une atmosphère familière, mais ne parvient pas à l'éloigner du décor grotesque de cette cour d'assises installée en pleine galerie des Glaces de Versailles. Lui, sur la sellette, agressé par des automates masqués bondissant comme des clowns à ressort de leur boîte à surprise : « La guerre, ils ont ça dans le sang, les Boches ! Et vous leur déroulez le tapis rouge ! » ; « Les Allemands restent les Allemands ! Trois fois ils sont venus nous casser la figure, et maintenant vous les accueillez la bouche en cœur ? » ; « C'est criminel d'exposer ainsi des plaies ouvertes à l'air libre ! » ; « Hier, on crevait de faim par leur faute ; et aujourd'hui, c'est petits-fours au menu ? » ; « On ne parle plus que d'amnistie, en France ! L'amnistie, c'est de l'amnésie ! Vous tuez la mémoire des victimes. » Il s'était senti se ratatiner sous les coups de boutoir. Jusqu'au moment où le silence était tombé comme une chape. Une personne s'était alors levée des bancs réservés au public, applaudissant, lentement mais avec une force croissante. Les murs de la galerie résonnaient d'une claque assourdissante qui faisait vibrer les glaces à les fendre. Une pluie d'excréments liquides s'était mise à tomber et à lui maculer le visage. Des mouches vertes, plus grosses que des taons, avaient soudain colonisé sa tête. En tournant son regard de tous côtés, Rivier avait vu, dans chaque miroir, son reflet se scinder en deux parties, tombant à l'opposé l'une de l'autre. Et, comme extrait de son corps, son esprit s'était mis à survoler la salle, lui permettant d'identifier l'auteur des applaudissements dévastateurs. C'était *Jésus*.

Son cauchemar l'habite encore, et Rivier ne parvient pas à s'en moquer. Il a réussi à perturber la demi-heure de sommeil que sa tête exténuée lui a miraculeusement accordée.

Il se frotte le nez. L'odeur est revenue.

Il augmente le volume.

Rivier connaît les moindres nuances de tous les morceaux enregistrés par le maître du jazz américain. Pas un seul de ses enregistrements ne manque à sa collection. Son disquaire à Paris l'avertit de toute nouvelle sortie. Il sait que Rivier ne met pas dix jours à venir l'acquérir. Plusieurs fois même, il a prolongé ses visites d'une soirée au club Saint-Germain, où il a entendu le pianiste jouer en 1948.

Cette passion pour la musique noire américaine date d'avant la guerre. L'admiration générale depuis la Libération pour tout ce qui provient d'outre-Atlantique n'y a rien ajouté. Au demeurant, Rivier fait partie de ces anciens déportés de Buchenwald qui ne gardent pas le meilleur souvenir de l'arrivée des Américains. Quand les GI's de Patton ont pénétré dans le camp, le 13 avril 1945, ce fut moins en libérateurs qu'en vainqueurs pressés. Face aux tuniques pouilleuses des demi-hommes qui revoyaient la vie avec hébétude, ni sourires ni accolades. Ils se méfiaient de tout et de tous : des SS qui cherchaient à se fondre dans le décor, comme de ces zombies hâves et déguenillés, susceptibles de leur coller le typhus.

Longtemps le blues avait eu ses faveurs. Mais avec le bouleversement de la guerre, Rivier avait ressenti le besoin physique d'entrer dans un monde musical plus rythmé, moins nostalgique. Cette évolution consciente vers le jazz lui avait apporté ce qu'il cherchait. Et aussi le sentiment, par ce simple choix, de maîtriser quelque chose de cette vie marquée par deux malheurs, coup sur coup.

À son retour, il avait bénéficié d'un élan d'aide incroyable. Tous ses amis, sa famille, ses collègues de la préfecture, malgré les conditions précaires qui touchaient la plupart d'entre eux, s'étaient mis en quatre pour lui permettre d'émerger. La rumeur sur la nature des camps allemands avait précédé son arrivée, ils savaient, dans les grandes lignes (car pouvaient-ils *vraiment* savoir ?), de quoi il retournait et de quoi il revenait. Mais la nouvelle de la mort de Martine, son épouse, n'avait pas percé les murs du camp, ni ceux de l'hôpital Bichat, où la priorité absolue des médecins avait consisté à lui faire reprendre du poids, à l'exclusion de toute autre préoccupation. C'est son ami Jacques qui s'était chargé de la lui annoncer à sa sortie.

Rivier se revoit rester stoïque à l'annonce de cette nouvelle. En apparence, du moins ; à l'intérieur, dans tout son être, grondait le fracas d'une vie qui s'écroulait. Sans la présence de la petite, il n'aurait pas cherché à échapper une fois de plus à la ruine de son monde. Dès son retour, le jazz avait été comme sa morphine, anesthésiant sa douleur et sa mémoire par des perfusions de spontanéité et de vitalité. Depuis lors, Duke Ellington, Charlie Parker, Dizzie Gillespie et tous leurs acolytes l'avaient emmené régulièrement en cure. C'était, c'est aussi fort et efficace qu'une bonne prise d'opiacés, avec l'avantage de lui permettre de garder l'œil ouvert.

Pendant plusieurs minutes, il écoute l'écho du swing dans son corps pour oublier son rêve et la puanteur qui s'est encore emparée de ses narines. Faute de résultat, il augmente une fois de plus le volume dans l'espoir illusoire d'en accroître l'effet – de toute façon, c'est l'heure pour les filles de se réveiller. Peine perdue : l'image de Jésus flotte désespérément au milieu du jazz-band, le souffle des cuivres ne parvient pas à l'en chasser. Rivier se résigne à recourir à un double cachet d'aspirine pour faire disparaître la migraine qu'il sent monter.

Son impuissance le ronge.

Comment abattre cette obsession rampante, annihiler cette gangrène du doute qui gagne du terrain ?

Absurde.

Plus il se répète ce mot, plus s'amenuise l'étroite cloison des arguments rationnels derrière laquelle il cherche à s'abriter. Fermer les yeux ? Cela ne fonctionnait ni au sens propre, ni au sens figuré. Faire justice de cette chimère : oui, mais comment ?

Savoir.

Connaître la vérité sur le compte de Kluge.

Se persuader définitivement, par la preuve, par A plus B, que ses sens l'abusent. Le remède à la fantasmagorie se trouve là, dans la certitude, dans la conviction étayée. Malheureusement.

Cet aveu de faiblesse lui serre la poitrine. Tous ses efforts pour s'extirper de la gangue du souvenir, son acharnement à ne pas se laisser gagner par la douleur et la nostalgie, sa fureur intérieure à prendre une revanche sur le mauvais sort en fixant l'horizon, sont comme réduits à néant : le nouvel homme qu'il s'était ingénié à devenir voit sa belle cuirasse se disloquer sur un réflexe trivial, primaire, indigne. La déception qu'il s'inflige par ce constat est à la hauteur de l'illusion qu'il a longuement et savamment entretenue. Non, il ne s'élève pas au-dessus de la mêlée comme il l'espérait. Sa réaction épidermique le ravale au rang de victime, un sentiment qu'il a toujours repoussé avec toute la force de sa volonté pour refermer les plaies de Buchenwald.

Il songe à Duke et à ses musiciens, tous arrière-petits-enfants d'esclaves, sans aucun doute. Leur musique les arrache à leur passé. Les descendants des maîtres de leurs ancêtres ne peuvent s'empêcher de claquer des doigts au swing de leurs mélodies. Elle se situe là, leur victoire. Une sortie par le haut.

Rivier veut se persuader de la pertinence de cette comparaison : sa musique de Français, elle est dans le jeu de la réconciliation. Mais elle le laisse insatisfait. Dans les clubs de jazz où il joue, Ellington n'est pas confronté à ses maîtres, il n'a pas connu lui-même la condition d'esclave. Le temps a emporté les témoins de cette période sombre des États-Unis. Or, il n'y a pas qu'un enjeu de mémoire derrière la question de savoir si Kluge et Jésus ne font qu'un. Il y a une insulte potentielle d'une contemporanéité aiguë. L'insulte insoutenable dont lui, Marcel, se rend coupable envers les victimes de ce *SS-Totenkopf* s'il détourne son regard. Il met le doigt, enfin, sur cette évidence qui le met à la torture depuis samedi, et ne le retire pas.

Georges. Georges ne me le pardonnerait pas !

Savoir... Chercher à savoir, d'abord. Oui, mais comment ?

Il n'a pas le temps d'y songer plus avant. On frappe au carreau du séjour, plus fort que la musique. C'est Jacques Espingeon. Rivier est surpris. Il lui fait signe d'entrer par la cuisine.

— L'arbre a été coupé ! lâche le visiteur dans un souffle, à peine la porte ouverte.

— Merde ! Qui a pu faire une chose pareille ? Entre ! Comment l'as-tu appris ?

— C'est Gérard, le cantonnier. Il voulait lui mettre un coup d'eau. Il est venu m'avertir tout de suite. Je suis allé voir. Sectionné, à mi-hauteur. Un simple coup de laguiole ou de sécateur. Pendant la nuit. Les feuilles sont déjà toutes sèches.

Espingeon tire une chaise et s'assoit. Il en a les jambes coupées. Quelques longues mèches de cheveux, d'habitude rabattues d'une tempe vers l'autre pour masquer sa calvitie, flottent en désordre au-dessus de son crâne.

— Quel est le crétin capable de faire une chose pareille ?

— Va savoir ! Il ne s'en est pas vanté, en tout cas, affirme Espingeon.

Il laisse dans sa poche le bout de papier perforé que l'employé municipal a trouvé empalé sur la jeune pousse décapitée. « *ESPINGEON ACCEUILLANT COMME EN 40.* » Ces quelques mots en majuscules, non signés bien sûr, ne peuvent pas avoir été écrits par un jeune imbécile. Et puis l'auteur a fait passer la tige par le centre du « O » de son nom écrit en très gros. Cette allusion obscène émane d'un esprit d'adulte, à n'en pas douter. La faute d'orthographe, classique, est peut-être même intentionnelle, pour brouiller les pistes. On n'en tirera rien. Inutile de chercher. Inutile de le montrer à Rivier.

— La question, maintenant, est surtout de savoir comment on fait avec les Allemands, enchaîne le maire. Les jeunes ont rendez-vous au lycée à neuf heures, ils vont forcément le voir.

Rivier sort de la cuisine pour arrêter le disque, comme si le fond musical l'empêchait maintenant de mettre de l'ordre dans ses idées.

— Tous les adultes seront bientôt mis au parfum, c'est le coup parfait pour plomber l'atmosphère, ajoute Espingeon dès qu'il reparaît.

— L'idéal, ce serait de le remplacer par une jeune pousse similaire.

— J'y ai pensé… Gérard sait qu'on pourrait en trouver dans la forêt des Margelles. Mais le temps d'y aller, d'en trouver une, de l'extraire puis de la replanter proprement, les jeunes seront déjà passés devant. Je l'y ai quand même envoyé.

— Il est sectionné comment, l'arbre ?

— En haut du tronc, sous les premiers rameaux. Je te l'ai dit, il est mort.

— On peut imaginer joindre les deux bouts et les faire tenir avec un bandage serré ? Une fois attaché au tuteur, ça peut tenir le temps de le remplacer…

Espingeon lui oppose une moue dubitative.

— Les feuilles font déjà la gueule, soupire le maire. Imagine ce que ça donnera quand le soleil aura cogné dessus toute la journée…

— On tâchera d'éviter la zone. Il n'est pas prévu, de toute

façon, que les jeunes reviennent au lycée l'après-midi. Ça laissera le temps au cantonnier de faire les choses avec soin.

Le maire accorde un « oui » pensif à une solution qui ne lui plaît guère. Mais il doit bien admettre qu'aucune alternative ne lui vient à l'esprit.

— Je vais demander à Gérard d'arranger ça dès qu'il sera de retour, se résout-il. Je lui ai dit d'être impérativement sur place pour huit heures et demie, qu'il ait trouvé ou non ce qu'on cherche. S'il a trouvé et qu'il a le temps d'arranger la chose, tant mieux. Sinon, on fera selon ta suggestion, et je lui dirai de se poster devant pour que les jeunes ne remarquent rien à leur arrivée. On tâchera d'opérer une diversion à leur sortie.

Tels des comploteurs craignant qu'on surprenne leur messe basse, les deux hommes ont le même réflexe de se redresser lorsque Claudine pénètre dans la cuisine. La jeune femme, en robe de chambre, sort du lit les yeux encore gonflés d'un sommeil de nuit d'été trop chaude. Elle n'a pas besoin de se les frotter longuement pour percevoir l'atmosphère inhabituelle de cette réunion matinale. Non que la présence de Jacques Espingeon soit insolite. Mais elle note tout de suite ce que sa mise trahit d'inédit : il ne porte pas de cravate. Il manque aussi un autre élément familier. L'odeur de café mêlée à celle de la cigarette. Jamais son père n'accueille un visiteur sans lui offrir de son « précieux liquide », comme il l'appelle. A fortiori à Jacques, un fanatique de l'arabica depuis qu'il l'y a converti. En revanche, elle fronce le nez à la forte odeur d'eau de Cologne qui flotte dans la pièce. D'habitude, son père en fait un usage plus modéré.

— Que se passe-t-il ? demande-t-elle, aux aguets sur le seuil.

Pensant redonner du mouvement à cette scène dangereusement figée, les deux hommes se lèvent, Rivier pour l'embrasser, Espingeon pour prendre congé.

— Bonjour ma chérie ! Tu pourrais commencer par nous saluer.

Elle s'exécute auprès de son père et de son parrain de deux bises rapides, mais revient aussitôt à la charge :

— Il se passe quelque chose...

Face à ce ton assuré, aucun des deux hommes ne se sent en mesure de nier l'évidence. Mais ni l'un ni l'autre ne prend sur lui de raconter l'affaire. Le père et le maire se laissent mutuellement la responsabilité légitime de l'explication. Ce blanc renforce l'inquiétude de Claudine.

— Thérèse ? Il est arrivé quelque chose à Thérèse ?

Cette hypothèse sort aussitôt Espingeon de son mutisme.

— Non, non, non, rassure-toi !

Le problème de l'arbre sectionné lui apparaît soudain presque anecdotique.

— C'est simplement que quelqu'un a coupé l'arbre des Allemands pendant la nuit, avoue-t-il en secouant la tête.

L'annonce laisse Claudine bouche bée.

— Qui peut être assez stupide... ? lance-t-elle en l'air, tout en voyant défiler certains visages dans son esprit, dont celui de sa prof d'allemand. En même temps, ce ne sont pas les bornés qui manquent par ici... Je me dis qu'on a de la chance que ce soit tombé sur l'arbre et pas sur quelqu'un !

— À Dieu ne plaise ! s'exclame Espingeon, qui n'avait pas imaginé pareille extrémité.

— En attendant, c'est un coup porté sciemment au jumelage, note Rivier. Heureusement, le cantonnier a averti Jacques, et on va pouvoir y remédier.

Espingeon regarde sa montre.

— Que comptez-vous faire ? demande Claudine.

L'explication que lui donne son père provoque son incompréhension.

— Vous feriez ça ! Et si les Allemands le remarquent ?

— On va faire au mieux, et tout se passera bien. Ce n'est pas comme si tout le monde avait les yeux rivés sur ce petit arbre…

— Il suffit pourtant de vous entendre en parler pour savoir que ce n'est pas anodin, note sa fille. Pourquoi prendre ce risque ? J'imagine leur réaction s'ils apprennent que leur arbre a été remplacé ou rafistolé en cachette. Ils seront déçus, Papa ! Il faut leur dire la vérité !

— Je te répète qu'ils n'en sauront rien ! Ils seraient encore plus déçus d'apprendre qu'il y a, à Saint-Victor, des gens capables d'un tel acte.

— Moi, je pense qu'ils sont parfaitement capables de comprendre que tout le monde ici n'est pas favorable au projet.

— Ils peuvent s'en douter, tu as raison, Claudine, intervient son parrain. Mais c'est un acte hostile et blessant qui a été commis. Je ne veux pas que le jumelage commence sur ces bases.

— Mais la meilleure base, c'est celle de la sincérité, non ? s'exclame-t-elle. Est-ce qu'ils peuvent vous reprocher d'avoir été sincères ? Au contraire, ils vous remercieront de votre confiance. Je suis certaine que les jeunes…

— Écoute Claudine, la coupe son père avec autorité, ça créerait des difficultés inutiles. On va faire comme prévu, et tout ira pour le mieux. La conversation est close.

— Mais Papa ! Tu donnes raison à l'auteur !

— Qu'est-ce que tu racontes ? dit-il en haussant le ton. On se donne un mal de chien pour que tout se passe bien, on ne va pas se laisser emmerder par la moindre anicroche. C'est justement en suivant ton raisonnement qu'on conforte son acte : on lui donne plus d'importance qu'il n'en a.

Sans se laisser démonter, Claudine prend Espingeon à témoin :

— Parrain, tu n'es pas d'accord ? S'il ne se passe rien, cette même personne risque d'en rajouter une couche ! Dieu sait ce qu'elle pourrait imaginer...

— Il suffit, Claudine ! lui ordonne son père avec une fermeté inhabituelle.

La colère monte en lui au point que l'envie lui vient de la gifler. Il s'effraie aussitôt de cette pensée si étrangère à sa nature. Il soupire pour évacuer le trop-plein qui lui serre la poitrine.

Dans un geste paternel d'apaisement, Espingeon pose ses mains sur les avant-bras de ses interlocuteurs :

— Bon, commençons par ne pas nous laisser désarçonner par cet énergumène... Nous serions les premiers à lui donner raison, comme tu le dis, Claudine.

Il marque un instant de pause pour rassembler ses idées.

— Il faut que tu comprennes que nous sommes dans une situation délicate. Les oppositions ne manquent pas, c'est vrai. Mais elles vont s'aplanir d'elles-mêmes, justement parce que nous sommes sur la voie d'une normalisation. Si tout se passe bien pendant cette semaine, le pari sera gagné. On cherche par cet acte à nous pousser sur le terrain glissant des mauvais souvenirs. On ne peut pas se le permettre, sinon tout va capoter.

Rivier acquiesce pensivement, tandis que sa fille secoue la tête en signe de refus.

— Je pense que vous vous trompez, insiste-t-elle. Vous êtes les premiers à condamner le mensonge, je suis bien placée pour le savoir. Et là, le mensonge devient une solution.

— Allons ! C'est plus compliqué que ça, tu le sais bien, reprend son père avec des intonations plus conciliantes.

— Moi, j'ai honte ! lâche-t-elle. J'ai honte par avance, parce que je sens qu'ils vont le découvrir.

— Dans ce cas, décide Espingeon, nous leur expliquerons que nous avons voulu faire au mieux, et ils nous comprendront.

La conclusion du maire ne reçoit pas meilleur accueil. Claudine repart de plus belle :

— Alors autant le leur dire tout de suite. On refait une petite cérémonie avec un autre arbre. Ce sera une manière de montrer qu'on ne se laisse pas démonter. L'auteur verra que son geste est vain. Qu'on ne le craint pas. Il ne recommencera pas !

Rivier est sur le point de moucher son effrontée de fille pour de bon lorsqu'un « Bonjour ! » enjoué lui ôte le premier mot.

Ingeborg vient de passer la tête dans l'encadrement de la porte. Elle hésite à franchir le seuil de la cuisine. Elle craint de déranger ou est simplement intimidée par la présence du maire.

— Entre Inge ! l'invite Claudine.

Contrairement à sa correspondante, la demoiselle a pris le temps de s'habiller avant de se montrer. Les deux messieurs la saluent en enrobant sa silhouette du regard. Espingeon, qui ne la connaît pas encore personnellement et, pour tout dire, n'a guère prêté attention aux jeunes jusque-là, en oublie un instant les contrariétés. Il a l'impression de serrer la main à Marlène Dietrich dans *L'Ange bleu*. Le visage de la nouvelle Allemagne prend soudain des formes charmantes. L'image agressive du casque à pointe qu'avait imprimée la propagande de 14 dans son cerveau d'adolescent avait certes laissé la place, au moment de l'Occupation, à une gamme plus étendue, mais invariablement masculine. Sous les traits des soldats de Guillaume II ou des exécuteurs des basses œuvres d'Hitler, l'Allemagne n'avait jamais eu de féminin que son nom. Les Allemandes formaient, pour les

Français comme lui qui n'avaient jamais mis le pied chez leurs voisins, une réalité virtuelle, aussi immatérielle que les apparitions de Dietrich sur les écrans de cinéma. À la maison, il recevait bien Mme Schneider avec le maire et les conseillers de Riedenfeld, mais à force de lui parler de ses origines huguenotes, elle avait fini par lui donner l'impression qu'elle revenait d'un séjour linguistique outre-Rhin.

Cette jeune femme qu'il découvre maintenant, de chair et d'os, avec son sourire franc et gracieux, ses yeux bleu-vert rieurs, son teint caramel, sa petite main douce dans la sienne, incarne l'antithèse de ses préjugés, tenaces malgré lui. Espingeon en est tout secoué.

Cet instant de sourires empruntés décide Claudine à jeter un pavé dans la mare. Elle s'autorise à résumer à Ingeborg l'affaire qui les occupe.

Son toupet laisse les deux adultes pantois. Rivier ne reconnaît plus sa fille. Encore tout énervé par la conversation qu'il n'a pas su clore, il a envie de frapper la table du plat de la main, autant pour couvrir les révélations de Claudine que pour faire enfin valoir son autorité de père. Mais le fatalisme l'envahit à nouveau. Au bout de quelques secondes, ce sentiment lui fait prendre une chaise et s'y asseoir avec une lourde résignation. Plus ouvert à la proposition de sa filleule, Espingeon avait surtout voulu éviter de contredire son ami devant elle, si bien que l'initiative de Claudine le gêne plus pour sa hardiesse vis-à-vis de son père que sur le fond. En regardant les deux demoiselles, il prend conscience pour la première fois que ce jumelage échappe déjà à sa génération au profit de la leur, et qu'il en ira certainement mieux ainsi.

— Tu es d'accord, Inge, on ne peut pas cacher ça..., conclut-elle en laissant entendre que son père et son parrain privilégient cette idée.

— Oui, ce n'est pas grave, répond-elle avec une conviction désarmante, sourcils et épaules haussés. On met un autre !

— Vous voyez ! triomphe Claudine en tendant le bras en direction du juge de paix.

Espingeon se sent en devoir de conclure, avec une mimique amène censée calmer tout le monde, lui compris :

— Bien, bien… Je vais voir comment on peut arranger tout ça. Je vous laisse. Je file rejoindre mes hôtes. À tout à l'heure !

Dans un sursaut, Rivier saisit l'occasion pour sortir lui aussi.

— Je vais acheter du pain.

— Je te prépare le café, Papa, lui annonce sa fille, bien consciente de l'embarras qu'elle lui a causé.

Il claque la porte sans lui répondre.

*

— Il est bizarre depuis deux jours, confie Claudine à son amie. D'habitude, mon père plaisante tout le temps. Il se réjouissait tellement à l'idée de ce jumelage. Et là, on dirait que ça lui pèse.

— « Pèse » ?

— Oui, que c'est un problème, et pas une fête. Cette histoire d'arbre est embêtante, c'est vrai. Mais il n'aurait pas réagi comme ça en temps normal. Mon père reste toujours positif ! Ça ne lui ressemble pas.

— Il est peut-être encore fatigué à cause de son *Kollaps.*

— Oui, mais ça aussi c'est nouveau.

— Tu crois c'est à cause de nous, les Allemands ?

— Je ne sais pas. L'ambiance est bonne, pourtant, et tout se passe bien.

— Pour les adultes, c'est plus difficile que pour nous, je peux imaginer. Ils ont vi des choses… vivé ?

— « Vécu », corrige Claudine avec un sourire. Tu as raison, c'est sûrement plus compliqué. Mais tout le monde ne réagit pas comme mon père…

Elle verse avec précaution les grains de café dans le moulin à manivelle. Puis elle s'avise que pour accélérer le processus, il vaut mieux commencer par mettre de l'eau à chauffer sur la gazinière.

— Il pense peut-être à ta maman, qui est morte aussi à cause de la guerre, donc à cause des Allemands, suggère Ingeborg.

Cette hypothèse laisse Claudine songeuse. Elle n'a jamais établi de lien direct entre le décès de sa mère et l'Occupation. Le virus ne lui avait pas été inoculé par les Allemands. Les restrictions qui sévissaient alors n'avaient pas arrangé les choses, bien sûr. Mais une sorte de fatalité entoure ce malheur. Jamais, dans les rares conversations que Claudine a eues sur ce sujet avec son père, ce dernier n'en a imputé la faute à quiconque, sinon aux « circonstances ». Ce mot peut désigner beaucoup de choses. Aux oreilles de sa fille, il résonne moins comme une accusation que comme un regret, voire un remords. À l'entendre, la présence des Allemands en France a moins compté dans l'issue fatale que sa propre absence au chevet de sa femme.

Mais comment savoir ce que pense son père, au fond de lui ? Il ne parle jamais que du présent ou du lendemain, comme si le passé menaçait sa langue de paralysie. Aux questions qu'elle lui pose de temps en temps, il répond toujours par des phrases laconiques, prononcées avec un rythme plus lent qu'à l'habitude. Sa curiosité s'accroissant avec l'âge, et sa perspicacité aussi, Claudine a remarqué qu'il excelle dans l'art de détourner ce type de conversation par quelque proposition enthousiaste : « Et si on allait faire ceci ? » ; « Que dirais-tu que je t'emmène là ? » ; « Et si on invitait Untel ? »

Elle se met à moudre les grains de café. Lentement, pour que le bruit ne couvre pas ses paroles, ni ses pensées.

— Mon père est un homme très secret, malgré les apparences. Si je lui demande ce qui ne va pas, il s'étonnera de ma question et affirmera que tout va bien… Nous sommes très proches l'un de l'autre. Mais dès qu'on commence à parler de lui, ça le gêne. Et si je l'interroge sur son passé, c'est « Circulez ! il n'y a rien à voir… ».

— Mes parents font la même chose avec moi, tente de la rassurer Ingeborg en haussant les épaules. Les adultes !

— Ou alors il me donne une version des événements simplifiée, comme quand j'étais petite. Par exemple, il n'a jamais voulu me raconter précisément comment un chariot a pu lui écraser le pied. C'était en Allemagne, c'est tout ce que je sais.

— Ton père était en Allemagne ? Il a été pris prisonnier à la bataille contre l'Allemagne ?

— Non, c'était après. Il est parti en septembre 1943. C'est le tout premier souvenir que j'ai gardé de mon enfance. Papa devait être au travail. Maman et moi étions à la maison. J'ai entendu des hommes casser la porte d'entrée et ma mère pousser un cri. Pendant que les uns fouillaient toute la maison, les autres m'entouraient pour me poser des questions sur Papa. Ils se montraient gentils avec moi, mais j'avais tellement peur ! À la fin, ils sont partis avec Maman. Elle a fait demander à mon parrain – le maire, mais il ne l'était pas encore à ce moment-là – de s'occuper de moi. Maman a été relâchée deux jours après. Papa n'est pas rentré, lui. Il a été envoyé dans un camp de travail en Allemagne.

Claudine s'interrompt. L'émotion la fait déglutir longuement. Ingeborg s'approche d'elle et lui prend les mains :

— Excuse-moi, je demande trop de questions.

— Non, ne t'excuse pas ! dit Claudine en affichant un sourire brave pour la rassurer. Ça me fait du bien de te parler de tout ça… C'est bien toi qui as connu Freud, n'est-ce pas ?

— Dans mon *baby buggy*... C'est ma mère qui me l'a dit, j'avais six mois. Nous étions juste dans le même quartier, à Londres… Mais j'aime le lire, et donc écouter les gens. Surtout toi.

— On m'a raconté qu'il était parti en voyage ! poursuit Claudine, encouragée dans sa confession. Tu te rends compte ? Mais moi, je sentais bien que ce n'était pas vrai. Un mois après, je fêtais mon sixième anniversaire. Il n'était toujours pas de retour. J'ai commencé à faire des crises de plus en plus fortes en réclamant mon père. Maman a fini par m'avouer qu'il était prisonnier en Allemagne et qu'on ne savait pas quand il reviendrait à la maison. J'ai attendu près de deux ans.

Elle suspend son récit, réfléchissant à ce qu'elle raconterait des deux années suivantes : la lente agonie de sa mère, l'absence muette de son père ? Elle y renonce, pour ne pas infliger à son amie les détails de cette douloureuse période, dont elle garde un souvenir étonnamment clair.

Elle donne encore une vingtaine de tours au moulin, avant d'extraire le tiroir pour s'assurer d'avoir produit la juste quantité de poudre. Au passage, elle hume l'arôme de l'arabica. Son odeur familière l'incite à continuer.

— Quand Papa est rentré, il n'y a pas eu de fête. Moi, j'étais heureuse, je m'en souviens encore. On attendait son retour depuis des semaines. J'étais revenue de Toulouse. Mes grands-parents m'avaient renvoyée chez les Espingeon pour que je puisse l'accueillir. Un jour, Jacques est parti le chercher à Paris. Thérèse n'arrivait plus à me détacher de la fenêtre. Quand la voiture est revenue, je me suis précipitée à sa rencontre. Mais je me suis arrêtée à mi-chemin. J'ai eu peur de l'homme qui me tendait les bras. Pauvre Papa ! J'en ai encore honte, aujourd'hui. L'image qu'il me restait de son visage venait des quelques photos de lui prises à ma naissance. Je ne l'ai pas reconnu. Il avait beaucoup changé. Il m'a serrée très fort et très longtemps, en hoquetant. J'ai l'impression de sentir encore ses bras autour de moi quand je te raconte ça... Ce que j'ignorais alors, dans ma tête de petite fille, c'est ce que m'a dit Jacques il y a deux ou trois ans : mon père a appris la disparition de Maman sur le chemin du retour, dans la voiture. Elle était morte depuis près d'un an, sans qu'il n'en ait rien su !

Sa voix se brise sur cette dernière phrase. Ingeborg la tire doucement vers la table pour qu'elle vienne s'y asseoir.

— Avec mon père, on ne peut parler du passé qu'en lien avec le souvenir de Maman. Mais l'histoire s'arrête à l'été 1943. Les deux années suivantes sont taboues. Tu comprends « tabou » ?

— Oui, c'est le même mot en allemand et en anglais. Tu ne sais pas pourquoi il était en Allemagne, alors ?

— Les seules informations que j'aie réussi à obtenir, c'est par Jacques. Mais lui aussi est gêné, probablement parce qu'il ne veut pas en dire plus que mon père, par respect. Je sais juste qu'il a aidé des gens dans la Résistance. Il leur a fourni des faux papiers en profitant de sa position à la préfecture. Il pourrait en être fier. Il a reçu une reconnaissance officielle quand il est rentré, une carte. Les anciens résistants jouissent d'une grande considération en France depuis la Libération. Quand j'ai dit à Jacques que je ne comprenais pas pourquoi mon père n'en parlait pas, pourquoi il n'en était pas fier comme d'autres, il a répondu : « Il veut certainement oublier les choses très dures qu'il a vécues en Allemagne. » Derrière ce mot « certainement » qu'il a utilisé, je comprends que lui non plus n'en a pas vraiment discuté avec lui.

Ingeborg acquiesce en haussant les sourcils, comme pour signifier que cette situation ne l'étonne guère.

— C'est pareil en Allemagne. On ne sait pas ce qui s'est passé, les adultes n'en parlent pas. Mes parents et leurs amis allemands discutaient toujours de politique quand on était en Angleterre, je me souviens, j'entendais toujours « les nazis », « les nazis », « les nazis ». Mais au retour, ce mot est disparu. En Allemagne, on ne peut pas le prononcer. Même au repas, chez nous, c'est difficile. Mon frère Niels s'intéresse beaucoup à l'histoire et à la politique. Il interroge parfois à table. Mes parents baissent la voix ou préfèrent se taire. Beaucoup de leurs camarades du parti sont morts dans des camps de travail de Hitler. Je crois qu'ils se taisent par respect.

L'eau bout dans la casserole. Claudine se lève et dépose six cuillers à soupe de café moulu au fond de la Melior. Six, à ras bord, ni plus, ni moins, pour une cafetière remplie aux trois quarts. C'est comme cela que le boit son père. Si la dose n'est pas scrupuleusement respectée, il le sent à la première gorgée. Elle y met plus d'application que jamais.

— En réfléchissant, poursuit Ingeborg, je me dis que mes parents se sentent même coupables. Ils ont pu quitter l'Allemagne à temps, eux. Même si la vie à Londres n'était pas facile, ils ont échappé aux catastrophes. La dictature, la guerre, la destruction de l'Allemagne. Quand nous sommes revenus au début de 1948, les gens avaient encore faim à Munich.

— Coupables de quoi, pourquoi ?

— J'ai lu dans un livre que les surviveurs d'un accident se sentent souvent coupables de vivre.

— C'est absurde ! se défend Claudine. Tes parents n'y

sont pour rien, comme mon père n'est pour rien dans la mort de ma mère. Il est victime de tout : sa déportation, et le décès de Maman.

La jeune Allemande baisse la tête pour laisser son interprétation infuser dans l'esprit de sa correspondante. Mais elle la relève bientôt :

— Je peux te demander encore quelque chose ? Est-ce que ton père a une amie ?

— Tu veux dire une petite amie ? Une amoureuse ?

— Oui.

— Non. Pas que je sache, en tout cas ! répond-elle avec un sourire qui masque mal sa gêne.

— Tu trouves normal ?

Claudine fronce les sourcils.

— Où est-ce que tu veux en venir ?

— Ton père est encore assez jeune. Il n'a pas de petite amie. Vous avez déjà parlé de ça ensemble ?

— Non. Ce n'est pas vraiment un sujet que je me vois aborder avec lui. Si je le faisais, je crois qu'il serait très mal à l'aise.

— Pourquoi ? insiste Ingeborg.

— Tu m'en poses, des questions ! Je ne sais pas, moi. Je te l'ai dit, c'est un homme secret, il n'aime pas parler de lui.

— Mais tu es sa fille…

Les yeux de Claudine quittent ceux de sa correspondante pour se fixer sur la photo de mariage de ses parents, qui se dresse dans un cadre argenté au milieu du vaisselier.

— Justement, je suis sa fille. Et il pense que ça me ferait du mal qu'il fréquente une autre femme que ma mère.

— C'est vrai, tu serais contre ça ?

— Non, répond-elle après quelques secondes d'introspection. Ça me demanderait un effort, c'est sûr. Mais je sais aussi qu'un jour, je quitterai la maison. Je préférerais qu'il ne reste pas seul. En fait, je serais heureuse pour lui, en y réfléchissant…

— *Gut !* Tu es capable de lui dire ?

Elle hésite.

— Peut-être. Mais je sais qu'il fera tout pour éviter la discussion.

— Donc toi tu es prête à parler avec lui de ces deux sujets. Lui pas du tout. Tu dis : « Il est secret. » Je ne crois pas. Ton père se sent double coupable, pour l'Allemagne, et pour ta mère.

Cette conclusion lapidaire laisse Claudine pantoise, dans la lumière crue d'une vérité qu'elle n'a jamais envisagée avec une telle évidence : « Papa se sent doublement coupable. » La clef que vient de lui donner Ingeborg ouvre une porte sur l'envers du décor. Il lui semble tout à coup que son père collectionne les masques. Celui du père doux et attentionné, celui de l'homme sociable à l'humour facile, celui de l'élu dévoué, celui du promoteur enjoué du jumelage, celui du passionné de jazz et de café, celui du fervent spectateur du tour de France… Mais dans le miroir apparaît le reflet d'un homme rongé par le trac de ne pas réussir à donner le change.

Cette vision bouleverse Claudine, qui éclate en sanglots pour de bon.

Ingeborg la prend dans ses bras, la laissant se vider, en même temps que de ses larmes, de la tension qui l'habite. Le réservoir semble inépuisable. La jeune Allemande sent les gouttes percer son chemisier au-dessus de son épaule, mais ne bouge pas. Le rôle de confidente ne lui déplaît pas, bien au contraire. Elle s'en fait une spécialité parmi ses copines. Lorsque les larmes concluent une conversation intime, elle est comblée. Comme le sourcier avec l'eau souterraine, elle est sûre de posséder l'art de se mettre en résonance avec les ondes d'autrui et de dénouer les estomacs.

Elle se décolle d'un mouvement lent vers l'arrière pour pouvoir lui parler les yeux dans les yeux.

— Les adultes pensent que les catastrophes de la guerre sont trop grandes. Que c'est mieux pour nous de ne pas savoir... Ils ne parlent pas. Mais le silence est toujours mauvais. Tu peux aider ton père. Il faut réussir à parler avec lui.

Claudine renifle et s'essuie le nez avec la manche de sa robe de chambre. Son visage rosi par les pleurs s'éclaire d'un sourire volontaire. Elle met ses deux mains sur les joues d'Ingeborg et colle ses lèvres sur les siennes.

La psychologue en herbe reste comme pétrifiée, les bras ballants, pendant la demi-seconde que dure ce baiser, pas plus attendu qu'il n'était prémédité. Elle sent, du bout de sa langue, le goût agréablement salé qu'elle y a déposé.

*

Rivier ralentit son pas. Il lui faut retrouver son calme. Entre son cauchemar, l'attentat contre l'arbre, l'effronterie de sa fille et maintenant l'accueil glacial de la boulangère, il sent que ses nerfs lui réservent une journée pénible. Il s'arrête à l'ombre pour allumer une cigarette et remettre de l'ordre dans ses idées.

Foutue suspicion !

Essayer de lui faire dire ce qu'il faisait pendant la guerre ? Délicat. Sans assurance, du reste, qu'il dise la vérité si sa version devait l'éloigner de Buchenwald. Si Kluge s'était fondu dans la masse, à la capitulation, c'est qu'il maîtrisait au plus haut point les techniques de camouflage. Se renseigner auprès de l'équipe municipale allemande ? Soit ils ignoraient tout et ne pouvaient être d'aucun secours, soit ils savaient, et donc le couvraient. Dans tous les cas, il aurait du mal à enquêter sans éveiller les soupçons sur ses doutes. Et puis il fallait compter avec la barrière de la langue, qui ne lui permettait pas de s'engager à couvert dans des conversations où une nuance de vocabulaire, une inflexion de ton, le mettrait sur la voie.

Demander leur avis à d'anciens camarades de déportation ? Ils avaient bien créé une association dès leur retour à Paris. Mais Rivier n'avait pas souhaité y adhérer. Il lui faudrait reprendre contact. Une initiative pénible en soi. Peut-être possédait-elle des informations sur le sort des gardiens SS de Buchenwald ? Mais « Jésus » n'était qu'un surnom, cela ne servirait probablement à rien. Il faudrait alors que d'autres anciens déportés viennent juger par eux-mêmes. Sous quel prétexte, sans que cela ne mette tout le monde en émoi ? Il serait obligé d'en parler, au moins à Jacques… Et puis : ne seraient-ils pas confrontés à la même difficulté que lui ?

Il existait bien un moyen objectif de savoir si Kluge avait été membre de la SS. Rivier se souvient d'avoir vu des GI's filtrer des files de réfugiés en civil en faisant ôter leur chemise aux hommes. Ils cherchaient le tatouage du groupe sanguin propre aux SS, comme les médecins du Moyen Âge la marque du diable.

Dr Kluge, vous voulez bien me montrer votre aisselle gauche pour me rassurer ?

Rivier aurait ri de cette idée saugrenue si sa tension intérieure, la fatigue aidant, n'atteignait déjà un seuil qui l'en empêchait. Son cerveau travaille pourtant déjà à échafauder des plans de baignade collective dans la Marne… Il se voit avec ironie nager à côté de Kluge, scrutant son torse, ou saisir l'opportunité éphémère du séchage des bras pour s'assurer de l'absence d'un mini-tatouage entre deux frottements de serviette de bain…

Existait-il un fonds d'archives dans lequel se trouveraient des listes des centaines de SS passés par Buchenwald ? À qui adresser une telle demande ? Il lui faudrait certainement passer par l'administration militaire américaine… ou même par les Soviétiques, puisque les Américains ont laissé la région de Weimar dans leur zone d'occupation. Il ne sait pas non plus si la nouvelle République démocratique allemande s'intéresse encore aux nazis qui ont sévi sur son territoire pendant la guerre.

Tout cela s'annonce bien trop compliqué.

Rivier songe aussi à la publication des actes de procès de dénazification organisés par les Alliés en Allemagne. Mais là encore, son ignorance est béante. Il ne sait pas du tout comment les verdicts, rendus par des tribunaux militaires, ont été portés à la connaissance du public, et s'ils l'ont été tout court. En France même, les journaux n'en avaient guère parlé. Seuls les procès de Nuremberg, à sa connaissance, avaient été couverts par des journalistes français. Qu'y trouverait-il, de toute façon ? Si Jésus avait subi une condamnation dans les premières années d'après-guerre, il ne se trouverait sûrement pas déjà à l'air libre. Kluge lui a dit avoir été élu à Riedenfeld en 1950 : il n'avait pas pu avoir affaire à la justice dans un intervalle si court.

Il en conclut que si Jésus et le bon docteur ne devaient faire qu'un, Kluge pourrait n'être qu'un pseudonyme. Quelle opportunité plus favorable que le chaos généralisé dans l'Allemagne de 1945 pour s'inventer une nouvelle identité ? Tant de morts, de disparus, de déplacés… Que pouvait faire l'administration allemande lorsqu'une personne ne possédait plus ses papiers d'identité, et se disait originaire d'une ville détruite par les bombardements ? Beaucoup avaient dû pouvoir se refaire une virginité à bon compte…

Ou alors ce n'était même pas nécessaire.

L'hypothèse inverse fonctionnait aussi. Rivier imagine un scénario dans lequel un SS, dont les souffre-douleur de Buchenwald n'ont jamais connu le nom, s'assure que son identité n'apparaisse pas dans les registres du camp. Rivier se souvient en effet avoir entendu dire que le commandement du *Lager* avait pris soin de brûler les archives avant l'arrivée des Américains. Avec un peu de chance, si les registres centraux de Berlin ou d'ailleurs avaient disparu sous les bombes, un retour à la vie civile, sous le même nom, restait envisageable.

Le cas de ce général SS qui commandait la division *Das Reich* dans le Limousin en 1944 lui vient à l'esprit. On en avait beaucoup parlé au printemps lors du procès de Bordeaux contre les assassins d'Oradour-sur-Glane. Déjà condamné à mort par contumace pour le massacre de Tulle, il ne s'était évidemment pas présenté devant le tribunal. Il coulait en fait des jours paisibles en Allemagne fédérale, sans avoir eu à changer d'identité. Sa lettre aux juges de Bordeaux avait scandalisé la France.

Comment s'appelle-t-il, déjà ? Rivier en a entendu parler autour de lui. Mais il s'est gardé de s'y intéresser de trop près, comme de tout ce qui le ramène à ces années de sang. Le nom de ce criminel de guerre ne lui revient pas. C'est pourtant vieux d'à peine quatre ou cinq mois…

Quoi qu'il en soit, il existe une manière arithmétique de régler la question. Si le nombre de SS du camp moins le nombre, parmi eux, de condamnés et de morts identifiés avec certitude égale à zéro, il n'y a plus de place pour Kluge.

La priorité, décide Rivier, consiste à appeler l'association des anciens déportés de Buchenwald. Ses interlocuteurs sauront certainement le renseigner sur l'état des informations concernant les bourreaux du camp.

C'est cela, appeler l'association !

Il lui en coûtera, mais il doit le faire.

Il jette la cigarette avant de l'avoir finie, comme si, par ce geste volontaire, il sanctionnait le caractère d'urgence de cette action. La nécessité de lever le doute s'impose à lui. La perspective de pouvoir le faire à moindres frais le rend déjà impatient de passer ce coup de fil à Paris. Dans la journée même. Il trouvera bien le moyen de s'éclipser.

Ce besoin subit ravive, en même temps, le sentiment de profonde déception qu'il éprouve depuis quarante heures.

Il se sent trahir sa propre parole, celle qu'il a prêchée devant les froids et les récalcitrants de Saint-Victor. La réconciliation s'accomplirait sans heurts. L'Allemagne avait changé. « Ni Hitler ni Himmler, s'entend-il encore marteler pour clore la discussion au sein du conseil municipal, ne vivent à Riedenfeld. » Et le voilà prêt à enquêter sur l'un de leurs suppôts putatifs… Il desserre les vannes de la digue, prêt à vidanger le passé de ses eaux pestilentielles, même si elles ne manqueront pas de souiller pour longtemps les pieds de tout le monde, les siens, ceux des hôtes, ceux des jeunes qui n'ont rien à voir avec tout cela.

Il rattache son besoin de savoir à une exigence de justice…

Georges…

La justice… Commande-t-elle vraiment d'investiguer à tout-va ? Pourquoi, alors, ne pas s'informer des faits et gestes de chacun des membres de la municipalité de Riedenfeld sous le IIIe Reich ? Et en France aussi, il reste du boulot… Balayer devant sa porte ! L'épuration, à la Libération, n'avait pas éliminé toutes les scories du pétainisme – les récentes lois d'amnistie en ont même fait remonter à la surface. Et que dire de toutes ces personnes prêtes à donner un petit coup de main aux Allemands en échange de quelque service, de tous les opportunistes qui s'étaient accommodés sans peine ni scrupule des lois de Vichy ? La France aurait perdu la moitié de sa population si la justice s'était appliquée dans toute sa rigueur.

La justice...

Comme celle qu'ont espérée les habitants d'Oradour en janvier ? Ils ont eu droit à un second massacre, judiciaire celui-ci.

Kluge... l'incarnation apparente du choc entre mémoire et réconciliation. Rivier le vit intimement, il en prend conscience, maintenant. En se lançant corps et âme dans ce projet, il avait peut-être entretenu l'espoir obscur, au-delà des arguments rationnels qu'il a pu servir en toutes occasions, de conjurer le souvenir, d'échapper à son poids obsédant. Mémoire et souvenir ont pourtant retrouvé son adresse et frappent à sa porte en lui présentant leur épouvantail, *Jésus*, celui qui rend potentiellement l'oubli indécent et disqualifie le pardon.

Quel cauchemar !

Comment en sortir sans tout foutre en l'air ?

Savoir d'abord, et aviser ensuite, en toute connaissance de cause. Savoir. Cette conviction l'emporte, avant même de déterminer si l'établissement d'une certitude servira au rétablissement de la justice.

Lorsqu'il pousse la porte-fenêtre de la cuisine, Rivier voit Claudine se précipiter sur lui pour l'embrasser, l'œil humide et la tendresse expansive.

— Papa !

*

Quand Espingeon entre dans le vestibule, Thérèse l'y attend. Elle a entendu la voiture rouler sur le gravier de la cour.

— Ce n'est pas trop tôt ! Voilà plus d'une heure qu'ils t'attendent à table…

Il sort son mouchoir pour essuyer son front en sueur

— J'ai fait au plus vite, Thérèse, tu penses bien. Tu leur as fait prendre le petit déjeuner, j'espère ?

— Évidemment ! Et toi ? Tu as trouvé une solution à ton problème, au moins ?

— Il s'est résolu de lui-même…

Pas de jeune pousse équivalente, pense-t-il sans prendre la peine de préciser sa réponse à sa femme. À défaut d'arbre de substitution, la seule solution raisonnable consiste donc à s'en ouvrir aux Allemands. Il prend deux profondes inspirations et part en direction de la salle à manger d'un pas déterminé.

Les hôtes se lèvent à son entrée pour le saluer. Il serre les mains en s'excusant auprès de chacun. Il prend sa place habituelle en bout de table. À peine s'est-il saisi de sa serviette que la bonne s'avance pour lui servir son café.

— Merci Jacqueline. Resservez de café ces messieurs dames, voulez-vous ? Avez-vous eu tout ce que vous désiriez ? s'enquiert-il auprès de ses hôtes.

— Très bien, très bien ! le rassure immédiatement le *Bürgermeister*.

— Je suis désolé de vous avoir fait faux bond ce matin, s'excuse-t-il encore.

Annette Schneider prend l'initiative de traduire en allemand.

Espingeon boit une gorgée de café. Puis une deuxième.

— On m'a appelé ce matin pour me prévenir d'un

événement tout à fait contrariant qui m'a privé du plaisir de prendre le petit déjeuner en votre compagnie.

Il marque un temps, laissant ainsi Mme Schneider traduire son entrée en matière.

— Malheureusement, un esprit chagrin, pour ne pas dire autre chose, a profité de la nuit pour couper l'arbre que vous nous avez offert…

Mme Schneider et Thérèse poussent un petit cri simultané de stupeur. Les hommes restent suspendus à leur exclamation. Kurt Schneider, lui, a compris : il supplée sa femme pour traduire ses propos. Les cinq autres messieurs gardent une mine impassible, le regard dans leur tasse de café. Espingeon voit Kluge tourner la tête vers Wegenrein. Il semble vouloir prendre la parole, sans toutefois se risquer à priver son maire de la préséance.

— Nous sommes désolés, dit Wegenrein en français.

— C'est nous qui sommes désolés de vous infliger cette triste réponse à votre cadeau, lui répond Espingeon.

Mme Schneider reprend sa place d'interprète.

— Il ne faut pas, insiste le *Bürgermeister.* Ce n'était qu'un petit arbre, comme il en existe des millions d'autres. On peut saccager une jeune pousse sans réussir à atteindre le symbole.

— Je vous remercie beaucoup de vos bonnes paroles, cher monsieur. Elles traduisent exactement mon opinion. L'émouvante cérémonie d'hier restera gravée dans nos mémoires et celle de nos jeunes. Personne ne pourra y porter atteinte.

— Elle a d'ailleurs été immortalisée, ajoute Thérèse qui découvre le journal que vient de lui apporter la bonne. Regardez la photo, ici. Dr Kluge, on y voit aussi votre fils.

Le *Courrier de la Marne* passe de main en main. Les commentaires satisfaits des Allemands, se félicite Espingeon avec soulagement, permettent de dédramatiser la situation. Il enchaîne avec sa proposition :

— Vous l'avez dit, monsieur le maire, l'auteur de cet acte n'a pas pu et ne pourra jamais toucher à l'essentiel. Cependant, je pense qu'un arbre de l'amitié entre nos deux villes doit pouvoir grandir devant nos yeux. Seriez-vous d'accord que nos jeunes aillent ensemble à la recherche d'une nouvelle pousse dans une forêt avoisinante et la transplantent au même endroit ?

— Naturellement ! C'est une très bonne idée, approuve Wegenrein. Par ces chaleurs, je suis certain qu'ils apprécieront d'aller en forêt.

— Bien. J'irai en fin de matinée leur exposer le changement de programme pour cet après-midi.

— Souhaitez-vous que je vous accompagne ?

— Bien volontiers. Merci ! Merci beaucoup !

Espingeon saisit la panière à proximité.

— Veuillez m'excuser, ces émotions n'ont pas réussi à me couper l'appétit.

Les Allemands mêlent sourires de convenance et « *bitte !* » d'invitation à se servir. Leur conversation roule de nouveau sur la pleine page du journal qui relate les événements du week-end à Saint-Victor. Thérèse les informe qu'elle a demandé à la bonne d'en acheter un exemplaire pour chacun.

Wegenrein, qui est assis à côté d'Espingeon, fait signe à Kurt Schneider d'approcher pour traduire ses propos. Il lui dit quelques phrases en aparté, que Schneider répète à Espingeon à voix basse.

— Le Dr Wegenrein vous remercie pour la confiance. Il imagine la situation pas confortable pour vous.

Espingeon esquisse un sourire reconnaissant à l'intention de son homologue.

— Mais il vous demande de lui répondre avec cette même sincérité. Voulez-vous que les adultes allemands font plus court leur séjour ici ?

— Cher ami, répond Espingeon après avoir posé sa tartine dans son assiette et s'être essuyé la bouche, veuillez remercier le maire de cette suggestion pleine de tact et de courtoisie. Mais dites-lui bien, s'il vous plaît, qu'il n'en est absolument pas question. Nous n'aurons pas assez des quatre jours qui restent pour mieux nous connaître !

Schneider traduit ces paroles mot pour mot. Le visage de Wegenrein se débarrasse d'un coup de ses rides. Il tend la main à Espingeon qui la lui serre avec chaleur.

*

Les jeunes Français frétillent à la porte de la salle de classe, impatients d'aller y prendre place. Pour un lundi matin, de vacances qui plus est, cette scène inédite amuse beaucoup René Dupré. Jamais sa classe de garçons n'a montré un tel empressement à se rendre à un cours d'allemand. Leurs correspondants et correspondantes, dont l'année scolaire n'est pas encore achevée, sourient de les voir s'agiter ainsi. Dans leur lycée de Riedenfeld, l'usage veut que l'ordre et le silence règnent lorsque le professeur ouvre la porte ; on doit également rester debout à côté de son pupitre jusqu'à ce qu'il donne la permission de s'asseoir. Là, les tables sont prises d'assaut dans un joyeux désordre, surtout celles du fond.

— D'habitude, ils savent se tenir..., s'excuse Dupré vis-à-vis de Wohllieb. Mais j'ai l'impression que la présence des filles les perturbe un peu.

Son collègue le regarde d'un air entendu.

Le chahut dure encore le temps d'aller chercher quelques chaises dans la salle adjacente et de se rassembler par paire de correspondants. Neuf Allemandes, plus Claudine, étrangère elle aussi à ce cours, se trouvent ainsi entourées de trente garçons, onze Allemands et dix-neuf Français. L'étroite cohabitation ne gêne personne. En deux jours de vie commune, l'ambiance entre les lycéens a eu le temps de se débarrasser de la retenue initiale, si bien qu'il faut quelques rappels à l'ordre de Dupré pour instaurer une atmosphère propice à l'étude. Il le fait avec bienveillance, d'autant qu'il remarque avec satisfaction que ses propres élèves, si taciturnes d'habitude dans son cours, s'efforcent de s'adresser à leurs camarades en allemand. Ce seul résultat justifie à lui seul tout le temps qu'il investit dans cet échange scolaire.

Avec Wohllieb, qu'il accueille chez lui pour la semaine, ils ont pris le temps de peaufiner leur leçon de la matinée. D'emblée, ils sont tombés d'accord sur le principe de ne pas proposer un cours classique. Pour entretenir la flamme, si besoin est, de cette rencontre franco-allemande, ils ont imaginé leur faire prendre conscience des nombreux échanges lexicaux qui ont émaillé les deux langues. Le cours se veut ludique et participatif. Et aussi instructif qu'il l'a été pour ses deux concepteurs.

Ils distribuent à chaque duo les feuilles encore chaudes de leur passage par la Ronéo. Plusieurs Allemands les hument, se demandant si l'alcool de reproduction sent pareil de part et d'autre du Rhin. On entend quelques commentaires de confirmation, à voix basse. D'où qu'ils viennent, à quinze ou seize ans, les poils de barbe naissants ne changent pas grand-chose, se dit Dupré, les garçons restent des enfants.

À la grande satisfaction des deux professeurs, les jeunes planchent avec intérêt sur les exercices proposés. Les indications sont données tantôt dans une langue, tantôt dans l'autre, si bien que les partenaires doivent se les expliquer mutuellement en les reformulant.

Dans la rubrique gastronomique, les définitions ne résistent pas longtemps à leur sagacité. *Die Aubergine, das Bonbon* sont plus vite trouvés que « nouilles » et « quenelles ». Au moins, leurs origines allemandes, *Nudeln* et *Knödel*, leur resteront en mémoire pour longtemps : les jeunes Français n'imaginent pas que la cuisine d'outre-Rhin ait pu avoir une influence jusque dans leurs assiettes, encore moins avec des quenelles dont tout le monde sait qu'elles font la fierté des Lyonnais. Quant à la difficulté du genre des mots, cette plaie dans l'apprentissage de la langue de Goethe, elle donne lieu à un sympathique débat avec le déterminant de *die Bouillon*.

— Nos amis pourront faire modifier leur dictionnaire à leur retour, clame Henri. On dit LE bouillon, tout autre article est une insulte à la gastronomie française.

— On demande pas aux Français de dire « la beurre », rétorque Silke. C'est féminin en Allemagne. Et en Espagne aussi.

— En anglais aussi, surenchérit Adi Kluge, dont la plaisanterie déclenche un joyeux brouhaha.

— C'est ce qu'on appelle *ein Bonmot* en allemand, précise Dupré par-dessus la rigolade collective, bravo jeune homme !

Wohllieb, qui a étudié la linguistique à Munich, en profite pour exposer le concept de contamination. Le bouillon s'est féminisé en traversant la frontière par analogie avec *die Suppe*, ou *die Brühe*, son équivalent.

— Ça restera quand même un sujet brûlant !

La blague de Maxime tombe à plat du côté allemand, jusqu'à ce qu'Ingeborg ait traduit à ses camarades.

— Si tous les cours étaient comme celui-ci, on n'aurait plus besoin de vacances ! confie Claudine à sa correspondante. Il faudrait que ma prof en prenne de la graine…

— Ce n'est pas toujours comme ça avec Wohllieb, je peux te dire ! L'air de la France le relaxe – on dit ça en français ?

Placé deux tables devant les filles, à côté de Mathieu, Adi se retourne pour leur adresser, l'index sur les lèvres, un discret mais taquin « *Ruhe bitte !* ».

Ingeborg chuchote à l'oreille de sa correspondante :

— Dis-lui « *Arschloch* » !

— Ça veut dire quoi ?

— Ça veut dire ce qu'il est…

— C'est sympa ton truc ?

Voyant que quelque chose se trame entre les deux demoiselles, Adi reste retourné, attendant une réplique à sa petite provocation.

— Vas-y, il va rire, l'encourage Ingeborg.

Cette perspective excite Claudine, qui lui envoie le mot inconnu en retour, à voix basse. Mais pas suffisamment bas pour qu'il échappe à Dupré, qui passe à proximité. Le professeur se contente de tapoter sur le pupitre des deux filles en guise d'avertissement. Elles en rougissent, surtout Ingeborg, promettant du regard à Adi, qui jubile, qu'il ne l'emportera pas au paradis.

Dupré donne de la voix pour reprendre le contrôle du cours, ce qui ne réussit que partiellement. Sa présentation des adjectifs français passés en Allemagne, *amourös*, *diskret*, *charmant*, convoie tout un imaginaire qui alimente quelques plaisanteries grasses du côté des Victoriens les plus en verve.

Pour sa part, Wohllieb insiste sur des cas intéressants d'allers-retours, comme « boulevard », utilisé en Allemagne dans sa forme francophone, alors que son étymologie, *Bolwerc*, le fait remonter à l'allemand médiéval. Dupré, qui ne veut pas être en reste, y va également de sa science. Il étonne toute l'assistance en affirmant que *kolossal* vient du français, et « chic » de l'allemand.

Die Chaiselongue, *der Balkon,* le vasistas, *der Cousin*, la hase... Tous ces mots les occupent pendant deux bonnes heures sans que personne ne songe un instant à réclamer une pause. Dupré remarque bien qu'une feuille étrangère à la leçon circule dans la salle, avec une discrétion toute relative. Les rires étouffés des destinataires successifs en disent assez sur la nature des mots qui doivent y figurer. La petite Rivier doit déjà l'avoir eue entre les mains, vu l'amabilité qu'elle vient de proférer. Il décide de fermer les yeux. Tout vocabulaire est bon à apprendre... Et manifestement, la liste s'allonge à chaque étape. En une matinée, ses élèves ont plus progressé qu'en un semestre. Il se félicite déjà de les récupérer en septembre sans devoir s'évertuer à leur montrer, leçon après leçon, l'intérêt d'apprendre cette langue plutôt qu'une autre.

*

Marcel Rivier avait prévenu Thérèse par téléphone qu'il arriverait à la réunion avec un peu de retard. Lorsqu'il fait enfin son apparition, en milieu de matinée, il s'excuse platement auprès de tout le monde : il est passé à la mairie où il a été retenu plus longtemps que prévu.

Suivant le programme, la discussion qu'il prend en cours roule sur des préoccupations communes de gestion municipale. Le maire et cinq des conseillers municipaux de Saint-Victor, disponibles et disposés, se tiennent en face de leurs homologues bavarois, autour de la grande table de la salle à manger. Cela ressemble à une rencontre diplomatique de haut rang, ne serait-ce la tenue des personnes présentes, toutes en chemise. Toujours attentif à l'atmosphère des réunions, Espingeon a insisté auprès de ses hôtes pour qu'ils tombent le veston. Lui-même a donné l'exemple en retroussant ses manches jusqu'au milieu de l'avant-bras. Quelques convives l'ont imité, dont Kluge. Rivier prend place sur la chaise laissée libre à la droite de son maire, presque en face de l'homme dont il vient de parler au téléphone pendant près d'une heure.

Distribution de l'eau et de l'électricité, raccordement téléphonique, voirie, assistance aux vieillards... Rivier n'écoute que d'une oreille les échanges traduits tour à tour, chacun dans sa langue maternelle, par Kurt Schneider et Justin Mercier, qui a gardé une bonne oreille de ses deux années de STO dans la Ruhr.

Il repense à cette conversation téléphonique qui l'a replongé dans un abîme de souvenirs et de perplexité.

Après deux tentatives d'appel infructueuses auprès du président et du vice-président de l'Amicale de Buchenwald, il avait réussi à en joindre le secrétaire général, Jean Martineau, un homme affable, interné à trois Blocks du sien, mais à la toute fin du « séjour ». Peut-être s'étaient-ils connus du regard. Lui n'avait pas eu affaire à Jésus, mais il se souvenait l'avoir vu et surtout en avoir entendu parler.

La conversation avait tourné court sur les réponses que Rivier en attendait. L'association ne possédait ni le temps, ni les moyens d'enquêter sur les tortionnaires du camp. Tout au plus avait-elle réussi à se procurer, à grand-peine, les attendus des procès de 1947 organisés par les autorités militaires américaines contre une poignée de responsables du camp. Trente et une condamnations, à mort ou à la prison à perpétuité, cela ne pesait pas lourd, même si le commandant du camp, Hermann Pister, figurait bien parmi ceux qui se sont finalement balancés au bout d'une corde.

« Tout ce beau monde ou presque s'est volatilisé d'une manière ou d'une autre, regrettait Martineau. Va savoir ce qu'ils sont devenus ! »

Soudain, Kluge prend la parole. Rivier se retrouve aspiré dans la réunion, tous sens aux aguets. Il l'entend, mais ne l'écoute pas – pas plus que la traduction de ses propos donnée à l'issue de chaque phrase. Il reste comme obnubilé par le mouvement de ses lèvres et de ses sourcils, redoutant quelque chose de l'ordre de la vibration, une nouvelle résonance avec le trauma qui libérerait les ondes fatales de la certitude. En même temps, il sait les effets trompeurs de l'autosuggestion. Éduqué à la méthode Coué comme dans une religion, il l'a trop pratiquée dans sa vie pour se méprendre sur sa redoutable efficacité.

« Si tu en tiens un, il faut le faire coffrer ! résonne encore la voix de Martineau dans sa tête. Tu as vu l'attitude de ce salaud de Lammerding ? Quel affront aux victimes de Tulle et d'Oradour-sur-Glane ! »

Lammerding, voilà le nom que Rivier cherchait. Condamné à mort par la France, mais juridiquement bien au chaud dans la zone d'occupation britannique. Le droit refusait aux Français une justice élémentaire.

— Et le sous-lieutenant qui a mis le feu à l'église d'Oradour : évaporé ! Il est certainement vivant, lui aussi, mais il se cache.

— Il faut le coffrer, ton gars ! a martelé Martineau, toujours plus excité au fil de la conversation. Au procès d'Oradour, on n'a eu que des sous-fifres, des Malgré-nous alsaciens pour la plupart. Quel coup d'éclat si un SS de Buchenwald pouvait être jugé en France ! Vingt-cinq mille d'entre nous ont traversé cet enfer, personne ne contestera la légitimité de notre action. Et dans un pays où l'on a l'amnistie facile en ce moment, je suis persuadé de l'effet salutaire d'une telle piqûre de rappel. Les gens ne doivent jamais oublier ce qu'on a enduré.

Il voulait une photographie à présenter aux sociétaires de l'Amicale. Rivier s'entend encore exposer les obstacles. L'occasion de la prendre ne s'était pas encore présentée, il en faudrait plusieurs pour bien faire – et en gros plan, ce qui n'était pas chose facile à justifier ; le temps manquerait dans les quelques jours à venir pour les faire développer et les lui envoyer à Paris… Martineau n'avait pas désarmé. Il listerait le jour même les camarades rescapés des Blocks voisins et prendrait très vite contact avec eux pour organiser un déplacement à Saint-Victor. Rivier avait imaginé cette solution. Mais, sentant le potentiel dévastateur de cette initiative, il avait montré sa grande réticence, et conclu par un refus net. Restait cette suggestion qu'il ne rejetait pas totalement : faire monter les Allemands à Paris, et profiter de la visite d'un lieu touristique pour permettre aux mêmes camarades l'observation discrète du type en question. Mais ce déplacement dans la capitale n'était pas prévu au programme, il lui fallait y réfléchir…

Y réfléchir…

Toute suggestion d'action le ramenait à sa peur de l'erreur fatale. N'agir qu'avec un degré de certitude suffisant : telle restait sa ferme intention, que Martineau avait eu l'élégance de comprendre, du moins en apparence.

Rivier l'y avait amené en lui demandant si Paul Chesny était membre de l'association.

« Paul ? Comment donc ! C'est notre trésorier !

— Nous étions dans le même Block. Il a survécu à Jésus lui aussi.

— Paul est à Paris en ce moment, nous nous sommes vus pas plus tard qu'avant-hier ! Tu veux son numéro de téléphone ?

— Nous étions proches dans le camp… Mais – comment dire ? – je n'ai pas donné suite à ses lettres au retour.

— Nous avons l'habitude de ne pas juger, au sein de l'Amicale. Certains ont voulu oublier, on le sait bien. Personne, parmi nous, ne peut te jeter la pierre. Sûrement pas Paul. Je le connais bien. Mais toi aussi ! Il sera le premier à vouloir t'aider… »

Avec les coordonnées téléphoniques de Chesny, Martineau lui avait fourni celles, en Autriche, d'un certain Simon Wiesenthal. « Un ancien déporté juif qui ne vit plus que pour livrer à la justice les nazis recyclés en bons citoyens, probablement l'homme le mieux renseigné du monde. »

Il tarde à Rivier de pouvoir retourner à la mairie décrocher le téléphone. Wiesenthal d'abord, cela lui coûterait moins que de reprendre contact avec Chesny. Peut-être que Jésus le SS cuit en enfer. Mort, tout simplement. Il se prend à rêver que cet Autrichien lui certifie qu'il est bien victime d'hallucinations.

Onze heures vingt-cinq à sa montre. Ce sera pour l'après-midi, il trouvera bien une excuse pour s'absenter à nouveau.

Il lève les yeux du dossier bilingue qu'Espingeon a fait distribuer aux personnes présentes. Il les pose sur Kluge qui, lui, semble très absorbé par la lecture des documents.

Kluge, si proche, si loin, si cordial mais si étranger. La réponse tant redoutée est peut-être gravée là, sur sa peau, indélébile, à quelques centimètres de cette manche de chemise retroussée trop bas. Moins d'un millimètre, même, la simple épaisseur du tissu, refuse à sa vue la solution à toute cette agitation intérieure. Sous l'auréole humide de l'aisselle, il peut presque espérer que le coton blanc rendu quasi transparent lui laisse deviner l'absence de lettre tatouée. Mais l'absence de marque laverait-elle Kluge de tout soupçon ? Jésus en portait-il une ? Tous les SS étaient-ils obligatoirement marqués ? Un petit tatouage peut-il être effacé en grattant la peau ? C'est une minuscule cicatrice qu'il trouverait dans ce cas... elle aurait eu le temps de disparaître complètement en huit ans...

Kluge relève la tête et son regard croise celui de Rivier avant que celui-ci n'ait le temps de braquer ses yeux vers une autre cible.

— Marcel ? l'interpelle Espingeon.

Ces deux détonations, quasi simultanées, lui font bondir le cœur.

— Marcel, c'est toi qui t'occupes de ce dossier, voudrais-tu en parler à nos hôtes ? insiste le maire.

Rivier bredouille trois mots, comme un écolier pris en flagrant délit de flânerie, le temps d'essayer de rattraper dans l'air de la pièce quelques indices encore flottants de la conversation qu'il n'a pas suivie.

— Sous quel angle veux-tu que je l'aborde ? demande-t-il à son tour, en espérant par cette astuce être remis sur les bons rails.

Passé la seconde de surprise, Espingeon comprend que son premier adjoint appelle au secours.

— Un petit rappel de ce qui a été entrepris depuis 1945 n'est pas superflu, tu as raison.

Et le maire d'enchaîner sur un court historique des principales initiatives de l'État et de la ville en matière de transports en commun, le temps de permettre à son adjoint de retrouver le fil. L'intervalle, trop bref, ne suffit toutefois pas à lui faire recouvrer complètement ses esprits. Rivier se lance dans un exposé plutôt confus, comme en témoigne le fait que le traducteur allemand doive lui demander à plusieurs reprises de préciser sa pensée. Les collègues de l'équipe municipale de Saint-Victor s'en aperçoivent, le maire au premier chef, qui abrège l'épreuve en invoquant la nécessité de partir à la rencontre des lycéens.

*

L'annonce faite par les deux maires à la fin du cours n'a pas troublé les appétits.

Certes, aucun des élèves n'y était resté indifférent et, de décontractée, l'atmosphère était subitement devenue plus sérieuse. Nombre d'entre eux avait ressenti alors l'embarras de voir quelque chose qui ne les concernait pas – les relents du passé – faire irruption dans leur réalité, dans leur jumelage à eux. Mais le tact d'Espingeon et de Wegenrein avait su dédramatiser cette méchante action et vite les ramener à leur présent. L'idée de l'excursion en forêt, qui remplacerait au programme un après-midi de jeux en plein air, avait suscité une adhésion unanime. Dans les esprits s'étaient mêlées l'envie de se livrer à une sorte de chasse au trésor et la perspective, plaisante et piquante, de se retrouver ensemble dans un lieu à l'abri du regard des adultes. À la sortie du lycée, le pauvre végétal tronqué n'avait finalement reçu que des regards indifférents, à l'inverse des demi-baguettes fourrées au beurre et au jambon qui les attendaient sur les tables installées à l'ombre de l'église Saint-Roch.

Les mères dévouées qui avaient préparé ce pique-nique s'étaient bien vite rendues à l'évidence : les quantités prévues, pourtant larges, ne suffiraient pas à calmer la voracité des adolescents. Deux d'entre elles avaient anticipé la pénurie imminente en retournant s'approvisionner l'une chez le boulanger, l'autre chez le boucher. Le temps qu'elles reviennent et préparent ce second lot de sandwiches, les cageots d'abricots avaient déjà subi une première razzia.

C'est avec le même appétit qu'ils organisent une battue au jeune chêne dans la forêt des Margelles. Le jeu consiste à former une longue ligne, et à progresser ainsi dans la profondeur de la forêt. Maxime propose même qu'on se donne la main en avançant, « pour respecter l'alignement ».

— Pour l'alignement ? Tu nous prends pour des buses, ou quoi ? lui lance Henri, qui est au courant du petit faible de son copain pour Silke, placée à côté de lui, « comme par hasard ».

— Donne la main à tes petits camarades, toi ! se moque Maxime, voyant qu'Henri se trouve entre Paul et un Allemand, Rainer.

Henri, qui tient à sa réputation de costaud du lycée, sort du rang pour secouer l'impertinent. S'ensuit une empoignade trop démonstrative pour être sérieuse, que Claudine, qui rit pourtant comme les autres, se décide à interrompre en essayant de séparer les deux comédiens.

— On n'a qu'à alterner garçon-fille ! suggère-t-elle sur un ton péremptoire. *Ein Kerl, ein Mädchen !*

Les jeunes s'exécutent volontiers, mais le compte n'y est pas, malgré le renfort d'Héloïse, Juliette et Valentine, trois camarades de classe de Claudine qui ne se sont pas résignées à laisser ces réjouissances se dérouler sans elles. Une quinzaine de déçus, surtout des Français, se retrouve partagée aux deux bouts de la chaîne humaine à côté de congénères masculins. On assiste alors à une dispute entre ceux qui voient soudain, dans le transport de la pelle et du bac destinés à l'arbuste, un moyen opportun de s'occuper les mains honorablement.

La ligne, de toute façon, ne tient pas longtemps. L'obstacle des arbres sur le chemin rompt régulièrement la chaîne en plusieurs points. Les tentatives pour la reconstituer créent des effets d'accordéon, d'autant plus amusants que Fernand s'étale de tout son long en trébuchant sur une racine. Des garçons facétieux prennent un malin plaisir à ne pas lâcher la main de leur voisine devant l'obstacle. Adi, par exemple, garde celle de Claudine bien ancrée dans la sienne. Quand il faut lâcher, c'est sa main gauche qu'elle dégage de celle de Johannes, jamais la droite.

Rires et cris puérils s'entremêlent pendant un bon moment, sans que les jeunes arbres sur leur chemin n'aient à s'inquiéter pour leurs racines. Le groupe s'avance ainsi dans la forêt jusqu'à une clairière connue de tous les Victoriens. Au milieu, un tas de cendres entouré de grosses pierres signale aux Allemands un lieu de fêtes nocturnes. Le groupe se répartit sur quelques troncs d'arbres couchés en bordure, du côté ombragé, pour sortir les gourdes des musettes et faire l'inventaire des égratignures. La relative fraîcheur des lieux n'a pas empêché la sueur de perler sur les visages rougis par le jeu. Quelques-uns soufflent bruyamment, comme pour exprimer en langage universel leur satisfaction de s'être si bien amusés.

— Il faut venir la nuit ici, on fait un feu ! propose Adi à Claudine, qui est restée à côté de lui.

— Bonne idée ! Écoutez tous ! Et si on revenait ici une de ces nuits pour faire un feu ?

— Ouais ! crie Héloïse d'une voix aiguë, avec un enthousiasme qui déclenche un rire général chez les Français.

— Ouh là, tu as besoin de sortir, toi ! fait remarquer Fernand.

Maxime rappelle que le programme prévoit déjà des activités pour les prochaines soirées, et qu'il sera peut-être difficile de le modifier.

— Qui te parle de soirée ? lui lance Claudine.

— Toi, tu vas te coucher avec le soleil en même temps que les adultes, nous, on sort avec la lune, le défie Henri.

L'idée s'impose bientôt d'une excursion collective la nuit même. La plupart des Allemands sont un peu réticents à la proposition, qui séduit en revanche les Français, de l'effectuer à l'insu des adultes. Ingeborg, notamment, s'en inquiète en aparté :

— Ton père pourrait découvrir...

— Il n'en saura rien, rétorque Claudine. On attendra qu'il dorme !

— Oui mais il t'a dit ce matin qu'il n'a pas dormi la nuit. Il sera peut-être réveillé.

— Au contraire. Il s'endormira plus vite ce soir, dit la jeune Française en formant un chignon de ses deux mains.

Ailleurs, il ne faut guère plus de temps pour vaincre les hésitations. Pour les jeunes Allemands, en fin de compte, la responsabilité de l'organisation générale incombe à leurs correspondants français. Il est légitime de se laisser faire. Tous s'imaginent pouvoir s'extraire à pas de velours de la maison ou de l'appartement familial, sans que les portes ne grincent ou que le parquet ne craque. Et peu importe aux yeux des Victoriens si le secret s'évente. L'aspect pratique de leurs manœuvres nocturnes s'oriente bien vite vers ce qui les intéresse le plus : le feu et les boissons. Pour ces dernières, deux fils de producteurs de champagne règlent vite la question. Ils savent comment se procurer des bouteilles, et les seaux pour les garder au frais. Henri propose d'attacher une charrette à sa bicyclette pour en faciliter le transport. Une escouade de cyclistes est bientôt constituée, qui l'escortera avec des lanternes jusqu'en lisière de forêt. Quant au bois sec, il se trouve bientôt amassé en une quantité telle que le feu promet déjà de tenir jusqu'au petit matin. Quelques garçons dirigent les opérations pour disposer les branchages selon leur taille. Cela donne lieu à quelques palabres amusantes, car les usages scouts de part et d'autre du Rhin comportent des variantes sur lesquelles aucun ne veut transiger. Le regard des filles, il est vrai, ne facilite pas la recherche du consensus.

Sans la présence de la pelle et du bac, la mission première de cet après-midi en forêt leur serait complètement sortie de l'esprit. La recherche reprend sur un mode plus sérieux. Une heure plus tard, ils rentrent tous en direction de Saint-Roch avec le butin.

Même s'il a du retard par rapport à l'heure fixée pour le goûter, le groupe décide d'effectuer quelques détours dans les rues adjacentes. Le bac, lourd de la terre qui y maintient un jeune chêne droit comme un *i*, est porté à l'épaule par quatre gaillards choisis pour leur taille équivalente. Telles les reliques d'un saint, ils promènent l'ersatz en ville, en chantant à tue-tête *Nous n'irons plus au bois*. Des enfants qui jouent dans les rues – dont quelques frères et sœurs cadets des lycéens – viennent grossir ces rangs braillards. Le bûcheron anonyme ne peut échapper au son de la parade si elle doit passer sous ses fenêtres. À défaut, les témoins qui ouvrent les leurs ou sortent sur le palier en relaieront l'écho jusqu'à ses oreilles. Surtout ceux qui ferment leur porte ou leurs volets aussi ostensiblement que possible au passage de la cohorte.

*

Rivier patiente en roulant plusieurs cigarettes à la suite. Il a le temps d'en consommer trois avant que le téléphone ne retentisse à nouveau.

Il n'espère qu'une chose de la suite de sa conversation téléphonique : que cette dame, ou cette demoiselle, puisse lui certifier que, dans son fichier, l'éventuelle carte consacrée à Jésus porte la mention « mort », assortie d'un indiscutable certificat de décès. Il attend une délivrance, un point final, tout en mesurant combien ce désir profond jure d'égoïsme face au combat mené par Rosa Paslawski.

Le son de sa voix fluette, qui imprègne encore son oreille, ne laisse pas de l'étonner. Menue comme il se représente cette femme, il n'imagine pas comment elle a pu survivre à Auschwitz. Ces intonations chantantes qui lui sont parvenues de Linz cachent nécessairement une détermination hors norme. Il doit en falloir pour continuer de pourchasser les rats huit ans après leur fuite tous azimuts.

Il mesure sa chance. Son interlocutrice, loin d'être une simple secrétaire, travaille comme assistante de Simon Wiesenthal dans sa lutte – dans leur lutte, en réalité – contre l'oubli et l'impunité. Avant de décrocher le téléphone pour appeler le justicier, Rivier s'était imaginé une structure solide autour de lui, à la mesure de la mission. Rosa lui apprit que le Centre juif de documentation se résumait en réalité à leurs deux personnes. En l'absence de Wiesenthal, dont Rivier craignait qu'il ne parle pas plus le français que lui l'allemand ou l'anglais, cette femme était donc non seulement qualifiée pour le renseigner, mais elle s'exprimait dans un français presque parfait.

Elle aurait pu se contenter d'enregistrer sa demande et la traiter quand la longue liste des tâches à accomplir la verrait remonter en première ligne. Rivier comprit en effet au téléphone que leurs journées de labeur, même après des années d'activité, ne diminuaient pas en intensité. Il sentit au contraire une écoute attentive, et une volonté de le renseigner au mieux, même si – elle le lui avait précisé sans détour – la petite structure s'occupait en priorité des chevilles ouvrières du génocide. Rivier lui avait alors assuré avoir côtoyé des Israélites dans la zone de baraquements où sévissait Jésus.

Lorsqu'il se permit de la complimenter sur sa maîtrise du français, la petite voix lui avoua que cela lui faisait du bien de parler cette langue qu'elle ne pratiquait plus guère depuis des années. En guise d'explication, elle s'était ensuite engagée dans des confidences auxquelles il ne s'attendait pas.

Ses parents, jeunes Polonais émigrés en Allemagne un an avant la Première Guerre mondiale, avaient poursuivi leur vie d'errance en 1936. La France du Front populaire, pleine de promesses avec un Juif socialiste à la tête de son gouvernement, leur avait permis de se soustraire, avec leurs trois enfants, à l'Allemagne nazie. Rosa, l'aînée, qui ne parlait pas un mot de français à son arrivée, avait terminé le lycée en région parisienne, puis entrepris des études de droit à la Sorbonne. Ni elle ni ses parents, pour leur malheur, ne surent fuir la France à temps. La procédure de naturalisation qu'ils avaient engagée les y retint, jusqu'à l'arrivée des Allemands en 1940. Réfugiée en zone libre à Marseille dans un premier temps, la famille crut pouvoir échapper à l'arrestation en se cachant dans l'arrière-pays niçois occupé par les Italiens. Mais les Paslawski furent débusqués par les Allemands à la fin de 1943, et déportés à Auschwitz. Seule Rosa y avait survécu.

« Wiesenthal et moi sommes sortis d'un même cauchemar. Lui aussi avait perdu toute sa famille, il croyait même que sa femme était morte. Quand je l'ai rencontré, au printemps 1946, il menait des enquêtes dans les camps de personnes déplacées. Il rassemblait des témoignages sur les criminels nazis pour le compte des Américains. C'est là que j'ai recommencé à vivre : je voulais, à son exemple, retrouver les assassins de mes proches et les traduire en justice. J'ai tellement insisté qu'il a fini par m'associer à ses recherches. »

Rivier sursaute au son du téléphone. Il écrase sa cigarette à peine entamée. À la deuxième sonnerie, après une profonde respiration, il décroche.

— Marcel ? C'est moi, Jacques. Qu'est-ce que tu fais ? Nous t'attendons…

— Oui, oui… J'arrive… répond-il avec un mélange de déception et d'embarras, voyant que sa montre affiche quinze heures. Mais poursuivez sans moi ! Je vous rejoindrai au plus vite.

— Ah ! Tu nous retrouves à la cave, alors ?

— Je règle deux-trois choses et j'arrive.

Espingeon laisse un intervalle d'une seconde avant de lui demander :

— Marcel, tout va bien ?

Pressé de libérer la ligne pour l'appel de Rosa, Rivier s'entend prononcer quelques mots rassurants avant de raccrocher. Trop rapides, sans doute, pour tranquilliser son ami. Il ne pourra plus donner le change bien longtemps. Il serre le combiné sur lequel il laisse peser sa main, prêt à le porter à son oreille au premier signal.

Il le lâche bientôt, car l'attente se révèle plus longue que prévu. Quinze, vingt, trente minutes s'écoulent en plus du bon quart d'heure avant l'appel d'Espingeon. Il vérifie qu'il a bien replacé le combiné, s'inquiète de savoir si Rosa a correctement noté son numéro, imagine même la rappeler pour s'en assurer. Comment faut-il interpréter ce délai, alors qu'elle lui a promis de le rappeler « tout de suite » ? A-t-elle trouvé mention de Kluge, est-elle sur une piste, croise-t-elle des informations ? Ou, au contraire, ne rappelle-t-elle pas parce qu'il n'y a simplement rien dans ses dossiers ? Peut-être a-t-elle été interrompue dans sa recherche ? Un coup de fil de Wiesenthal venu aux nouvelles, ou d'un procureur en quête de témoignages ?

Et les hôtes allemands qui l'attendent... À mesure que son impatience grandit, Rivier entend dans sa tête s'entrechoquer mille questions oiseuses. Le tabac ne soulage plus ce tohu-bohu. Il sort de son bureau pour faire quelques pas dans le couloir de la mairie, déserte comme tous les après-midi, et passe devant le local des archives.

La question de la photographie lui revient à l'esprit. Le *Courrier de la Marne*, bien sûr ! Il entre dans la pièce attenante en laissant la porte grande ouverte, prêt à bondir pour décrocher le téléphone dans son bureau.

Les journaux du mois en cours sont empilés sur une étagère, attendant de trouver leur place dans une boîte en carton. À côté, la secrétaire de mairie a rangé l'édition du lundi, achetée en une quinzaine d'exemplaires pour l'occasion. Rivier en déplie un. Il découvre une photo de l'accueil du samedi. Il l'approche de la lumière. Derrière les deux maires qui se serrent la main, on distingue Kluge. Mais en trop petit. On ne voit pas bien les traits de son visage. Elle ne sera pas utile à Martineau, pense-t-il en éprouvant une forme de soulagement qui l'étonne lui-même.

L'article traite le sujet avec complaisance. Le discours d'Espingeon est repris avec son phrasé par le journaliste, quand il ne le cite pas entre guillemets. Le fruit d'années de contacts étroits avec la presse locale... Si la photo de groupe en première page, avec sa banderole de bienvenue, peut froisser des âmes encore sensibles, celle que Rivier découvre à l'intérieur est de nature à les attendrir : sa fille, l'arbre en main, et Adi Kluge, le pied sur la pelle. On n'aurait pu trouver meilleure propagande pour le jumelage que les mines touchantes d'émotion des deux jeunes gens.

Il extrait de son pantalon un pan de sa chemise pour nettoyer les verres de ses lunettes. Il regarde sa fille comme on détaille une icône. Elle rayonne. Une nature lumineuse. Il soupire. Elle avait eu raison de protester à propos de l'arbre, même si son attitude l'avait agacé. Il s'était surtout énervé de se voir lui-même prisonnier d'un mode de pensée étriqué et calculateur, là où son insouciance à elle fournissait la plus simple, la plus judicieuse des réponses.

Sensible et franche, comme sa mère. Cela lui donne une intelligence intuitive des choses. Il l'envie de pouvoir s'exprimer ainsi sans les pudeurs ni les scrupules qui l'habitent, lui. Rivier se retrouve, par un effet miroir, confronté à ses propres contradictions. Sensibilité et franchise, deux qualités qui, s'il les avait jamais eues (et il pensait que oui, bien qu'à un degré moindre que sa fille), n'ont plus vraiment droit de cité dans sa vie depuis dix ans. Sa carapace d'après-guerre ne les exclut pas, mais s'en réserve un usage très sélectif. Claudine doit le sentir. Sa rébellion du matin, dans sa forme outrancière, dénotait peut-être même une réaction profonde à cette posture. La faille créée par cet événement contrariant avait, en quelque sorte, permis à la lave de trouver un exutoire. Un épanchement violent. Un message qu'elle lui adressait.

Pressé d'interrompre cette réflexion inconfortable, il fixe le visage d'Adi sur la photo. Et lui, quel enfant est-il vis-à-vis de son père ?

Cinquante-trois moins dix-huit : 1935. Il devait donc avoir huit ou neuf ans en ce temps-là. Les SS vivaient en famille dans des pavillons en marge du camp et des usines, suffisamment à l'écart de ces lieux de détresse pour que les yeux des uns et des autres ne puissent se croiser. Que peut-il savoir d'une éventuelle présence de son père à Buchenwald ? À cet âge-là, on suit ses parents sans poser de question… Rivier imagine les enfants des tortionnaires jouer entre eux, rire en toute insouciance sous le regard attendri des mères qui, le soir venu, réconfortent leurs maris à l'issue d'une journée de travail harassante de coups de gueule et de schlague. Que savaient-ils des innommables activités de leurs proches à un jet de pierre de ces lieux d'heureuse normalité ? Rien, probablement, une rumeur peut-être. L'odeur de chair brûlée qui sortait des crématoires ne devait même pas les atteindre. Rien qui puisse marquer une mémoire, à huit-neuf ans, en tout cas. Les jours heureux ne laissent que peu de souvenirs dans la tête d'un enfant, au contraire des événements traumatiques.

L'épisode du bombardement américain sur les usines du camp en août 1944 lui vient à l'esprit. Le quartier des SS avait été touché, et certains d'entre eux, même, tués. S'il était présent, Adi devait s'en souvenir ! Rivier croit tenir un moyen de trouver réponse à ses interrogations. Il pourrait lui poser la question par l'entremise de Claudine, en toute discrétion… Au détour d'une conversation, elle placerait une séquence toute simple qu'il lui aurait soufflée : « Et toi, tu as connu des bombardements pendant la guerre ?

— Oui.

— Tu étais où ?

— Près de Weimar. » Il lui faudrait ajouter : « En août 44 ? »

Questions absurdes, tu rêves !

Rivier regarde la photo en fixant alternativement l'un et l'autre visage. Échange improbable. Il lui faudrait y amener sa fille… Il n'échapperait pas à ses questions. Avec la sagacité dont elle faisait preuve désormais, il marcherait sur des œufs… S'il feignait de n'accorder aucune importance à la question, pourquoi la poserait-elle à Adi ? Et si le jeune homme devait se souvenir de cet événement, Rivier pouvait-il être certain qu'il s'agissait de Buchenwald ? Les bombes saturaient le ciel allemand à ce moment-là. Un jeune adulte pouvait très bien se souvenir de sifflements et d'explosions sans pouvoir préciser, dix ans après les faits, où et quand cela s'était produit. Peut-être même a-t-il connu plusieurs expériences de ce genre, sans plus réussir à les distinguer ?

Plus il retourne ces questions dans sa tête, plus l'étreint l'impatience du coup de fil libérateur.

Qu'attend-elle donc, bon sang ?

Il plie le journal en quatre pour l'emporter. Sa fille sera contente de l'avoir entre les mains, même s'il doit déjà avoir circulé parmi les jeunes au lycée. Il s'imagine le parcourir avec elle. L'occasion se présenterait de placer une question anodine sur le passé d'Adi. Il a remarqué la veille qu'ils s'entendaient bien. Qui sait ? Il apprendrait peut-être qu'il a vécu toute la guerre à Londres avec sa famille, comme Ingeborg !

C'est cela : Londres, tout bonnement ! Ou New York, ou pourquoi pas Bombay ou Santiago du Chili ?

Loin, le plus loin possible de Weimar.

Rivier secoue la tête en passant sa main sur son front perlé de sueur froide.

Il s'apprête à quitter la pièce lorsque son regard tombe sur les boîtes des journaux parus au début de l'année. Le cas de Lammerding lui revient à l'esprit. Il trouve sans peine les numéros qui relatent le procès d'Oradour. Les épisodes du « feuilleton », ou du moins une introduction renvoyant vers un article des pages intérieures, figurent systématiquement en une. Il rassemble ainsi une douzaine de journaux qu'il va emporter dans son bureau lorsque la sonnerie criarde du téléphone les lui fait tomber des mains.

*

La visite des caves ravit les hôtes à un point qu'Espingeon n'avait pas imaginé. Pour les visiteurs, la quintessence de la France doit se trouver au milieu de ces boyaux creusés dans la craie, palpitant comme les bulles qui remontent dans les coupes de dégustation. Dans le vignoble, ils ont accordé une oreille polie aux explications d'Espingeon, sans toutefois s'y attarder en raison de la chaleur, incommodante. Mais dans la fraîcheur des galeries, le silence ahuri des premiers hectomètres de descente laisse place à des exclamations admiratives. Le guide les mène jusqu'aux fûts de chêne dans lesquels s'effectue la fermentation lente du précieux liquide. L'itinéraire se poursuit vers une vaste cave tapissée de bouteilles. La grande majorité mûrit sur des lattes superposées atteignant au moins trois mètres de hauteur. Certaines sont rangées dans des niches aménagées dans le tuf, surmontées d'une ardoise qui en indique le millésime. L'odeur du liège mélangée à celle du champagne excite encore leur envie d'en connaître la saveur. Dans la pièce adjacente, enfin, Espingeon leur montre un impressionnant alignement de dizaines de pupitres de remuage, portant en tout des milliers de bouteilles, goulot pointé vers le sol.

Là les attend Robert Ladmiral, le chef de cave, en tablier de cuir. Espingeon le présente en lui posant une main sur l'épaule :

— Vous êtes en présence du vrai gardien du temple, car c'est lui qui détient tous les secrets de fabrication de la maison depuis près de trente ans !

Avec une chaleur très contenue, Ladmiral serre les mains des visiteurs. Il évite au maximum de croiser leur regard. À la demande de son patron, il effectue une démonstration de rotation des bouteilles, laissant le soin à Espingeon d'exposer sa science du quart et du huitième de tour.

Après cette exploration liminaire, le propriétaire décrète qu'il est temps de penser aux papilles. Il les emmène plus loin encore, près des cuves d'assemblage, où les attend une surprise à la mise en scène soignée. Sur un tonneau nappé de blanc trône un large seau en argent. Plusieurs bouteilles de « Champagne Espingeon » au muselet brillant y baignent dans l'eau fraîche. Un chapelet de flûtes en cristal a été disposé sur un guéridon, en bien plus grand nombre que les visiteurs : on ne dégustera pas deux millésimes dans la même.

Le maître des lieux craque une allumette pour que les chandelles placées à côté du seau renforcent la faible lumière des ampoules électriques. L'effet sur les hôtes allemands se lit sur les visages, extatiques. Ils s'apprêtent à laisser leur langue râpeuse de buveurs de bière se polir au contact du nectar. Dans une atmosphère religieuse, le grand prêtre offre une première libation. Il n'y a pas de commentaire après la gorgée initiale, que des onomatopées. Le plaisir d'Espingeon est plus cérébral. Il tient des ambassadeurs pour ses futures exportations en Bavière.

Il surenchérit en ouvrant successivement ce qu'il possède de mieux. Au contraire des goûteurs professionnels, les Allemands terminent leur flûte avant de passer au cru suivant. En laisser doit leur paraître soit impoli, soit, plus sûrement, immoral.

La boisson aidant, les questions se multiplient sur le processus de champagnisation. Kluge, en particulier, sollicite beaucoup le professeur Wohllieb pour traduire son intérêt. Espingeon répond à toutes ses interrogations avec plaisir et force détails.

— Vous comptez changer de métier, docteur ? plaisante-t-il.

Wohllieb lui transmet sa réponse :

— Il dit qu'il a beaucoup travaillé dans les vignes durant sa jeunesse. Ça l'intéresse beaucoup de savoir comment vous produisez.

— Vous avez des vignes dans votre région ? s'étonne Espingeon.

Le traducteur échange quelques phrases avec Kluge.

— En Bavière, on fait du vin dans la région de Franken – comment dit-on ? Franconie, n'est-ce pas ? Chez nous, à Riedenfeld, on a surtout des champs de houblon ! Mais lui, il vivait à Melnik, c'est aujourd'hui en Tchécoslovaquie, près de Prague. On cultive la vigne là-bas.

— Ah, oui ! J'ai entendu parler du vin mousseux de Bohème. Il paraît qu'il s'exporte, même.

— Pinot noir, opine Kluge en soignant sa prononciation.

Espingeon prend une posture menaçante, index tendu :

— Pas d'espionnage industriel, hein ?

Kluge rigole de la plaisanterie, et confie sa réponse à Wohllieb.

— C'était dans une autre vie. Son rôle était simplement de ramasser le raisin, pour payer ses études. Il ne voyait jamais le produit fini. Le patron était trop avare.

— Je vous dis ça, reprend Espingeon, parce que je me souviens que la coopérative d'Épernay a reçu une délégation tchécoslovaque au début des années 1920. Il y avait une certaine méfiance des Champenois. Mon père, d'ailleurs, insistait beaucoup pour que les producteurs de là-bas cessent d'utiliser le nom « champagne » sur leurs étiquettes. Ils ne se conformaient pas aux traités internationaux.

— Nous, en Allemagne, nous ne parlons plus que de *Sekt* quand c'est du champagne de chez nous.

Le *Bürgermeister* fait remarquer que les champagnes français doivent pourtant beaucoup aux Allemands : Heidsieck, Bollinger, Mumm…

— … Deutz, Krug, complète Espingeon. Vous avez raison. Sans compter les maisons dont le nouveau propriétaire allemand souhaitait conserver le nom français d'origine. D'ailleurs, je vais vous faire une confidence : mon arrière-grand-père maternel venait d'Allemagne, de Prusse je crois. Il a été embauché comme agent commercial chez Moët vers 1830. Ma grand-mère est née « Schimmel ».

Du sang allemand, même dilué, dans les veines de ce maire qu'ils perçoivent depuis le début comme *so französisch* : cette révélation sidère les visiteurs.

— Le champagne, c'est la préfiguration pétillante de notre jumelage ! lance-t-il, en dévissant le muselet d'une nouvelle bouteille.

— Santé, monsieur cousin ! crie Ignaz Jäger en levant son verre pour la énième fois.

Les Allemands répètent son toast avec enthousiasme. Tous se hâtent de terminer leur flûte pour profiter de la suivante. Espingeon a l'impression de revivre la scène qui s'est déroulée au même endroit, treize ans auparavant, avec un même petit groupe d'Allemands. Bottés, ceux-là. Même argument, mêmes sourires. C'était l'époque où les petits arrangements discrets permettaient de limiter l'importance des ponctions commises par les « doryphores ».

— Pardon ! Un instant s'il vous plaît. Robert ! Viens donc trinquer avec nous !

Du fond de la cave, Ladmiral fait signe qu'il a à faire, mais, devant l'insistance de son patron, il finit par obtempérer.

— Bravo et merci de votre démonstration, le félicite Wohllieb au nom du groupe.

— De rien, marmonne-t-il en prenant la flûte que lui tend Espingeon.

— Santé ! *Zum Wohl !* dit Wegenrein en regardant tour à tour chaque interlocuteur dans les yeux.

Espingeon remplit les verres dès que ses convives en retirent leur nez. Ladmiral décline, et s'excuse auprès de son patron : il doit retourner à ses tâches.

Voyant qu'il ne reste plus qu'une bouteille à déguster, Wegenrein fait demander à Espingeon s'il se trouve, dans la cave, un grand couteau. Ce dernier comprend son intention et lui trouve volontiers l'objet idoine.

Sous le regard amusé de ses compatriotes, le maire allemand met son pouce dans le cul du magnum et caresse sa courbure à plusieurs reprises du dos du couteau. Puis, d'un coup sec, il décapite la bouteille avec une maestria qui provoque l'exclamation générale. La fontaine abreuve les verres qui se tendent aussitôt.

Tandis que la mousse se résorbe dans les flûtes, Kluge lève la sienne à son tour et entonne les trois premières syllabes de *Ein Prosit*. Six voix d'hommes (Wohllieb s'abstient) résonnent entre les murs crayeux :

Ein Prosit, ein Prosit, der Gemütlichkeit !
Ein Prosit, ein Prosit, der Gemütlichkeit !
Eins ! Zwei ! Drei ! G'suffa !

À la vôtre, à la vôtre, à la joie d'être ensemble !
À la vôtre, à la vôtre, à la joie d'être ensemble !
Un ! Deux ! Trois ! Cul sec !

Schneider, qui commence à montrer des signes d'excitation alcoolisée, surenchérit. Libéré de la présence de sa femme – elle passe l'après-midi en ville avec Thérèse Espingeon –, il se met à beugler une autre chanson à boire dès la première terminée. La chorale ne le laisse pas s'époumoner seul. Elle la chante en canon, avec des fins de strophe prises à la quinte par deux des choristes. Le tout est rendu de manière aussi harmonieuse que peut l'être l'allemand en de telles circonstances, se dit Espingeon. À croire qu'ils répètent pendant les séances du conseil municipal.

Mais une détonation de verre cassé brise net l'élan du bel ensemble. Ladmiral, du fond du vaste boyau, grommelle quelques mots d'excuse. Deux bouteilles viennent de se fracasser à ses pieds. Ou plus exactement : d'être fracassées.

*

— J'ai bien une fiche pour ce Jésus de Buchenwald, lui annonce Rosa.

Le sang de Rivier ne fait qu'un tour.

— Mais elle ne contient presque rien, malheureusement. Selon l'unique témoignage que nous avons reçu jusqu'à présent, il aurait eu le grade d'*Obersturmführer*. Pour le reste : ni nom de famille, ni photo, que des indications sur la nature de ses crimes – qui correspond à ce que vous m'en avez raconté – et une description physique sommaire.

— Êtes-vous sûre qu'il n'est pas mort ?

La tournure de sa question étonne son interlocutrice.

— Nous n'avons aucune certitude, ni indice allant dans un sens ou dans l'autre. Je suis désolée de ne pas pouvoir vous en apprendre plus.

Après un bref intervalle que Rivier ne comble pas, elle enchaîne sur une note positive :

— Mais votre témoignage est très important. C'est en reliant toutes sortes d'éléments qu'on parvient à remplacer des surnoms par des noms et, de fil en aiguille, à retrouver la trace des criminels quand ils sont encore en vie. Je vais consigner tout ce que vous pourrez me dire sur lui.

Il obtempère. À l'autre bout du fil, elle prend note des informations qu'il lui transmet sur l'âge présumé de Kluge, sa taille, sa physionomie, sa profession, son lieu de résidence. Pour chaque rubrique, elle s'enquiert de tous les détails possibles.

— La personne qui vous a renseignés pour l'établissement de la fiche, je la connais peut-être, dit Rivier. Comment s'appelle-t-elle ?

— Je n'ai pas le droit de vous communiquer son nom, excusez-moi. C'est une règle que nous nous sommes fixée. Nous avons connu un problème un jour à cause de cela.

— Un Français ? insiste-t-il.

— Non, un Polonais. Aujourd'hui citoyen israélien, au demeurant. C'est tout ce que je suis autorisée à vous dire. Mais vous êtes deux désormais à pouvoir le dénoncer devant un tribunal, si on arrive à s'assurer que c'est lui. Pour les juges, il est capital de se prononcer sur la base de plusieurs témoignages.

Rivier s'assied. L'idée même de se retrouver un jour confronté à Kluge dans un prétoire lui donne le tournis.

— Quand il vous a vu, il n'a pas eu de réaction particulière ? Il ne vous a pas reconnu ?

Il lui confirme d'un simple « non » ce que suppose sa tournure de phrase : même un physionomiste hors pair – Rosa est bien placée pour le savoir – ne pourrait établir de lien entre un zombie sous-alimenté de l'enfer concentrationnaire et le même être humain, quelques années plus tard, ressuscité à la vie normale.

— Connaissez-vous les raisons de son séjour en France ?

Il hésite. Comment prendra-t-elle la nouvelle d'un jumelage en gestation, elle dont le quotidien consiste à poursuivre les spectres du passé, sans relâche, depuis huit ans ?

— Le moindre détail peut s'avérer important, monsieur Rivier, l'encourage-t-elle.

— Il est descendu dans l'hôtel d'un ami, qui m'a rapporté leur conversation, dit-il pour justifier le fait qu'il ait pu la renseigner sur sa profession et son lieu d'habitation. Il y a réservé quelques nuitées pour faire du tourisme. Il a dit qu'il était amateur de vin et comptait faire le tour des encaveurs. Ce n'est pas ce qui manque, par ici, comme vous le savez.

— Est-il venu seul ?

— Oui.

— Croyez-vous qu'il vous serait possible de prendre une photo du suspect et de me l'envoyer ? Je la ferais parvenir à l'autre témoin, dans un premier temps. S'il devait lui aussi le reconnaître, nous pourrions alors pousser les investigations.

— Ce ne sera pas chose facile. Je me vois mal lui demander l'autorisation de lui tirer le portrait. Et encore moins le photographier en douce…

Elle réfléchit un instant et lui propose un stratagème comme elle a dû en inventer mille autres pour coincer des criminels nazis. Puisque son ami hôtelier est au courant de ses soupçons, il faut essayer de l'impliquer dans l'affaire. Qu'il cherche à sympathiser avec Kluge et qu'il l'invite à prendre l'apéritif, par exemple. Muni de son appareil, Rivier, ou toute autre personne s'il ne se sent pas de s'en charger lui-même, feindrait de lui rendre une visite surprise. Son ami lui demanderait alors d'immortaliser leur tête-à-tête, et le tour serait joué : on posséderait un cliché du suspect de face. La scène semblerait naturelle et Kluge ne se douterait de rien.

— Votre idée me paraît bonne, concède Rivier. Je vais voir ce qu'on peut arranger. Et que se passera-t-il si votre témoin corrobore mon sentiment ?

— Dans ce cas, on tâchera de découvrir ce que trafiquait le Dr Kluge pendant la guerre. À mon avis – et je vous parle d'expérience – il se cache sous un faux nom, si c'est ce « Jésus ».

— Comment pourrait-on le savoir ? demande Rivier, satisfait d'en être arrivé à la même conclusion.

— Il faut partir de la profession qu'il dit exercer. Pourquoi mentirait-il à votre ami hôtelier ? En Allemagne, les nazis retournés à la vie civile ont retrouvé, en général, leur activité professionnelle d'avant-guerre. Il faut bien qu'ils gagnent leur vie. On a connu de nombreuses reconversions dans le monde agricole, mais on ne s'improvise pas psychiatre, en l'occurrence. On retrouvera donc son nom dans les listes de diplômés en médecine des universités allemandes ou autrichiennes. Votre homme approche de la cinquantaine, il a donc dû terminer ses études il y a vingt ou vingt-cinq ans, disons entre 1925 et 1935, pour prendre une fourchette large. S'il s'avère que Sigmar Kluge est son vrai nom, nous nous adresserons alors aux Américains. Ils ont mis la main sur des listes de gradés SS. Ils les conservent jalousement, mais acceptent en général de renseigner M. Wiesenthal sur telle ou telle demande précise. Nous n'utilisons toutefois cette possibilité qu'avec beaucoup de parcimonie, comme vous vous en doutez. Il faut d'abord disposer de solides indices.

— Mais s'il mentait sur son identité, cela signifierait qu'il aurait obtenu une autorisation d'exercer sans qu'on ait vérifié ses diplômes, s'étonne Rivier.

— Tout est possible en Allemagne depuis 1945 ! répond-elle avec l'assurance que lui confère sa longue expérience du sujet. Quand il s'agit de reconstruire un pays sur des ruines, physiques et morales, on ne pose pas trop de questions. Beaucoup, dans les administrations comme ailleurs, s'abstiennent de fouiller le passé des autres de crainte qu'on s'intéresse au leur... Ajoutez à cela le contexte de la Guerre froide, qui a limité les purges parmi les ex-fonctionnaires du IIIe Reich pour éviter que des gauchistes ne prennent leur place... Toutes les conditions sont réunies pour qu'un criminel un peu malin s'invente un passé décent.

— Admettons. Et que fait-on ensuite ? demande-t-il comme s'il s'enquérait d'une recette mise en œuvre des milliers de fois.

— On avise, selon la situation. On peut imaginer envoyer quelqu'un en consultation dans son cabinet, ou dans l'hôpital où il travaille. Son accent, ou sa connaissance du bavarois, permettrait déjà de déterminer s'il est originaire ou non de la région. S'il est marié, on tient un angle d'attaque très intéressant. On commence par se renseigner sur le nom de jeune fille de sa femme et sur son lieu de mariage : on peut retrouver l'acte d'état-civil, et donc son vrai nom. Il nous est aussi arrivé d'intercepter le courrier. Si d'autres membres de sa famille vivent ailleurs, il leur écrit et reçoit des lettres. Les noms des expéditeurs ou des destinataires ouvrent de nouvelles pistes. À défaut, de discrètes enquêtes de voisinage portent parfois leurs fruits.

— Vous en avez débusqué beaucoup, comme ça ? demande-t-il, impressionné par l'arsenal de l'enquêtrice.

— Il y en a tant que nous avons l'impression parfois de vouloir vider la mer avec une épuisette. Prenez Auschwitz. Nous savons qu'environ six mille personnes ont contribué au fonctionnement du camp pendant ses cinq années d'existence. Des gardiens, des membres du personnel technique et administratif, des médecins… Nous avons réussi à établir une liste de neuf cents noms. À ce jour, seules trois cents personnes ont été remises à la justice polonaise. Il nous faut trouver lesquelles, parmi les six cents autres, sont toujours en vie, puis leur mettre la main au collet avec de solides arguments. Vous voyez, on est très loin du compte, même si chaque condamnation constitue une satisfaction, bien sûr.

— D'ici, on avait l'impression que le gros du travail avait été accompli lors du procès de Nuremberg.

— Quelques gros arbres qui cachent la Forêt noire…

Notre fichier comporte plus de dix mille noms sur lesquels il faut encore enquêter, et il n'est pas exhaustif, loin s'en faut ! Sous chaque pierre que vous soulevez, vous découvrez une ribambelle de cafards. Le procès de Nuremberg n'a pas été inutile, malgré ses nombreux défauts. Il a servi de base pour d'autres, moins médiatiques en effet, qui ont eu lieu dans la foulée. Mais avec le temps qui passe, notre action devient de plus en plus difficile. Sans pression de l'opinion publique, les juges se montrent d'une clémence scandaleuse.

Elle reprend son souffle comme pour s'empêcher de laisser échapper un soupir, avant de poursuivre :

— Avez-vous eu écho en France de la série de procès qui s'est tenue dans l'ancien camp de Dachau à partir de 1947 ?

— Je ne crois pas que la presse en ait parlé, répond Rivier, gêné de devoir lui avouer ainsi son propre manque de curiosité en la matière.

— C'est là qu'un tribunal militaire américain a jugé des criminels de divers camps, dont Buchenwald. Avec M. Wiesenthal, nous avons passé un nombre incalculable de jours et de nuits à travailler à leur organisation. Plus de deux mille procédures ont été instruites, deux cents ont abouti. La moitié des inculpés ont été acquittés faute de charges ou de témoins. Et parmi les condamnés, beaucoup ont bénéficié depuis d'allégements de peines… Les Américains ont même octroyé des visas à certains criminels libérés ! Nous avons eu beau protester, nos réclamations se perdent dans le désert. Certains ont bien été exécutés. C'est le cas de Pister, le commandant de Buchenwald, ou de Schmidt, son adjoint.

— Ah oui, j'ai appris ça, essaie de se rattraper Rivier.

— Mais ce que vous ne savez probablement pas, c'est qu'aux funérailles de Schmidt, il y a deux ans, ses « amis » sont venus en foule… Il y avait plusieurs milliers de personnes présentes, paraît-il, dont à coup sûr des criminels de son espèce. Le vent tourne, on le sent bien. Le blocus de Berlin a eu des conséquences. Les Alliés ne cherchent plus à punir les anciens SS, il faut que l'Autriche et la République fédérale restent dans le giron occidental. Ajoutez à cela la fermeture progressive des camps de personnes déplacées, et donc le départ de nombreux témoins en Israël ou ailleurs... La tâche se révèle de plus en plus ardue à mesure que le temps passe.

— Mais la création de l'État israélien a dû jouer en votre faveur.

— Pensez donc ! Ses responsables sont trop préoccupés par la survie du pays dans un environnement hostile. Et quand bien même il y aurait eu cette volonté de rendre justice aux victimes de l'Holocauste : elle aurait été tenue sous le boisseau en raison des négociations avec la RFA sur les accords de réparations. Nous ne pouvons guère compter que sur nous-mêmes, mon cher monsieur, malheureusement.

— Et moi, j'arrive avec une nouvelle sollicitation...

— Vous avez bien fait. Et vous n'êtes pas le seul, croyez-le bien ! Je ne vous cache pas qu'il va falloir vous armer de patience. Nous ne pourrons pas nous occuper tout de suite du Dr Kluge. Dans un premier temps, je vous suggère de trouver un moyen de le prendre en photo. Je vous promets de l'envoyer sans délai à l'autre témoin.

— Je vous remercie de votre aide précieuse. Je me sens bien impuissant, de mon côté...

— Au contraire, votre contribution est capitale. Il faut témoigner. Si on ne le fait pas pour nos morts, faisons-le au moins pour les générations futures. Trop de victimes peinent à le comprendre. Je ne leur jette pas la pierre. Beaucoup veulent simplement tourner le dos à un passé trop douloureux. Mais en agissant ainsi, on prend le risque de revoir bientôt le visage de l'abomination. De face.

Sa conclusion laisse Rivier sans mot. Cette face, elle reste gravée sur sa rétine depuis deux jours. Rosa Paslawski enchaîne, répétant comme un credo les arguments qui lui donnent la foi de continuer son travail de fourmi, envers et contre tout :

— Vous savez ce qui me choque le plus, lorsque j'entends les accusés nazis parler de leur rôle dans le génocide ? Ce n'est pas leur ligne de défense habituelle – « Je ne suis pas responsable, je n'ai fait qu'obéir aux ordres, *Befehl ist Befehl* » –, non. C'est ce qui ne se trouve pas dans leur voix ou dans leurs yeux : le sentiment de culpabilité. Ils ne se sentent pas coupables ! Vous entendez ? Ils ne se sentent pas coupables ! Leur conscience d'être humain est morte dans les camps, elle aussi. Mais grâce à leur condamnation, l'humanité peut accéder à un surcroît de conscience, pour l'avenir. Le temps qui passe n'enlève rien à l'urgence de ce devoir qui est le nôtre.

Rivier entend grincer la porte d'entrée de la mairie. Des talons martèlent le parquet. La démarche d'Espingeon.

— Je vais devoir raccrocher, chuchote-t-il au combiné. Voulez-vous me donner votre adresse ?

Il n'a pas fini de l'écrire que le maire passe la tête par l'encadrement de la porte. Voyant son adjoint au téléphone, il patiente sur le seuil.

— C'est bien noté, chère madame, dit-il en adoptant subitement un ton clair censé faire comprendre à son interlocutrice qu'il ne peut plus s'exprimer à sa guise. Je vous remercie bien. Oui... Oui, merci ! Au revoir !

Rivier raccroche de la main droite tout en pliant de la gauche son papier en deux. Il se tourne vers Espingeon, sans savoir ce qu'il pourra lui servir, cette fois-ci, comme prétexte à la conversation téléphonique qui vient de s'achever.

— Il y a un souci, Marcel ?

— Non, tout va bien, Jacques, tente de le rassurer Rivier en se levant.

Espingeon s'approche de lui, cherchant à capter des yeux son regard fuyant.

— Marcel. Je vois bien qu'il se passe quelque chose. Tu n'es pas dans ton état habituel depuis deux jours.

— Rien de grave, je t'assure. Juste un coup de fatigue.

— Mais tu as préféré venir travailler ici plutôt que de te joindre à nous...

— Une petite affaire personnelle à régler, je suis désolé de vous avoir fait faux bond. Excuse-moi. Est-ce que ça s'est bien passé ? Tu leur as sorti tes meilleures bouteilles, hein ?

— Est-ce que c'est lié à la présence de nos hôtes ? insiste Espingeon. Tu sais, tu peux me le dire franchement. Je peux tout à fait concevoir que ça remue bien des choses en toi.

Rivier s'engouffre dans l'ouverture qu'il voit soudain.

— Disons que j'expérimente la différence entre la théorie et la pratique, dit-il avec un sourire qu'il espère apaisant.

Espingeon le laisse venir. Il voit la pomme d'Adam de Rivier faire l'ascenseur avant qu'il précise sa pensée :

— Tous ces Allemands d'un coup... Ce ne sont plus de simples noms dans une liste. C'est plus difficile à vivre que je ne l'imaginais.

— Je comprends, mon vieux, dit Espingeon, qui s'approche de lui et le prend par les deux épaules. Tu regrettes ?

— Non ! répond Rivier, certainement pas ! Et à quoi est-ce que cela servirait ? Les choses sont engagées, et c'est tant mieux. Mes états d'âme comptent peu par rapport à notre magnifique projet. Il fallait probablement en passer par là.

Espingeon opine en lui serrant les épaules d'une pression amicale et virile.

— Tu pourrais t'abstenir de la visite à Reims, demain. Ça te laisserait une journée de repos.

— Merci, Jacques, c'est gentil de me le proposer. Mais je compte bien venir. Je n'ai pas ménagé ma peine pour convaincre nos administrés de participer à cette aventure. Je n'ai pas le droit de me défiler.

*

Peu avant vingt-trois heures, le groupe forme déjà un bouchon compact sur la route bordant la forêt des Margelles. Il s'est accru de plusieurs frères et sœurs des participants, ou d'élèves frustrées d'échange scolaire par « Zink la rabat-joie ».

Dans les yeux de la cinquantaine d'adolescents présents, le brasillement du crépuscule renforce celui de l'excitation. Ils se racontent comment ils se sont extraits de la maison, qui sur la pointe des pieds, qui par la fenêtre. Dans les familles de couche-tôt, du moins. Car certains, comme Claudine, n'ont pas connu ce plaisir. Son père a prolongé la soirée au-delà de vingt-deux heures. Il feuilletait une pile de journaux, malgré les encouragements à aller se coucher de sa fille qui lui trouvait un air très fatigué. C'est lui, au contraire, qui a incité Claudine et Ingeborg à aller au lit afin d'être en forme le lendemain pour la visite de Reims ! Pour ne pas manquer le rendez-vous, Claudine a bien été obligée de lui faire part du projet de sortie. Elle savait, de toute façon, qu'il ne s'y opposerait pas. Mais son petit sourire accompagné d'un « Amusez-vous bien ! », lorsqu'il a vu les deux demoiselles fardées comme pour aller au bal, a désamorcé le petit côté subversif de l'affaire.

En attendant les retardataires, Lucien prête avec libéralité un objet pour lequel, devant la cohue, il doit organiser une file bien ordonnée, comme un samedi dans la boucherie de son père. Son Solex flambant neuf passe entre toutes les mains, et le porte-bagages pratiquement sous tous les fessiers. Chaque nouvel utilisateur bénéficie d'une escorte à vélo qui manque, à plusieurs reprises, de provoquer un accident collectif. Les garçons organisent bientôt un concours de sprint en délimitant un circuit de trois cents mètres sur la chaussée. Bicyclette pour les garçons contre vélomoteur pour les filles. Les demoiselles mettent une telle énergie à pédaler pour seconder le moteur du Solex que les efforts herculéens de leurs rivaux n'y suffisent pas : sur la ligne d'arrivée, les cris des filles saluent à chaque fois la victoire des leurs, même contre les plus toniques des jeunes mâles.

Dans la chaude atmosphère de ce vélodrome improvisé, les premières bouteilles de champagne sont mises à contribution pour hydrater les gorges sèches. Au moment précis où Claudine s'inquiète auprès de ses camarades de l'absence de Mathieu Duborgel et d'Adi, les deux garçons arrivent au lieu de rendez-vous. Le grand-père, à table, s'est mis à raconter ses trois années de Grande Guerre.

— C'était aussi interminable que Verdun ! soupire Mathieu. Et au moment de partir, j'ai découvert que mon pneu était crevé… Trente minutes de plus dans la vue !

Le tas de bois s'embrase au milieu de la clairière. Peut-être a-t-on vu un peu grand. Au bout de quelques minutes, le feu dégage une telle chaleur qu'il faut élargir le périmètre des troncs qui servent de bancs.

Fernand a emporté sa guitare. Il entreprend de divertir les noctambules avec des chansons de Georges Brassens. Avec une année de pratique seulement, l'entreprise s'avère assez laborieuse. Mais sa forte voix et une bonne dose d'exaltation couvrent les accords mal maîtrisés de *La Mauvaise Réputation* ou de *La Chasse aux papillons*. Le succès l'encourage.

Sur *Le Gorille*, il préfère mettre son instrument de côté et se fait chef de chœur. Les Allemands ne mettent pas longtemps à répéter eux aussi « Gare au goriiille ! » à tue-tête.

— On a le droit de chanter ça en France ? s'étonne Ingeborg auprès de sa correspondante.

— Elle ne passe pas à la radio, lui répond Claudine, je crois qu'ils l'ont censurée… Mais le disque se vend très bien. Et à nous, on ne peut pas nous interdire de la chanter !

La gaillardise subversive de la chanson renforce l'intérêt qu'on lui porte. Les jeunes d'outre-Rhin, dont Peter, un taciturne qui doit avoir des comptes à régler avec son père magistrat, réclame qu'on la chante à nouveau dès qu'il en a compris les subtilités. Fernand exige qu'on puisse d'abord s'éclaircir collectivement le gosier d'une rasade de champagne, puis *Le Gorille* reste à l'honneur deux fois plutôt qu'une.

Les bulles commencent à échauffer les jeunes cerveaux, aussi accablés par la chaleur ambiante de cette soirée tropicale que par le rayonnement du feu de joie. Quelques grondements sourds signalent un orage possible, mais ils sont si lointains que l'idée s'impose d'aller se rafraîchir à la rivière. Des garçons se chargent d'extraire des tisons du feu et une colonne se forme derrière eux pour se rendre jusqu'à la Marne.

Claudine lance quelques coups d'œil en coin pour se positionner à proximité d'Adi, qui a pris du retard en cherchant la torche adéquate.

Le groupe serpente dans la forêt. La flamme des bâtons n'éclaire le noir que d'un faible halo. Les petits cris des filles, et les rires des garçons qui leur font écho, trahissent l'appréhension de certains de se retrouver nez à nez avec un cerf ou un sanglier, voire un grand singe. Pour encourager les troupes, Maxime, depuis la tête de cortège, entonne :

« Mais les brav's gens n'aiment pas que l'on suive une autre route qu'eux. » Repris en chœur par la colonne, le refrain fait assez de bruit pour faire fuir les animaux loin à la ronde.

À l'arrière, Adi opte très vite pour une protection rapprochée. Il se porte à la hauteur de Claudine, qui feint d'être concentrée sur les obstacles au sol. Il lui saisit la main. Elle se laisse faire. Quand il la tire légèrement vers l'arrière pour la faire ralentir, la jeune femme ne s'y oppose pas. Claudine s'arrête même. Adi la fixe de ses grands yeux noirs, dans lesquels dansent les reflets de la flamme. Il pose sa main libre sur sa nuque, puis ses lèvres sur les siennes. Elle croit sentir ses jambes défaillir ; son cœur bat la chamade. Il laisse échapper par ses narines le souffle vigoureux d'un sourire, comme s'il devinait ses pensées. Puis il revient à la charge avec un baiser plus langoureux que le premier. Elle passe ses deux bras autour de ses hanches. Quand ils reviennent à eux, le groupe chemine déjà loin devant. Claudine lui prend la main. « Viens ! » Ils se dépêchent de rattraper leurs camarades, se faufilant entre les branchages, enjambant les racines, aériens comme ceux à qui l'amour vient de procurer des ailes. La flamme de la torche n'y résiste pas, mais c'est à peine s'ils s'en aperçoivent.

Ils rejoignent les autres quand ils se trouvent déjà sur la berge. Manifestement, la rumeur a couru plus vite qu'Adi et Claudine. Tous les jeunes leur font face quand ils sortent du bois. Des applaudissements taquins accueillent « le premier couple du jumelage », comme le présente Henri à la cantonade. Ingeborg, quant à elle, s'abstient d'applaudir. Dans l'obscurité, personne ne voit le masque de contrariété qui a remplacé son visage.

La Marne fraîche accueille les dernières bouteilles encore intactes, et les pieds des fêtards échauffés. Très vite, l'affaire dégénère en éclaboussures, contre lesquelles les filles ne protestent que pour le principe. Adi, Rainer et Johannes optent, eux, pour un rafraîchissement plus radical. Un peu à l'écart, dans la nuit sans lune, on devine leurs silhouettes qui se déshabillent et plongent dans la rivière. C'est moins le plongeon qui stupéfie les Français que leur tenue… Ils sont tout nus.

— Ils sont fous ! lance à Ingeborg une Claudine mi-admirative, mi-gênée.

— C'est la FKK ! La *Freikörperkultur* allemande. C'est habituel chez nous. On se déshabille ?

— Tu es folle aussi !

Ingeborg se met à déboutonner sa robe, pas mécontente de choquer sa copine et, accessoirement, de mettre au défi sa féminité.

— Arrête, Inge !

— Tu vas voir, c'est super. On est tous faits pareils, non ?

Déjà elle dépose ses sous-vêtements, et s'élance vers l'eau. Les trois garçons, du milieu de la rivière, saluent son geste d'un « Hurrah ! » censé favoriser d'autres vocations.

— Ils sont culottés ! plaisante Héloïse pour rompre l'hébétude embarrassante de ses compatriotes.

De fait, aucun, même parmi les forts en gueule, n'ose suivre le mouvement. Il y a des limites à la transgression, même quand l'obscurité peut s'en faire l'alliée. Le plus embêtant, avec cette initiative, c'est qu'il devient difficile de piquer une tête dans la rivière en conservant son slip. On s'expose aux railleries.

La Providence vole au secours de leur pudeur poltronne. L'orage éclate enfin, douchant la troupe des indécis, et les espoirs allemands de faire évoluer la culture française. Sous les trombes d'eau, le groupe se scinde. Certains – certaines, surtout – courent chercher un abri illusoire à l'orée du bois. Après un temps d'hésitation, Claudine se joint à eux, moins par crainte d'être trempée que pour éviter de devoir affronter Adi sortant en tenue d'Adam. Les autres, sous l'impulsion de Maxime, se lancent dans une danse de la pluie. Leur exubérance est proportionnelle à leur soulagement de pouvoir faire diversion à si bon compte. La ronde se transforme vite en un simulacre de pugilat entre participants. On s'agrippe par la chemise ou le pantalon ; on fait alliance pour balancer à l'eau des victimes désignées, filles d'abord. Entre garçons, la mêlée finit par un chavirage collectif dans les eaux de la rivière. Tout habillés, et sans honte de l'être.

Vers trois heures du matin, détrempés du bonheur de cette soirée extravagante, les noceurs se décident à rebrousser chemin, à tâtons, sans l'aide des torches ni du feu au loin pour se repérer. L'espace, comme le temps, n'existe plus.

5

Mardi 7 juillet

La journée commence plus tôt que prévu.

À cinq heures dix, le profond silence qui enveloppe la maison des Espingeon se déchire. Les dormeurs entendent coup sur coup deux explosions de verre brisé.

Comme éjecté par les ressorts du matelas, Jacques Espingeon bondit hors de son lit, enfile charentaises et robe de chambre en un tournemain et se précipite dans la salle à manger. C'est bien de là que sont provenues les détonations. En actionnant l'interrupteur, il découvre une pierre au milieu de la pièce, jonchée d'éclats de verre. Elle a créé un gros trou dans la verrière. Une odeur pestilentielle lui envahit les narines.

— Oh mon Dieu ! s'exclame Thérèse, qui arrive à son tour. Qu'est-ce que c'est que ça ? Oh, mais quelle odeur ! Jacques, d'où vient cette puanteur ?

Espingeon ne prend pas le temps de répondre. Il sautille entre les tessons, ouvre la baie vitrée et se précipite sur la terrasse. Il parcourt quelques mètres au-delà, dans l'herbe encore mouillée par l'orage de la nuit. Naturellement, il ne voit rien, malgré les premières lueurs de l'aube.

— J'appelle les gendarmes ! s'époumone-t-il. On va te retrouver !

Un « salopaaard ! » se perd dans la campagne, si fort qu'il atteint sûrement les oreilles de l'intéressé.

Il retourne dans la maison.

— Jacques, cette odeur d'œuf pourri, d'où ça vient ? reprend Thérèse à travers le mouchoir qu'elle plaque contre son nez.

— Il a jeté une bombe puante à travers la vitre brisée par la pierre, regarde la bouteille, là. Elle devait contenir de l'ammoniac et du soufre.

La bonne entre à son tour, essoufflée de sa course depuis le haut de l'escalier. Derrière elle apparaît Sigmar Kluge. Il s'arrête un mètre avant le seuil, tendant le cou comme au-dessus d'une barrière qui protège une scène de crime.

— Ah Jacqueline, vous êtes là ! Je vous en prie, débarrassez-nous vite de tout ça, ordonne Thérèse en détournant la tête. Ouvrez en grand, mon Dieu, c'est irrespirable !

— Non, ne touchez à rien ! la contredit son mari. Je veux d'abord que les gendarmes voient ça. Ça commence à bien faire !

Espingeon leur commande de sortir. Il les suit et referme la porte derrière lui pour empêcher l'odeur d'infecter tout l'étage. Dans le couloir, Kluge attend au pied de l'escalier, que Wegenrein descend en tenant la rampe d'une main et en arrangeant ses cheveux de l'autre.

— Ah mes amis, dit Espingeon, je suis désolé. La France n'est pas encore débarrassée de la stupidité ! Retournez vous coucher, je vous en prie, il n'y a rien qui vaille la peine de se laisser réveiller.

Il accompagne ses paroles débitées trop vite de quelques gestes qu'il espère explicites.

— *Was ist passiert ?* demande, inquiet, le *Bürgermeister* à Kluge.

— *Ich weiß es nicht. Ein Fenster wurde kaputt geschlagen. Mit einem Stein oder so.*

Espingeon les interrompt.

— Ne vous en faites pas, ce n'est rien. *Nix*. Pas grave.

Il les invite, d'une mimique qu'il veut rassurante, à remonter dans leur chambre. Par politesse, voyant que leur hôte fait effort pour conserver son calme, les deux messieurs n'insistent pas et regagnent l'étage.

Thérèse retrouve son mari dans le bureau. Il fouille un tiroir à la recherche de son calepin.

— Tu veux appeler les gendarmes ? lui demande-t-elle.

— Mortier, Mortier, répète-t-il en feuilletant son carnet de ses deux mains tremblantes de contrariété. Ça y est, je l'ai !

Espingeon s'empare du combiné.

— Jacques, tu vas le réveiller pour ça ?

— On ne va pas attendre qu'on nous flingue un Allemand, quand même ?

Le capitaine de gendarmerie Mortier arrive moins d'une demi-heure plus tard. Il se serait abstenu de se déplacer de si bonne heure pour une affaire de ce genre s'il ne s'était agi d'un appel du sénateur-maire. Il observe la scène du forfait et, pour la forme, fait l'effort de mettre la bouteille dans un sachet en vue d'une analyse d'empreintes. Dehors, avec sa lampe torche, il montre à Espingeon une longue trace laissée dans l'herbe de la propriété par des pneus de bicyclette : le malfaiteur a évité l'allée de gravier pour ne pas faire de bruit. Sinon, il constate qu'il n'y a rien de particulier à relever.

— Votre chien n'a pas aboyé ?

— Il est mort l'hiver dernier.

— Je me renseignerai auprès des boulangers pour savoir s'ils ont remarqué quelque chose, dit l'officier en refermant un carnet dans lequel il n'a rien noté. Il n'y a guère qu'eux pour avoir l'œil ouvert à cette heure-ci.

Mortier ne prend même pas la peine d'interroger le maire sur les possibles motivations de l'auteur. Le manque de zèle du gendarme trahit son opinion, déjà toute faite, qui n'appelle aucune investigation complémentaire : l'événement est lié à la présence des Allemands. Espingeon non plus n'en doute pas, mais il s'agace de l'attitude du gendarme, de son côté « On récolte ce qu'on sème ». Surtout venant d'un type qui, dix ans auparavant, s'empressait de répondre à leurs sollicitations plutôt que de rejoindre certains de ses collègues dans le maquis…

— Souhaitez-vous passer au poste pour déposer une plainte ? demande-t-il tout de même pour la forme.

Espingeon réfléchit quelques instants. Cette démarche retarderait le départ pour Reims. Ce serait aussi le meilleur moyen d'ébruiter l'affaire, ce qu'il ne souhaite pas.

— Tout bien considéré, j'y renonce.

On en reste là. Mortier repart avec le sentiment du devoir accompli, et la bonne peut nettoyer la scène du méfait. Il est à peine six heures, et le premier rendez-vous ayant été fixé à huit, Jacques et Thérèse Espingeon retournent se coucher. S'il n'est plus question de retrouver le sommeil, ils s'allongent tout de même pour permettre à leurs nerfs de se défroisser.

*

Dans l'autocar affrété pour l'excursion à Reims, on n'entend que le ronronnement du moteur et le souffle de l'air pénétrant par les fenêtres à moitié descendues. Quelques bouches sont bien entrouvertes, mais aucun son n'en sort sinon de discrètes expirations : celles de jeunes gens qui, à peine installés, se sont recroquevillés pour grappiller un rabiot de sommeil. Pour pallier l'inconfort des sièges en moleskine, Claudine et Ingeborg dorment tête contre tête comme deux sœurs siamoises.

Quant aux adultes, bercés eux aussi par le roulement du Berliet, ils regardent défiler le paysage forestier de la Montagne de Reims, en silence, pas mécontents de pouvoir profiter de cet intermède routier pour se reposer l'esprit. Comme s'ils s'étaient donné le mot, Français et Allemands se sont assis spontanément à côté d'un compatriote. Tous ressentent le besoin de marquer une trêve dans l'assaut d'amabilités qui dure depuis deux jours et demi. On se connaît désormais assez pour se l'autoriser sans crainte. Si le voisin doit engager la conversation, autant que ce soit dans une langue compréhensible sans effort. Et puis, pour les hôtes de La Grillette, cette facilité évacue une certaine gêne. Wegenrein leur avait transmis la consigne, avant de descendre au petit déjeuner, de n'aborder le sujet de l'incident que si le maire le souhaitait. Or Espingeon – imité par son épouse, du reste – s'était contenté de parler de la pluie de la nuit, et du beau temps de la journée à venir. On avait donc bu le café comme si de rien n'était, dans une atmosphère faussement détendue, à laquelle chacun avait contribué en partant du principe que tout avait déjà été dit après l'épisode de l'arbre. Mais aussi sûrement qu'une mouche revient après de vaines gesticulations, le souvenir du réveil précoce s'était invité à la faveur du moindre silence autour de la table. Dans le car, au moins, le bruit de fond met leur tension en sourdine, et les décharges périodiques du compresseur, telle une expiration vigoureuse, leur semblent agir aussi sur leur propre organisme. On se relâche.

Rivier est de ceux qui en éprouvent le besoin. C'est un homme du matin, pourtant. D'habitude, il aborde chaque nouvelle journée avec appétit, l'esprit tourné vers les mille petites choses, personnelles ou professionnelles, qu'elle lui permettra d'entreprendre ou de régler. C'est particulièrement vrai en période de vacances estivales. Il évite de se coucher tard pour profiter du moment de grâce du petit matin où, sur son balcon, il peut savourer le mélange dans sa bouche de la fumée et du café en observant la nature se réveiller. Toute nouvelle journée constitue une promesse en soi, il le sait depuis tout jeune. De retour d'Allemagne, il lui avait fallu retrouver cette habitude, perdue entre les barbelés de Buchenwald. Depuis lors, il s'y tient. Pas à pas, la discipline rigoureuse des premiers temps a libéré le plaisir.

Mais la troisième nuit consécutive de cogitations brumeuses a laissé sa tête et ses membres pareillement ankylosés. Rivier se sent mal. Une profonde sensation d'écœurement. Cependant, les virages de la départementale n'y sont pour rien.

Ses spasmes nauséeux ont décuplé après son coup de fil à Paul Chesny, la veille au soir. Ils se répètent à chaque fois qu'il se projette sur le parvis de la cathédrale de Reims, imaginant ses retrouvailles avec son ancien camarade de déportation. Son cœur bat par à-coups. Il peine à répondre à la fois à la déficience des nerfs et aux rasades d'adrénaline que provoque cette perspective.

Rivier n'imagine pas grand-chose de l'événement à venir, en réalité, sinon le décor familier du monument. Le visage de Chesny se dérobe à cette scène qu'il voudrait pouvoir se représenter. Il n'a même pas reconnu sa voix au téléphone ! Il voit une ombre s'avancer, comme convenu, vers le groupe massé au pied de la cathédrale. Touriste parmi les touristes, appareil photo en bandoulière, Chesny reconnaît l'une des personnes, un de ses anciens amis perdu de vue depuis vingt-cinq ans – « Pas de mention du camp, bien sûr ». Il se permet de se présenter entre deux phrases d'explications de Dupré, ou d'Espingeon, peu importe, et Rivier, tout naturellement, joue la surprise, lui donne l'accolade puis le présente aux adultes…

— M. Espingeon, le maire de notre ville, et madame, le Dr Wegenrein, maire de Riedenfeld en Bavière… M. et Mme Schneider, le Dr Kluge…

Et là, la séquence s'évanouit, comme si la pellicule fondait brusquement sous l'effet de la chaleur qui agite les neurones de Rivier.

Depuis samedi, il perd le contrôle de lui-même. Cette constatation le navre autant qu'elle l'inquiète. Il se sent piégé, dans son corps comme dans sa tête. Il a l'impression de connaître l'angoisse de l'animal de laboratoire placé dans un labyrinthe dont il cherche l'issue en vain. Il attend une libération. Mais il ne voit pas qui, cette fois-ci, viendra enfin lui ouvrir les portes. Chesny ? S'il doit formellement reconnaître Jésus, le retour en arrière sera complet. Les vrais ennuis commenceront. S'il hésite, l'affaire n'avancera pas d'un iota. Et s'il disculpe Kluge de toute ressemblance – hypothèse à laquelle Rivier ne croit guère –, cela ne suffira probablement pas à extirper le doute de son esprit.

Il n'y a pas d'issue à ton problème, Marcel.

D'autres considérations l'ont fait hésiter à appeler Chesny. Le remords de ne pas lui avoir donné signe de vie après le retour, malgré les lettres de son ami, a rendu sa démarche encore plus pénible. Dans des circonstances différentes, il pourrait se réjouir de renouer. Peut-être l'aurait-il fait, au demeurant, dans un avenir plus ou moins proche, quand il se serait senti prêt à s'affranchir du poids du passé. Mais dans le cas présent, Chesny n'a pas dû manquer de le juger bien opportuniste. Et puis, le risque existait, même s'il était visiblement très investi dans le milieu associatif des anciens déportés, de le plonger dans le même cauchemar. Avait-il le droit de partager son fardeau ainsi ?

Il lui sait gré de n'en avoir rien montré au téléphone. Il l'a accueilli avec beaucoup de sympathie, presque sans surprise – au point que Rivier a subodoré un appel préalable de Martineau. Il l'a interrogé sur sa vie, sa fille, son travail, comme un ami de toujours heureux de recevoir des nouvelles après quelque temps. Puis a répondu gravement à l'objet de l'appel. Sa décision ne s'est pas fait attendre. Il prendrait congé le lendemain de l'usine afin de monter dans le premier train pour Reims et jouerait son rôle tel que Rivier le lui suggérait. Il avait hâte de le retrouver et de l'aider à découvrir la vérité. Son attitude positive a mis du baume au cœur de Rivier, même si la dose s'avérait insuffisante pour calmer ses pénibles soubresauts.

Thérèse ayant choisi d'effectuer le trajet avec sa grande amie Jeanne Michon, l'épouse du deuxième adjoint, Espingeon s'est résigné, en montant le dernier, à occuper la place libre à côté de Rivier, assis tout devant. Lui aussi, perdu dans ses pensées, garde le silence. Il lui faudrait pourtant profiter de ce trajet pour informer son adjoint de l'incident du matin, bien sûr. Mais il en recule le moment le plus possible. Il reste sous le coup de cet acte odieux. Il a beau avoir le cuir épais, les deux attentats contre l'arbre puis contre sa maison l'inquiètent. À quelle extrémité le ou les pisse-froids imbéciles sont-ils capables de se livrer, au prochain coup ? Les Allemands ont provoqué, en soixante-quinze ans, tant de malheurs et de souffrance en France que les réactions les plus irrationnelles ne peuvent être exclues. Peut-être ne s'agit-il que de deux coups de semonce avant quelque chose de plus grave, de très grave. Espingeon a lui aussi envie de penser à autre chose et de s'offrir une parenthèse au milieu de toutes ces émotions. Il n'a pas envie d'en parler, en tout cas pas tout de suite. Et encore moins à son ami, dont les traits du visage, ce matin, sont tirés et les yeux bouffis.

Rivier l'y amène plus vite que prévu.

— Alors, ça s'est bien passé hier soir ? lui demande-t-il avec un entrain qui tranche avec sa mine défaite.

— Hier, oui.

Un temps mort est nécessaire à Espingeon pour trouver une manière de lui raconter l'événement du matin.

— Mais on a été réveillés avant la fin de la nuit…

Il déballe l'essentiel en quelques phrases, sans passion, factuel comme s'il résumait l'affaire pour le procès-verbal d'une séance du conseil municipal.

Cette fois-ci, Rivier reste impassible. Son regard ne quitte pas le bitume que le véhicule avale à vitesse modérée.

— Cette sortie à Reims nous fera du bien, conclut Espingeon, soulagé que le mutisme de son adjoint lui épargne d'épiloguer.

Le car oblique sur la route, tracée au cordeau à travers la forêt de la Montagne de Reims, qu'il ne quittera plus jusqu'à la grande ville. L'ancienne route nationale empruntée par le général Patton en août 1944 porte depuis six ans le nom officiel de « voie de la Liberté », comme les mille autres kilomètres entre la Normandie et les Ardennes qui ont permis de bouter l'occupant hors de France.

S'il accompagnait des touristes américains, Espingeon demanderait au chauffeur de s'arrêter et avertirait les visiteurs qu'ils pénètrent dans un lieu historique. Là, il s'abstient. Il réserve ses explications pour Reims. Au pied de Notre-Dame, soignée depuis 1919 des obus crachés par les grosses Bertha, il sera question de la guerre, inévitablement, mais de la Première. Quatorze a laissé des cicatrices plus profondes que Quarante, mais bientôt quatre décennies de recul rendent son évocation moins sensible que le passé tout récent de la marche triomphale de Patton. Quoique ! Espingeon prend soudain conscience que, si lui-même a échappé de peu à l'appel sous les drapeaux en 18, deux des conseillers municipaux allemands, Jäger et Schultz, qui comptent quelques années de plus que lui, n'ont peut-être pas eu cette chance. Il se les imagine avec un casque à pointe dans les forts des alentours de la ville, chargeant la gueule de la bête infernale qui martelait sans répit la dentelle millénaire de la plus belle cathédrale de France. C'était il y a moins de quarante ans ! Elle n'était pas encore le fait de vieillards radoteurs, cette guerre.

La Seconde, toute fraîche dans les mémoires, occupe beaucoup de place, parce que ses conséquences, plus encore que son souvenir, n'en finissent pas d'infuser dans tous les domaines de la vie des Français. La Première, aussi, a révélé un équilibre des forces certes tragique dans l'enfer des tranchées, mais Espingeon, avec le recul, le juge loyal même dans sa démesure. Certes, le bombardement de la cathédrale de Reims reste un acte ignominieux, et les propagandistes, à l'époque, n'ont pas manqué de crier au retour du barbare teuton. Espingeon se souvient de la haine du Boche qu'avait provoqué en lui ce pilonnage systématique du joyau de la Champagne, du cœur sacré des rois de France. Mais le ressentiment était retombé en quelques années. En comptant le nombre de morts de part et d'autre, après le conflit, on avait compris que l'Allemagne avait payé cher son agression ; on était ensuite allé chercher dans son cœur industriel de quoi lui faire acquitter les réparations ; on avait récupéré l'Alsace et la Lorraine. On était fier d'avoir vaincu, fier d'être français. On était capable de pardonner, parce qu'on était resté debout. S'il avait fallu se lancer dans un jumelage comme celui-ci huit ou neuf ans après la Grande Guerre, c'eût été moins difficile, se persuade Espingeon.

Mais, entre 40 et 44, la guerre n'était plus la guerre. Elle n'a duré que trois semaines au départ, et deux mois à la fin. On dit « pendant la guerre », comme si on s'était battu pendant quatre ans. En réalité, les combats, pour l'immense majorité des Français comme lui, se sont limités à deux courts épisodes en 1940 et en 1944. Cette longue parenthèse dont on ne parle plus, et pour cause, c'est celle de l'humiliation. Le peuple fier, maître d'un dixième du monde, a été réduit en esclavage. Et pour survivre – Espingeon ne pense pas aux fascistes dans l'âme –, beaucoup ont dû vendre un peu de leur conscience à l'occupant. Lui-même n'est pas exempt de reproches, comme tant d'autres. Par manque de courage, c'est vrai, car il en fallait pour désobéir aux Allemands et à leurs supplétifs. Par souci, surtout, de ne pas tout perdre. La violence de l'épuration, à la Libération, a témoigné de l'avilissement moral dont sortait la France. On a frappé d'autant plus fort sur quelques-uns qu'il s'agissait de masquer la tache de la collaboration passive du plus grand nombre. Et on s'est inventé le mythe d'une France résistante, le reste n'ayant pu se produire que par la volonté malfaisante d'usurpateurs.

Espingeon se retourne vers l'arrière du car. Il croise le regard de Kluge et de Wegenrein, assis côte à côte quelques rangées derrière lui. L'un lui adresse un sourire, l'autre le salue en touchant le bout de son chapeau. Des gens charmants, en vérité. Il se l'était dit de son homologue de Riedenfeld dans les salons feutrés de l'hôtel du Rhône à Genève deux ans auparavant, à la création du Conseil des communes d'Europe. Cet homme affable et persévérant lui avait fait la cour dès qu'il avait appris que, parmi les dizaines de maires européens présents, il était le seul à la tête d'une commune de taille équivalente à la sienne. Assez vite, Wegenrein avait lancé l'idée d'une rencontre entre les deux équipes municipales, qu'on élargirait à ceux de leurs administrés qui le souhaiteraient. Espingeon essaie de retrouver son sentiment du moment comme on cherche à se rappeler la première impression éprouvée à la vue d'un visage devenu familier entre-temps. Une déclaration d'amour spontanée mais un peu frontale, voilà ce qu'il s'était dit. Il avait laissé la porte ouverte mais s'était prudemment réfugié derrière la nécessité d'en parler avec ses adjoints. Accaparé par mille autres choses à son retour de Suisse, il avait oublié sa promesse… Jusqu'à ce qu'il reçoive une carte de vœux du maire bavarois en janvier 1952, dans laquelle il renouvelait son invitation.

Dans un premier temps, Espingeon en avait parlé à Rivier : il n'aurait pas pu, humainement, aller de l'avant sans un préavis favorable de sa part. À sa grande surprise, son ami avait trouvé d'emblée l'idée séduisante. Mais ils s'étaient accordés sur le fait d'y aller doucement, Rivier suggérant à juste titre qu'il conviendrait de miser sur les jeunes pour surmonter les oppositions prévisibles. On s'était donné le temps, pour ne rien brusquer, et surtout pour éviter que la question ne s'invite dans les élections à venir. Au moment de présenter le projet au conseil municipal, l'autorité morale de Rivier avait contenu les objections à un niveau acceptable. Personne ne pouvait l'accuser d'avoir la mémoire courte… Mais Espingeon avait ensuite reçu bon nombre de coups de fil courroucés. Il avait tenu bon, et Rivier s'était ensuite occupé de tout, avec Dupré.

N'ayant suivi les préparatifs que de loin, il essaie de se souvenir pour quelle raison ils avaient finalement décidé d'inviter les Allemands en France plutôt que de se rendre en Bavière. C'est Rivier qui était parti sur cette idée. Il avait invoqué l'opposition de l'enseignante d'allemand qui priverait de rencontre la classe des filles, et donc Claudine, si elle devait se dérouler à Riedenfeld. Espingeon y avait souscrit, moins pour cet obstacle, somme toute surmontable, que par égard pour son ami. Il s'était mis en tête que Marcel redoutait secrètement la perspective de monter à nouveau dans un train pour l'Allemagne. Cet argument de haute psychologie allait aussi dans le sens – il doit bien se l'avouer – de sa propre envie de rejoindre de manière spectaculaire le petit groupe des précurseurs en matière de « compréhension franco-allemande », selon l'expression pudique en vigueur au sein de l'Association des maires de France. Celui de Montbéliard, Lucien Tharradin, lui-même ancien résistant déporté, s'était lancé dans cette aventure en 1950 et la conseillait chaudement à ses confrères. En se rendant au CCE à Genève en 51, puis en adhérant à l'Union internationale des maires l'année suivante, Espingeon avait voulu marquer sa volonté de contribuer à cette construction européenne par le bas à laquelle il croyait beaucoup. Les réticences à peine voilées du préfet de la Marne avaient renforcé son envie d'affirmer sa liberté municipale. La motivation de Marcel Rivier avait achevé de donner un tour concret au projet d'accueil.

Tout bien considéré, toutefois, ils auraient été mieux inspirés de privilégier l'ordre contraire, se dit Espingeon. Ils se seraient rendus à l'invitation des Bavarois, qui auraient mis les petits plats dans les grands. La presse champenoise s'en serait fait l'écho. Personne n'aurait pu s'offusquer qu'on leur rende la pareille. La phase allemande de l'échange aurait contribué à désamorcer quelque peu le côté dérangeant, voire choquant pour certains, du rapprochement. Quant à Marcel… De toute façon, il n'aurait pas pu avoir plus mauvaise mine que depuis que les Allemands sont arrivés.

Six jours : de prime abord, Espingeon avait jugé la durée

de leur visite un peu brève. La générosité champenoise pouvait combler une semaine entière. Rivier avait préféré la qualité à la quantité. Le maire se félicite aujourd'hui de ne pas avoir insisté. À ce rythme-là, il s'imagine déjà rincé et lessivé au moment de les remettre dans le train, vendredi.

— Finalement, c'est long, six jours, glisse-t-il à l'oreille de Rivier comme si ce dernier roulait les mêmes pensées. En tout cas pour une première rencontre…

Rivier dodeline de la tête en signe d'acquiescement. Si Jacques savait à quel point il espérait que la rencontre avec Kluge ne fût en effet que la toute première !

*

Rivier s'arrête à l'angle du palais de justice, rue Tronson-Ducoudray, d'où il peut observer sans être vu la terrasse du café du Palais. Chesny y patiente à l'ombre d'un parasol, manipulant son appareil photo posé sur le guéridon entre une tasse et son chapeau. Il s'est placé à l'extrémité de la terrasse. La table d'à côté est inoccupée. Ils pourront discuter à leur aise, sans crainte d'être entendus.

Il stationne là quelques instants, le temps de reprendre le contrôle de sa respiration à l'aide d'une cigarette. Il reste sous le coup de la scène qui s'est déroulée une demi-heure auparavant. À la vue de Chesny approchant du groupe sur le parvis, il avait suspendu son souffle et vécu la pièce de théâtre comme en apnée, tous les sens aux aguets. L'effort lui avait coûté beaucoup d'énergie et ses poumons réclament encore de rattraper le déficit accumulé. Il le leur accorde en se persuadant, une fois de plus, que tout s'est passé avec un naturel digne de la Comédie-Française : la surprise provoquée par une rencontre improbable, le ton ému des retrouvailles trente ans après leur service militaire commun, les présentations dans la foulée, rapides pour limiter le dérangement, la demande de Chesny d'être photographié avec Rivier, puis, partie la plus délicate, celle de Rivier pour que son ami prenne les représentants des deux conseils municipaux. Le tout, emballé sans que rien n'y paraisse, n'avait pas duré plus de cinq minutes, en comptant le moment de négociations pour qu'ils trouvent le temps de placer un café en tête à tête dans le programme de la journée. Espingeon avait résolu la question en lui suggérant de profiter de la visite du stade de Reims – une idée fixe des jeunes Victoriens, fiers du titre de champion de France de « leur » club et persuadés d'y croiser Raymond Kopa – visite à laquelle, il le savait, Rivier ne tenait guère.

Onze coups de cloche retentissent. L'heure approximative fixée pour le rendez-vous au café. Celle du verdict. Lui qui aime la ponctualité se retient pourtant d'avancer. Il peut bien s'accorder un répit supplémentaire avant d'affronter ce nouveau moment de tension.

Sur le parvis de la cathédrale, une heure auparavant, Rivier était obsédé par le souci de voir le mensonge s'orchestrer sans dissonances. Il ne l'a pas vraiment regardé. Il n'a considéré que l'acteur et son jeu, pas l'homme. À vingt ou vingt-cinq mètres de la terrasse, il peine à établir un lien physique entre le Chesny qu'il a fréquenté de si près à Buchenwald et celui qu'il observe maintenant. Son allure générale lui paraît étrangère. Tout y contribue. Des cheveux, bien grisonnants aux tempes, masquent désormais la totalité de son crâne. Ses pommettes, osseuses huit ans auparavant, ont perdu leur proéminence avec l'embonpoint qui a gagné son cou, ses bras, ses épaules. Son nez en paraît raccourci. Peut-être que sa moustache à la Staline, qui a remplacé la barbe fournie qu'il portait dans le camp, y contribue aussi. Sa chemise à damier blanc et gris, premier bouton défait, laisse entrevoir le torse à nouveau vigoureux du soudeur de chez Renault-Billancourt qu'il est redevenu. Rien à voir avec le temps du pyjama trop grand pour son corps malingre. Contrairement à Rivier et sa patte folle, Chesny ne garde aucune séquelle physique de ses deux années passées à Buchenwald. Qui peut croire que cet homme dans la force de l'âge a réchappé à l'enfer moins d'une décennie auparavant ?

Rivier se demande comment il l'a perçu, de son côté, lui qui l'a connu avec un degré d'intimité que seule la déportation fait expérimenter. Même Martine, la pauvre, ne l'avait pas vu aussi nu, dans son âme, que Chesny. Dans leur Block 63, pendant plus d'un an et demi, sans se connaître auparavant, ils avaient survécu comme en symbiose, tels des organismes primaires qui lient leurs existences pour mieux endurer des conditions extrêmes. À la faim, au froid, aux humiliations, à la soif, aux puces, à la chiasse, à la chaleur, à la puanteur de leurs pieds contre lesquels, tête-bêche, ils collaient leur nez dans la promiscuité étouffante des couchettes. Rivier se sent plus abîmé que son ex-compagnon d'infortune. La semaine précédente, cette idée ne lui serait pas venue à l'esprit, en tout cas pas avec cette évidence. Aurait-il même songé à *comparer* ? Le passé avait été remisé, il se croyait solide sur les fondations qu'il avait lui-même coulées avec un mortier fait d'oubli et d'envie d'avenir. Depuis samedi, les secousses et répliques provoquées par le visage de Kluge n'en finissent plus d'ébranler les piliers de sa résolution. Il se sent plus affaibli que ne sauraient le faire trois nuits sans sommeil.

« J'ai hâte de te revoir », lui avait dit Chesny au téléphone, la veille. Avec un enthousiasme naturel qui montrait combien il vivait dans le présent. Cela n'étonne guère Rivier. L'homme qu'il regarde est un roc. Même rachitique dans sa défroque rayée, une force émanait de son regard, qui le destinait à sortir du camp vivant, malgré le travail de forçat, malgré Jésus. Rivier avait certes aidé la Résistance à se procurer de faux papiers, mais – il le reconnaît sans difficulté – il n'avait jamais œuvré au sein d'un réseau clandestin ni couru le risque, au jour le jour, d'être arrêté par la Gestapo. Chesny, lui, appartenait à cette race de communistes intrépides qui avaient d'abord nargué les forces d'occupation, puis refusé de courber l'échine dans les camps de concentration. Il avait trouvé la volonté et le courage de participer au réseau de résistance de Buchenwald, qui commettait des vols de patates, de sucre, de médicaments jusque dans les magasins des gardiens SS. C'est grâce à lui que Rivier avait échappé à l'« infirmerie » lorsque son pied, broyé sous la roue d'un wagonnet de l'usine d'armement, aurait dû lui valoir un séjour dans ce lieu d'où personne, ou presque, ne revenait jamais. Son ange gardien l'avait fait examiner dans leur Block par un médecin français déporté lui aussi et lui avait dégoté, Dieu sait où, de l'aspirine pour soulager la douleur, un luxe ! Avec des cigarettes sorties de nulle part, il avait aussi trouvé le moyen d'amadouer le chef de Block, un « droit commun » allemand très anti-français, pour lui épargner pendant un temps les corvées que son pied en compote n'aurait jamais supportées.

Même s'il redoute son avis sur le compte de Kluge, Rivier se sent prêt à s'ouvrir à Chesny. Vider son sac en confiance, et recueillir des paroles de réconfort, des conseils sur la conduite à tenir. Une oreille et un avis légitimes, un regard externe mais autorisé. Lui seul peut comprendre son problème dans toute sa profondeur. Rosa Paslawski l'avait écouté avec sa sympathie d'ancienne déportée, certes, mais surtout – il l'avait bien senti – avec l'attention professionnelle de la chasseuse, prête à organiser une battue sur la base du moindre indice.

Il veut tirer une nouvelle bouffée de sa cigarette, mais

s'aperçoit que seul le filtre fume encore. Il écrase le mégot du talon. Quand il relève les yeux, il voit Chesny debout, qui le regarde. Rivier s'avance à découvert d'un pas résolu, seule réponse qu'il trouve pour mettre son embarras en sourdine.

Ils se serrent la main, sans un mot, longuement, sincèrement cette fois-ci. Chesny prend une chaise qu'il pose non pas face à lui, mais à côté de lui, puis fait signe au serveur, qui vient prendre commande de deux cafés.

— Étranges circonstances, pour se revoir, n'est-ce pas ? commence Rivier.

— Toutes les circonstances me conviennent, Marcel. J'ai souvent pensé à toi pendant ces années.

— C'est mon silence ingrat qui devait t'occuper l'esprit…

— Ne crois pas ça ! J'ai su au retour – mais je te l'ai écrit – quelle nouvelle épreuve tu traversais. J'ai compris que tu avais surtout besoin de tourner le dos au malheur.

Rivier acquiesce d'un sourire reconnaissant.

— Mais on ne s'éloigne jamais vraiment de Buchenwald, même quand on marche tout droit pendant huit ans sans se retourner, dit-il avec fatalisme.

Chesny garde un silence qui en dit long sur son adhésion à ce constat qu'il n'a pas mis aussi longtemps, lui, à dresser.

Le serveur revient avec les deux tasses. Rivier n'a pas le temps de sortir son portefeuille que déjà Chesny lui tend un billet, « pourboire compris ».

— Là, je vais pouvoir te dire merci plus rapidement, plaisante Rivier en levant sa tasse.

— Plus rapidement que quoi ? s'étonne Chesny.

Rivier s'accorde une gorgée de café. L'amertume du robusta mal torréfié soulève son cœur pourtant bien lourd. Il déroge à ses principes en plongeant un sucre dans le mauvais liquide.

— Que là-bas, ou qu'au retour, précise-t-il. Je sais ce

que je te dois, Paul, et j'ai honte de ne jamais te l'avoir dit avec toute la clarté nécessaire.

— Tu ne me dois rien, mon vieux. Nous nous devions de survivre. Nous nous devons mutuellement d'avoir survécu.

Rivier sent ses yeux s'embuer, bien malgré lui. Il se mord les lèvres pour ne pas laisser l'émotion le submerger. Il agrippe l'épaule de Chesny.

— Merci Paul, merci pour tout, pour avant-hier et pour aujourd'hui ! dit-il d'une voix éraillée.

Chesny prend sa tasse et absorbe son café par petites lippées, le temps de laisser son ami s'essuyer le nez avec son mouchoir.

— Tu attends donc mon verdict ? enchaîne-t-il sur un ton qui trahit son envie d'en venir vite à ce sujet.

Rivier se redresse sur sa chaise, suspendu à ses lèvres.

— On le tient, Marcel, je te félicite ! dit-il en lui secouant l'avant-bras, l'air réjoui. Il ressemble à Jésus comme deux gouttes d'eau. C'est lui !

— Tu en es certain ? lui demande Rivier, interloqué.

— Je parierais à cent contre un. Je l'ai bien dévisagé en le saluant. Aucun doute.

— Qu'est-ce qui te rend si sûr ?

— La même chose que toi, mon vieux. Qu'est-ce que tu veux que je te dise de plus ? Il n'a pas changé en huit ans, c'est le même.

— C'est peut-être un simple sosie. Il paraît que nous en avons tous un… D'ailleurs, il ne portait pas de lunettes dans le camp, non ?

— Non. Mais son regard est resté le même, lunettes ou pas.

— J'ai des doutes sur sa taille aussi, renchérit Rivier. Il ne me paraissait pas aussi grand, là-bas.

— On l'a surtout vu assis sur une chaise, Marcel, c'est

normal. Ne t'inquiète pas : j'ai sa bonne trombine de nazi dans la boîte, dit-il en brandissant son appareil. Tu vas voir, les gars de l'Amicale qui l'ont connu vont tous aller dans notre sens. Je développe moi-même la photo dès ce soir à mon retour à Paris. J'appelle ce midi pour convoquer dès demain une réunion extraordinaire du comité. Il faut absolument que tu puisses te joindre à nous !

Rivier agite les mains, comme paniqué par l'énorme vague qu'il voit gonfler au loin.

— Attends, attends, pas si vite ! Il faut qu'on prenne le temps de vérifier.

— Tu ne m'as pas dit hier que ton Allemand s'en va vendredi ? Il n'y a pas de temps à perdre pour lui mettre le grappin dessus.

— Oui, mais ça demande qu'on obtienne des informations complémentaires sur lui. On ne pourra pas agir sur la base d'une simple ressemblance.

— Marcel, nous sommes déjà deux à l'avoir identifié. À Buchenwald, nous l'avons vu d'aussi près que la mort, non ?

Rivier cherche à temporiser. Il appelle le serveur qui s'accorde une pause cigarette sur le perron avant le coup de feu de midi.

— Une carafe d'eau et deux verres, s'il vous plaît.

— Qu'est-ce qui te gêne tant, Marcel ? Tu me demandes de venir aujourd'hui pour t'aider à y voir clair. Je confirme tes soupçons. Il faut aller de l'avant, maintenant.

— Je ne sais pas, répond-il à voix basse, comme s'il se parlait à lui-même. Je voudrais surtout savoir que ce n'est pas lui.

— Je ne comprends pas, dit Chesny avec une pointe d'agacement. Je suis censé t'aider à fermer les yeux sur une vérité que tu ne veux pas affronter ?

— Il est ici avec son fils, et l'équipe municipale de sa ville avec laquelle nous sommes engagés.

— Et alors ? Ça ne pèse pas lourd dans la balance. Sur l'autre plateau, il y a ses victimes. Combien ? Des dizaines, des centaines, des milliers peut-être dans toute sa carrière de SS…

Chesny marque un temps, une hésitation. Il ajoute, en baissant la voix :

— Et il y a Georges, Georges Bernardot…

Rivier se frotte le nez. L'odeur est revenue.

— Je sais tout ça, s'énerve Rivier. Je le sais bien. Et je n'en dors pas depuis samedi. Je n'en peux plus !

Il vide d'une traite le verre d'eau qui vient de leur être servi.

— Admettons que tu aies raison, Paul. Que peut-on faire ? On ne sait même pas si la justice française peut arrêter un homme qui n'a pas commis de crime en France. Regarde la peine qu'on a déjà à se faire livrer des criminels qui ont sévi ici pendant l'Occupation… Tu as bien vu ce qu'a donné le procès d'Oradour…

— Les juges, on s'en fout, rétorque Chesny avec force. Ces bons bourgeois ont été les premiers à défendre l'ordre instauré par Pétain et sa clique. Ils sont restés bien au chaud à obéir à leurs nouveaux maîtres pendant qu'on cassait du caillou l'hiver à Buchenwald, souviens-toi ! Je vais te dire ce qu'on va faire. On alerte la presse, on témoigne dans les journaux et à la radio. L'opinion publique sera scandalisée par la présence de ce salaud en France, quand on lui aura appris ses crimes, crois-moi. Elle va nous aider à faire rendre la justice. Voilà ce qu'on va faire ! C'est aussi une opportunité incroyable de montrer que la RFA n'a pas nettoyé les écuries d'Augias. Jésus, c'est la preuve vivante que d'anciens SS se recyclent dans la politique. Et les Américains veulent nous faire croire qu'il faut laisser l'Allemagne réarmer pour faire front contre l'URSS ? Tu vas voir que les députés y penseront à deux fois avant de ratifier le texte de la prétendue Communauté européenne de défense… Je devrais d'ailleurs l'appeler CAD, Communauté américaine de défense, pour être plus juste vis-à-vis des faucons de Washington. Tu vas voir, Jésus, c'est le messie qui va faire capoter tous ces beaux projets !

Rivier reste abasourdi par ce réquisitoire prononcé entre les dents. Il annonce un cataclysme dont il sera le premier responsable.

Malgré son exaltation, Chesny sent qu'il y est allé un peu fort et que son ami pourrait se braquer. Il se met à réciter le serment prononcé à Buchenwald à la libération du camp :

— *Les drapeaux flottent encore et les assassins de nos camarades sont encore en vie. Nos tortionnaires sadiques sont encore en liberté. C'est pour ça que nous jurons, sur ces lieux de crimes fascistes, devant le monde entier, que nous abandonnerons seulement la lutte quand le dernier des responsables sera condamné devant le tribunal de toutes les nations. L'écrasement définitif du nazisme est notre tâche. Notre idéal est la construction d'un monde nouveau dans la paix et la liberté. Nous le devons à nos camarades tués et à leurs familles. Levez vos mains et jurez pour démontrer que vous êtes prêts à la lutte.*

J'ai levé ma main droite, Marcel, dit-il avec gravité en joignant le geste aux mots. Et elle tenait ton bras. Tu te souviens ?

Rivier ne répond pas. Son esprit mouline à toute vitesse le scénario qu'il voit prendre forme. Un groupe d'anciens déportés, tel un commando en Indochine, Chesny en tête, débarquant au pas de charge à Saint-Victor le surlendemain, s'imposant chez Jacques et Thérèse Espingeon pour séquestrer Kluge ; les journalistes de la presse nationale qui s'agglutinent comme des guêpes autour d'un fruit trop mûr ; le gouvernement qui envoie les gendarmes après avoir reçu les protestations officielles de la RFA ; et au milieu de tout cela, les jeunes, à qui il faut expliquer le pourquoi du comment ; Claudine, qui apprend forcément, comme tout le monde, que c'est son père qui a soufflé le premier sur les braises du passé au point de mettre le feu à la réconciliation franco-allemande.

Martineau hier au téléphone, aujourd'hui Chesny...

Quand ils se retrouveront le lendemain à Paris avec quelques autres de l'association, rien, sans doute, ne viendra modérer leur envie de frapper vite et fort.

Que risquent-ils, à entendre la rhétorique de Chesny et de Martineau, qui ne serve en même temps l'Amicale et les buts politiques de certains de ses membres ? Rivier imagine mal que la peur d'être eux-mêmes condamnés refrène leur ardeur vindicative. L'opinion publique, Chesny a raison, volera à leur secours si les faits devaient leur donner tort. Les gens feront preuve de compréhension pour leur méprise, avec une bienveillance confortée par des sentiments anti-boches plus ou moins latents. Ils peuvent croire à leur propre impunité.

Le mal sera fait, et de manière durable.

Comme s'il s'agissait d'un autre, Rivier se voit, tison à la main, bras ballants, regarder l'incendie se propager. Cette image de lui, si distante et si proche, le choque. Elle provoque un sursaut dans tout son être. La fatigue cède la place à une envie impérieuse d'agir. Il regarde l'appareil photo de Chesny. Il lui suffirait de le prendre et d'appuyer sur le bouton d'ouverture du boîtier pour libérer de la pellicule le visage de Kluge. Non… Son geste ne pourrait que renforcer Chesny dans sa déraison. « Déraison » : le terme sonne si juste dans son esprit qu'il le convainc de la conduite à tenir.

S'il doit prendre sa lance de pompier, maintenant, c'est pour *raisonner* ces gens. Paul n'est pas en état, là, devant lui, d'entendre ses arguments.

— Je serai présent, demain, à la réunion, lui annonce-t-il finalement.

Chesny ne cache pas sa joie d'avoir su convaincre son ami. Le souvenir du serment a agi sur lui comme un aiguillon salutaire. Comme s'il craignait qu'il se ravise, il inonde Rivier de considérations morales sur la justice de leur entreprise, plus forte à ses yeux que les procès menés, mollement d'ailleurs, par les Américains contre les anciens nazis. Le tout, il faut bien le dire, dans une scandaleuse indifférence de la presse française qui ferait se retourner les camarades morts dans leur tombe s'ils avaient eu la chance d'en recevoir une.

— Arrête ! lui souffle Rivier.

Surpris, Chesny suspend sa diatribe. Rivier lui fait signe de tourner les yeux vers l'opéra.

— Ma fille arrive, avec les jeunes, là-bas, lui glisse-t-il à voix basse, en se redressant pour adopter une contenance de circonstance. On fait comme si de rien n'était, je t'en prie.

Claudine remonte la rue de Vesle en compagnie d'Ingeborg, Adi, Héloïse et une jeune Allemande dont Rivier ne connaît pas le nom. Le petit groupe laisse passer un autobus et traverse la route pour les rejoindre.

— Vous n'êtes pas avec les autres, ma chérie ? s'étonne Rivier.

— On a fait un bout de chemin ensemble, mais on n'était pas très emballés à l'idée de visiter le stade. Thérèse, Jeanne et Mme Schneider sont allées voir des boutiques ; moi, je leur fais visiter les coins sympas que je connais. On s'est donné rendez-vous, comme avec toi, à midi et demi, sur la Place royale. Ils vont remonter dans le bus, mais je doute qu'ils reviennent à l'heure.

— Bon ! Ça va me permettre de te présenter à mon ami Paul.

Chesny lui tend la main.

— Bonjour Claudine. Ton père ne m'a parlé que de toi. Ravi de faire ta connaissance.

— Moi aussi. Vous avez connu Papa à l'armée, alors ?

— C'est ça. Un an et demi ensemble, ça ne s'oublie pas. Et encore : on a eu la chance de voir la durée du service réduite à dix-huit mois l'année où on a été appelés. Trois ans avec ton père, je ne sais pas si j'y aurais survécu !

Claudine rigole.

— Il faut que vous me racontiez comment il était à dix-huit ans.

— On invitera Paul à la maison, promet son père. Présente-lui d'abord tes amis, s'il te plaît.

Claudine s'excuse et les nomme un à un.

Son père escompte que Chesny, en présence de cette belle jeunesse franco-allemande, nuancera son jugement. Cet espoir détrône sa peur de le voir éventer le mensonge sur l'origine de leur relation – il est au contraire dans l'intérêt de Chesny de jouer le jeu jusqu'au bout. Rivier leur propose de leur offrir un verre, ce qu'ils acceptent volontiers.

Pour les laisser siroter leur diabolo menthe et lancer la conversation, Rivier raconte à Chesny l'origine du projet de jumelage. Il décrit en détail le programme de la semaine, insiste sur la mobilisation des familles pour accueillir les jeunes Allemands, et sur la bonne entente entre les lycéens.

— C'est génial, confirme Claudine la paille entre les lèvres.

— Figure-toi, précise Rivier à l'intention de son ami, que les Allemands ont des classes mixtes, eux. Nous, pour des raisons que je t'épargne, nous n'avons pu faire participer que la classe de garçons qui étudient l'allemand en première langue. Je tenais quand même à ce que Claudine en soit. Nous accueillons Ingeborg à la maison pour la semaine.

Pour manifester son intérêt, Chesny balance la tête d'arrière en avant en lissant son épaisse moustache. Il ne trouve rien à ajouter ou à demander. Peut-être que ce monde des adolescents, se dit Rivier, lui paraît étranger, à lui qui n'a pas d'enfants.

— C'est donc plus qu'un échange scolaire, souligne-t-il. Héloïse, par exemple, s'est jointe au groupe pour la journée.

— Et pour la soirée d'hier ! ajoute Claudine, sur un ton plein de sous-entendus pour la faire rougir, ce qui réussit fort bien.

— Adi non plus n'est pas dans la classe, continue Rivier, et pour cause : il vient d'obtenir son bachot. Mais il a insisté pour accompagner son père, qui est adjoint à Riedenfeld. Le Dr Kluge, que tu as vu tout à l'heure…

Il scrute sa réaction. Il voit un voile passer dans les yeux de l'ancien résistant, accompagnant le « Très bien ! » qu'il prononce deux fois face à Adi. Puis il regarde sa montre et feint la surprise. Il est attendu pour le déjeuner et s'excuse de devoir les quitter si vite. Il prend congé de Rivier, à qui il fait promettre, puisqu'il n'a pas le téléphone à la maison, de l'appeler prochainement. Chesny sort un ticket de métro parisien de son portefeuille.

— Il n'est pas poinçonné, dit-il en le lui tendant, tu n'as donc pas d'excuse pour ne pas me rendre visite !

*

La seconde partie de la journée rémoise commence par un pique-nique livré dans le cadre bucolique du parc de la Patte-d'oie. Des chaises pliantes pour les adultes et des nattes pour les jeunes y ont été disposées au pied d'un kiosque à musique bicentenaire. Le restaurateur contacté a bien fait les choses, pour un prix inférieur à ce qu'aurait coûté un repas assis dans son établissement. La canicule a lâché son emprise. À l'ombre des arbres, avec la rumeur des fontaines et des ruisseaux qui parcourent le jardin, le groupe s'attarde plus longtemps que prévu. Il faut réveiller plus d'un jeune allongé dans l'herbe pour arriver à l'heure au rendez-vous fixé à la mairie.

Le maire de la ville, une connaissance d'Espingeon qui l'avait encouragé à se lancer dans cette rencontre franco-allemande, les reçoit à l'hôtel de ville avec beaucoup d'affabilité. Il leur fait visiter les principales curiosités de l'imposant bâtiment du XVIIe siècle, dont la grandiloquence décorative inspirée de la Renaissance plaît beaucoup aux hôtes d'outre-Rhin. Ils connaissent ensuite le privilège d'accéder à plusieurs lieux interdits au public. Le campanile de la mairie, pour admirer la ville de haut, puis, avec un guide auquel le maire les confie avant de prendre congé, le palais du Tau, résidence historique des archevêques de Reims en pleine restauration, et enfin le cryptoportique, vestige enterré du forum romain découvert par des archéologues trente ans auparavant.

Tout cela intéresse beaucoup les visiteurs, surtout les adultes. L'attention studieuse qu'accordent les lycéens aux explications du guide, passé la première demi-heure, se fissure. Ils se préoccupent davantage des possibilités de s'asseoir en attendant que ça se termine.

Rivier, quant à lui, tourne et retourne dans sa tête la conversation avec Chesny. Il ne regrette pas d'avoir annoncé sa venue le lendemain à la réunion parisienne. Il lui fallait prendre les devants pour garder un semblant de maîtrise de la situation. La présence de Kluge dans le groupe continue certes d'agir sur lui comme une onde brouille le son d'un poste radio. Rivier lui jette des coups d'œil furtifs, moins pour l'observer que pour se rappeler, à intervalles réguliers, que cette pénible histoire ne relève pas de sa seule imagination. Mais un nouveau sujet obnubile désormais son cerveau fatigué de mouliner dans le vide : quelle excuse pourra-t-il bien servir à Espingeon et à Claudine pour justifier l'aller-retour du lendemain ?

Il fallait nécessairement que la cause soit fortuite. Une raison impérieuse qui justifie qu'il s'absente, lui, l'organisateur en chef de la semaine. Aucun motif professionnel ne lui vient à l'esprit. Il profite de deux semaines de congé, impossible donc d'invoquer un problème au travail. En quinze ans de carrière à la préfecture, il n'a jamais été appelé d'urgence. La seule idée plausible concerne la famille. Un appel au sujet de sa tante parisienne, subitement hospitalisée pour un motif qu'il trouvera bien – ni gravissime ni bénin.

Elle présente toutefois deux inconvénients. Le premier en lien avec la manière dont il en aura été averti. Comme il ne possède pas le téléphone à la maison, Tante Irène sait pouvoir le joindre par celui de la préfecture à Châlons, où il ne se trouve évidemment pas ; par celui de la mairie où il n'a pas prévu de se rendre (difficile de faire croire qu'il s'y trouvait au moment même où elle aurait appelé) ; ou enfin par celui d'Espingeon, qui ne recevrait d'appel que si Rivier le mettait dans la confidence et lui demandait de mentir… Il reste la possibilité, moins invraisemblable ou compromettante, de dire qu'il a pris l'initiative de l'appeler afin de prendre des nouvelles, et qu'il ait su à ce moment-là, par sa dame de compagnie par exemple, qu'il lui était arrivé malheur. En rentrant le soir même de Reims. C'est cela. Il doit de toute façon faire un saut à la mairie pour s'informer auprès de Chesny du lieu et de l'heure du rendez-vous.

Le second problème, qui en découle, lui apparaît plus délicat. Autant Espingeon pourrait prendre cette histoire pour argent comptant, autant Claudine sera plus difficile à leurrer. Avec le peu de famille qu'il leur reste, sa grand-tante occupe une place à part dans son cœur. Elle s'inquiétera, posera mille questions avant et après, insistera peut-être pour l'accompagner à Paris… Il est prévu, du reste, qu'ils lui rendent visite pendant l'été. Elle ne manquera donc pas d'apprendre qu'il lui aura menti. Il trouvera sûrement de bonnes raisons à faire valoir le jour venu, mais cette perspective le rebute, car elle porterait un nouveau coup à leur relation de confiance. Il sent bien que ses mystères des derniers jours n'échappent pas à sa clairvoyance naturelle, et que leur accumulation débouchera tôt ou tard sur une mise en demeure de la part de Claudine.

Il la cherche des yeux dans la demi-obscurité de la somptueuse galerie romaine, mais ne la voit pas dans le groupe de jeunes qui attend en se tortillant que le guide veuille bien abréger ses explications. En se retournant, il devine sa présence à quelques mètres, à un bout de sa robe claire qui dépasse de l'un des larges piliers butants. Il s'en étonne et scrute l'endroit. En tendant le cou, il distingue une silhouette masculine mal dissimulée. Il n'a pas le temps de retrouver une posture normale que la réponse se présente d'elle-même. Claudine et Adi sortent de leur cachette, chacun de son côté. Son regard croise celui de sa fille.

*

Rivier s'était laissé convaincre par Espingeon, lorsqu'ils avaient établi ensemble le programme en mai, de ne prévoir aucune activité ou réunion en clôture de cette journée à Reims. Il ne le regrette pas. Elle leur en a laissé « plein les chaussettes », comme le lui avoue le maire sur la route du retour. Il ne les envie pas, lui et Thérèse, d'avoir à jouer les prolongations sous leur propre toit, quelle que soit, par ailleurs, l'aimable discrétion de leurs hôtes allemands. Lorsque le maire lui propose tout de même de se joindre à eux pour le dîner, il décline poliment. Et Espingeon se garde d'insister.

L'appel que Rivier passe de son bureau, à peine rentré à Saint-Victor, lui confirme que l'après-midi n'a rien retranché aux fermes résolutions de Chesny. Tandis que séchaient les tirages de la photo, il a écumé sa liste de contacts téléphoniques. Huit membres parisiens de l'Amicale, dont trois du comité, ont donné leur accord immédiat à la tenue de la réunion. Il espère encore en joindre une demi-douzaine dans les heures suivantes. Il attend Rivier pour le début de l'après-midi dans son appartement de Clichy-sous-Bois, où il a convoqué tout le monde, « sous le sceau du secret, bien sûr ». Rivier se rend à l'évidence : sa présence est requise, et il rentre à la maison, sans avoir à forcer son air grave, avec de mauvaises nouvelles de Tante Irène.

Il trouve Claudine sur la terrasse en compagnie d'Ingeborg, avec la pile de *Courriers de la Marne* qu'il a rapportée la veille. Il s'en veut immédiatement de l'avoir laissé traîner. Et ce qu'il craint se produit. Sa fille s'étonne de la présence de ces journaux, dont elle a bien remarqué le dénominateur commun. Il songe à allumer un contre-feu en évoquant tout de suite la mauvaise chute et la probable fracture du col du fémur de la grand-tante, mais il ne trouve pas le cran d'abuser sa fille de manière aussi éhontée.

— Je descends me chercher une bière, dit-il simplement.

Lorsqu'il revient, il s'affale sur la chaise à bascule et se met à rouler une cigarette. Le rituel lui redonne un semblant de sérénité. Il aspire une longue bouffée, puis enchaîne sur une deuxième sans rien dire. Il est coincé. Claudine, sentant qu'il va *parler*, force sa nature : elle s'abstient de le presser. Ingeborg, de son côté, ne comprend pas, ou fait mine de ne pas comprendre, qu'elle gêne peut-être l'échange à venir. Elle reste à sa place, malgré le regard insistant de sa correspondante. Rivier, quant à lui, soupèse les risques liés à sa présence. Pour l'avoir côtoyée depuis samedi, et sachant que ses parents ont vécu en exil pendant la période hitlérienne, il estime qu'il peut parler devant elle.

En expirant la fumée pour la troisième fois, il se déleste de ce que sa fille peut, de ce qu'elle doit savoir :

— J'ai des soupçons à propos de l'un des adultes de Riedenfeld.

Claudine est abasourdie.

— En rapport avec le massacre d'Oradour ? demande-t-elle, en faisant le lien avec les journaux qu'elle garde sous la main.

— Non, mais c'est du même acabit.

— C'est qui ?

— Je préfère que tu ne le saches pas, pour l'instant, il ne s'agit que de soupçons, dit-il en songeant à l'effet que produirait le nom de Kluge à ses oreilles.

— Mais qu'est-ce qu'il a fait alors ?

Son père se donne le temps de réfléchir à la manière dont il peut dire l'indicible sans effrayer les deux demoiselles. Elles restent suspendues à ses lèvres. Elles n'imaginent pas que le crime d'Oradour puisse connaître un équivalent, ni que l'un des invités ait pu commettre des actes de barbarie.

— C'était, *peut-être*, l'un des officiers du camp de concentration où je me trouvais, explique-t-il lentement, en tâchant d'évacuer les trémolos qu'il sent poindre dans sa voix. Les conditions y étaient dures. Très dures. Beaucoup de camarades en sont morts. Disons qu'il n'a rien fait pour soulager la souffrance des prisonniers. Au contraire.

— Tu l'as reconnu ?

— Il lui ressemble beaucoup, en tout cas. J'ai eu un choc

en le voyant. C'est ce qui a provoqué mon évanouissement à leur arrivée.

Claudine vient s'agenouiller à côté du fauteuil et entoure le cou de son père de ses deux bras. Elle l'embrasse longuement.

— Merci, lui murmure-t-elle à l'oreille.

Libéré d'un énorme poids, Rivier éprouve toutes les peines du monde à contenir sa propre émotion. Il n'a jamais pleuré en dix ans, même pas à l'annonce de la mort de sa femme, tant l'incrédulité l'avait vidé de toute force ; il ne va pas le faire deux fois dans la journée. Ingeborg elle-même semble au bord des larmes. Elle regarde en l'air, comme si le fait de maintenir sa tête inclinée l'aidait à les contenir derrière ses paupières.

Claudine n'en cherche pas davantage. Elle sait ce que cet aveu a coûté à son père. Le bouchon a sauté, enfin. Le reste viendra tout seul, se réjouit-elle.

Après quelques minutes d'un silence étonnamment serein, caressant les cheveux de sa fille toujours blottie contre sa poitrine, il informe les deux demoiselles qu'il doit se rendre à Paris le lendemain pour essayer de tirer l'affaire au clair.

— Avec Paul Chesny, lance Claudine en redressant la tête.

Les lèvres de Rivier dessinent un petit rictus. On ne peut décidément rien lui cacher.

— Notre service en commun, si l'on peut dire, remonte à 43-44 à Buchenwald, dans une armée de déportés. C'est moi qui lui ai demandé de nous rejoindre à Reims. Pour qu'il le voie et me dise ce qu'il en pense.

— Alors ?

Il se donne à nouveau le temps de la réflexion avant de répondre.

— Le doute subsiste, dit-il en se persuadant que son propre avis justifie cette demi-vérité. C'est pour cela que nous retrouverons à Paris d'anciens camarades du camp.

— Ce n'est pas bon pour le jumelage, hein ? devine-t-elle.

— Je garde espoir, conclut-il.

Claudine le laisse se balancer sur sa chaise à bascule. Elle fait signe à Ingeborg, et toutes deux s'éclipsent dans la cuisine pour préparer le dîner.

Pendant le repas, aucun mot ou presque n'est échangé.

Rivier se sent déchargé d'une partie de son fardeau. Cette conversation, dans la lignée de celle qu'il a eue avec Chesny, a rendu moins lourde la croix que lui impose Jésus. Il partage désormais son secret. Cette seule conscience, à défaut de savoir son problème résolu, lui offre un moment de trêve qu'il goûte en silence.

Claudine, pour sa part, oscille entre la satisfaction de savoir qu'il n'y aura plus d'obstacle à ce que son père s'épanche, et le choc de ce qu'il vient de leur révéler. Elle essaie tant bien que mal d'imaginer ce que peut ressentir son père depuis quelques jours. Elle songe aux conséquences pour lui d'abord, mais aussi pour ce jumelage dans lequel il s'est énormément investi. Elle compatit sincèrement. Elle voudrait l'aider de toutes ses forces, sans avoir la moindre idée de quelle manière s'y prendre. Une question s'invite toutefois, malgré elle, dans sa réflexion : comment lui demander l'autorisation de rejoindre les autres sans le blesser, sans qu'il se sente abandonné par sa propre fille ? Elle a beau se le reprocher, elle ne peut imaginer renoncer à cette soirée. Elle compte sur ce que son père a vu et donc compris entre les colonnes romaines de Reims. Elle espère de tout cœur qu'il va la pousser à sortir, qu'il la rassurera quand elle lui proposera de rester, qu'il insistera…

Ingeborg ne dit rien non plus. Elle est estomaquée elle aussi par cette nouvelle qui arrache d'un coup le voile que l'Allemagne a pudiquement jeté sur son passé. Elle ressent néanmoins dans sa poitrine une forme d'excitation qu'elle cherche aussitôt à comprendre. C'est entre la *Schadenfreude*, une sorte de joie maligne qui lui fait pressentir des péripéties nuisibles à la relation Adi-Claudine, et l'attrait du défi intellectuel. Elle réfléchit déjà aux indices qui lui feront deviner la première le nom de l'ex-officier nazi parmi les conseillers municipaux.

Au moment du dessert, Rivier rompt enfin ces réflexions silencieuses.

— Ça ne vous dérange pas si je mets un peu de jazz ?

Le saxophone de Charlie Parker fait jaillir ses triples croches dans la salle à manger. Leur effet sidère les deux filles. Elles se trouvent comme arrachées à l'atmosphère recueillie de la pièce et projetées dans le monde aérien du musicien. Elles ne pensent plus. Rivier le voit et leur adresse un sourire satisfait. Il fait infuser la musique le temps de quelques morceaux. Quand elles terminent leur part de tarte, il leur dit simplement :

— Allez-y, vous êtes attendues !

6

Mercredi 8 juillet

La grille d'entrée de la propriété est fermée. Ni cloche ni sonnette électrique n'y a jamais été installée, puisque les Espingeon la gardent d'habitude ouverte en permanence. Comme il ne s'est pas annoncé, et donc qu'on ne l'attend pas, Rivier se trouve bien bête de ne pas pouvoir y pénétrer. Il lui faudrait crier pour être entendu de la maison. Il enfourche sa bicyclette pour aller vérifier si d'aventure la porte latérale lui permettrait quand même d'entrer. Après l'épisode de la veille, ils ont dû mettre un coup de clef à l'autre accès également.

Il voit ses craintes confirmées. Mais au moins une clochette rouillée pend au linteau de pierre. Faute d'y trouver un battant, il la fait tinter avec un caillou. Jacqueline paraît bientôt. Méfiante, elle demande qui est là avant de déverrouiller la porte.

Les Allemands ne vont pas tarder à descendre. Comme les autres matins, ils attendent d'être tous prêts pour se présenter en même temps au petit déjeuner, à l'heure convenue.

— On a cinq minutes devant nous, en conclut Espingeon en consultant l'horloge du salon. Qu'est-ce qui t'amène donc ?

— Thérèse n'est pas là ?

— Elle se prépare, répond-il, intrigué. Elle va nous rejoindre. Pourquoi ?

— Écoute, il faut que je te parle. Je ne veux pas exclure Thérèse, mais mieux vaut qu'elle ne soit pas présente. Tu jugeras s'il convient de l'en informer.

— Ah ! Dans ce cas, allons plutôt dans la bibliothèque.

Espingeon s'assoit dans l'un des fauteuils Louis XV, sans toutefois s'adosser, les avant-bras sur les cuisses, tendu vers l'annonce qui sent fort la contrariété. Rivier préfère rester debout.

— Jacques, commence-t-il en se frottant les mains avec nervosité, si je ne suis pas dans mon assiette depuis leur arrivée, c'est pour une raison précise. J'ai voulu te l'épargner jusqu'à présent, et j'espère que tu ne m'en tiendras pas rigueur. J'ai cru à une hallucination – peut-être en est-ce une, du reste –, mais il est temps maintenant que tu sois mis au courant.

— Dis-moi, l'encourage Espingeon, qui ne comprend rien à ce préambule.

Rivier lui résume le problème et ses tentatives pour le résoudre seul, jusqu'à l'intervention la veille de Paul Chesny, qui a malheureusement plutôt confirmé ses soupçons.

— Diable ! On est dans de beaux draps ! Mais tu ne m'as pas dit de qui il s'agit.

Rivier lâche son nom.

— Kluge ? Je n'aurais jamais cru…

— Ce ne sont encore que des soupçons, Jacques, on ne sait rien de lui. Je ne perds pas espoir qu'on se trompe.

— Il vaudrait mieux pour tout le monde, s'inquiète le sénateur-maire. Politiquement, on le paierait cher. Cette affaire doit absolument rester entre nous, Marcel, imagine qu'elle parvienne aux oreilles du ou des gaillards qui nous ont fait cavaler ces deux derniers matins... Qui d'autre est au courant ?

— Je l'ai dit à Claudine, hier soir. Sa correspondante était présente. Mais elles ne diront rien. D'ailleurs, elles ne connaissent pas son nom.

Espingeon soupire, à moitié soulagé. Rivier poursuit :

— Paul Chesny a voulu convoquer une réunion urgente des membres de l'Amicale de Buchenwald pour décider ce qu'il convient de faire. Je prends le train de onze heures pour Paris.

— Décider ? Qu'est-ce qu'ils peuvent bien décider ?

— Rien, je l'espère. Il faut se donner du temps pour mener les investigations nécessaires. J'y vais pour les en convaincre, justement.

— Qu'ils attendent qu'il soit parti avant de rien entreprendre ! tonne Espingeon, qui regrette aussitôt d'avoir laissé échapper ces mots devant son ami, une victime. Excuse-moi, Marcel. Je suis tout à fait d'accord avec toi. Le pire serait d'accuser un innocent. Kluge me fait la meilleure impression depuis samedi, mais je sais qu'il ne faut pas se fier aux apparences.

Les apparences... La réflexion d'Espingeon laisse Rivier songeur. Il doit vivre depuis une semaine avec leurs contradictions. Il ne peut se fier ni à l'une – celle du SS qui a remisé casquette et uniforme –, ni à l'autre – celle d'un homme ordinaire qui se trouve embarqué à son insu dans une histoire abracadabrante. Tout se trame autour d'apparences. La vie de Kluge, coupable aux yeux de ses anciens co-déportés, est en jeu sur une base aussi fragile qu'une apparence.

— Nous avons discuté un peu au vendangeoir, l'autre jour, reprend Espingeon. Il s'intéresse beaucoup au vin. Il m'a dit avoir vécu dans la région de Prague.

— Prague ? Un Allemand des Sudètes, alors ?

— J'imagine que oui. Pourquoi ?

— S'il est diplômé d'une université tchécoslovaque, c'est une piste très importante !

Espingeon n'a pas le temps de comprendre. La voix de Thérèse qui le cherche se fait entendre dans le salon attenant. Elle est surprise de le voir arriver en compagnie de Rivier.

— Marcel se joint à nous pour le petit déjeuner, improvise son mari, qui a calculé, à raison, que les deux heures avant le départ du train le lui permettraient.

— Ah ! Très bien, dit Thérèse, qui ajoute à voix basse : je te placerai à côté de moi, si tu n'y vois pas d'inconvénient. Je n'en peux plus de faire la conversation à Mme Schneider !

Elle prend les devants en direction de la terrasse, où leurs hôtes arrivent justement.

*

Rivier appuie de toute son énergie sur les pédales, tête dans le guidon recourbé de son vélo de course. Le sommeil de la nuit précédente, ces quelques heures tant désirées et enfin obtenues, l'aide à parcourir les deux kilomètres qui le séparent de chez lui à la façon de Louison Bobet. Même si le tabac rend son souffle court, il se sent aiguillonné à l'idée d'exploiter l'information d'Espingeon avant de prendre le train. Il l'a retourné dans tous les sens, ce maigre indice, pendant le petit déjeuner. Si le nom de Sigmar Kluge doit apparaître tel quel dans les registres des diplômés en médecine d'une université tchécoslovaque – il ne doit pas y en avoir trente-six, et la piste de Prague semble la plus prometteuse –, la question du pseudonyme ne se posera plus. Il tient potentiellement l'antidote au poison qui le ronge, et qu'il a inoculé à Chesny. Il rêve maintenant d'arriver à Paris avec cet élément susceptible, sinon de disculper Kluge, du moins de contrebalancer l'argument de la ressemblance. Ressemblance contre vraisemblance. Au pays de Descartes, cela l'autorise à croire en ses chances de retourner une situation bien mal engagée.

Il pense à diverses sources de renseignement accessibles – l'ambassade de Tchécoslovaquie en France, la faculté de médecine de Paris ou celle de Montpellier. Mais c'est le nom de Rosa Paslawski qui s'impose très vite dans son esprit. Le rideau de fer ne constitue pas un obstacle pour elle. Elle connaît toutes les ficelles, le terrain, les langues… Il connaît son numéro. Il doit la mettre sur la piste avant le départ, il reviendra cueillir l'information en la rappelant de Paris. Elle comprendra tout de suite l'intérêt d'effectuer cette recherche toutes affaires cessantes.

C'est jouable !

Quand il arrive à la maison, en sueur, il la trouve close. Les filles sont parties pour leur demi-journée au lycée. Il cherche la clef dans ses poches. En vain. Il maudit sa tête de linotte. Un aller-retour au lycée lui coûterait un précieux quart d'heure, et les reproches de sa fille qui mourrait de honte s'il surgissait en plein cours pour lui demander le trousseau. Par chance, elle n'a pas pensé à fermer la porte-fenêtre de sa chambre. Il entreprend d'escalader la façade, en prenant appui sur la corniche et en se tractant au garde-corps. Sa chemise, raclée au crépi, abandonne deux boutons dans l'opération. Rivier s'en débarrasse sans état d'âme, et court chercher un gant de toilette et son flacon d'eau de Cologne pour se redonner une fraîcheur présentable. Il lui reste moins d'une demi-heure pour se rendre à la mairie, passer son coup de fil et rejoindre la gare.

Son appel à Linz sonne dans le vide, tout comme le second, dont il compose le numéro avec une application proportionnelle à son désir de le voir aboutir. Quelques minutes plus tard, une ultime tentative, longue jusqu'aux limites de ce qu'il peut y consacrer, l'oblige à se faire une raison. Il n'arrivera pas chez Chesny avec de nouvelles informations. À moins que. Il reste un espoir, mais très ténu. S'il parvient à joindre Rosa dès sa descente du train, vers treize heures trente, il pourra la rappeler juste avant la réunion. Il croit encore au miracle.

*

La seconde demi-journée d'école ne connaît pas le succès de la première, malgré le temps de « récupération scolaire » que les programmateurs avaient jugé bon d'instaurer. Dupré et Wohllieb ont opté pour un cours qu'on aurait qualifié de « civilisations comparées » dans les milieux universitaires, ou de *Volkskunde* en Allemagne. À deux voix, alternativement, ils passent en revue certains aspects saillants des deux cultures, en veillant, par la multiplication d'exemples variés, à ne pas tomber dans la caricature. Mais leur approche magistrale (et peut-être un peu trop intellectuelle) des us et coutumes des différentes régions de France et d'Allemagne a du mal à capter l'intérêt des élèves. Dans la classe, on lutte moins pour comprendre que pour ne pas s'affaler sur son pupitre. Hormis la fatigue due aux longues soirées, le sens critique des plus attentifs les persuade que leurs travaux pratiques quotidiens valent tous les cours du monde. Ils patientent donc en regardant s'égrener les minutes qui les séparent du pique-nique, vers midi moins le quart.

Placée à côté de Claudine, en fond de classe, Ingeborg s'autorise quelques chuchotements discrets.

— Il pense à qui, ton père, pour toi ?

— Je ne sais pas. Je me demande. Ils sont six.

— Sept, rectifie Ingeborg.

— Il a parlé d'un homme. Il ne faut pas compter Mme Schneider.

Ingeborg lui répond en faisant un signe du nez en direction des professeurs.

— Tu as raison, admet Claudine, j'ai oublié Wohllieb. Un nounours, trop intellectuel… Je ne l'imagine pas gardien de camp !

— Tu vois qui, alors ?

— Personne. Il n'y a que des adultes souriants qui prennent du bon temps, comme en vacances.

Ingeborg la laisse y réfléchir un peu avant de revenir à la charge.

— Et si c'était le père d'Adi ?

— Hein ? s'écrie Claudine, s'attirant par ce mot prononcé trop fort le regard réprobateur de Dupré. Tu n'y crois pas, quand même ?

La jeune Allemande laisse flotter un « Je ne sais pas… » tout en suspicion.

Elle griffonne deux mots sur sa feuille, « Adolf… Adi… », et la glisse à Claudine, qui reste interdite.

— Il est né en 1935, Hitler est devenu *Kanzler* en 33, insiste-t-elle.

— Ça ne veut rien dire ! lui rétorque Claudine, le regard noir.

— Les nazis aussi avaient des enfants…

Claudine se lève brusquement et sort de la salle sans en demander l'autorisation. Dupré la laisse faire sans intervenir, pensant qu'elle se rend aux commodités pour un problème féminin urgent. Ce mouvement tire les élèves de leur torpeur. Beaucoup se redressent. Adi la suit des yeux, puis se retourne vers Ingeborg pour l'interroger du regard. Elle baisse le sien, craignant d'être allée trop loin.

*

— Wiesenthal.

Rivier est pris au dépourvu par la voix masculine qui l'accueille à l'autre bout du fil.

— Marcel Rivier, France, bégaie-t-il. Vous parlez français ?

— *English, German ?*

— Rosa ?

— *Not here. Nicht hier. Next week.*

Rivier réfléchit quelques instants à la manière dont il pourrait, avec ses trois mots d'anglais, parler à Simon Wiesenthal du diplôme de médecine tchécoslovaque du Dr Kluge, et l'engager à effectuer sur-le-champ une recherche à ce sujet… Il y renonce. Même les mots pour simplement prendre congé de son interlocuteur sont difficiles à trouver. Il raccroche le combiné en hochant la tête. « *Next week.* » On est mercredi après-midi. Il lui reste moins de quarante-huit heures pour obtenir cette information.

Il ne se laisse pas abattre. Il tente une solution alternative. L'annuaire téléphonique de la cabine parisienne ayant été vandalisé, évidemment, il ne trouve pas la page des ambassades. Il compose le 12. L'opératrice le met en relation avec celle de Tchécoslovaquie. La standardiste, très aimable, a de la peine à comprendre l'objet de son appel bien qu'elle s'exprime dans un français parfait. Elle lui suggère prudemment d'écrire. Il fait valoir l'urgence de sa requête, sans toutefois réussir à la justifier de manière convaincante. Elle lui annonce vouloir le transférer à l'attaché culturel, mais la ligne reste muette pendant deux minutes interminables, puis est coupée. Sa demande, hors de tout contexte, a dû lui paraître pour le moins farfelue.

*

Thérèse avait fait préparer un buffet froid à base de salades, charcuteries et fromages. La formule possédait l'avantage de la souplesse : ces messieurs pourraient choisir plus facilement le moment opportun pour interrompre leurs travaux et venir se sustenter. Elle-même n'avait pas tenu à participer aux discussions, bien qu'elle y eût été, avec Mme Schneider, la bienvenue. Elle avait souhaité profiter de cette journée pour l'emmener en voiture à Château-Thierry, où elles seraient reçues par l'une de ses amies. Annette Schneider se réjouissait à la « merveilleuse idée » d'aller visiter la petite ville natale du grand La Fontaine, dont elle connaissait plusieurs fables par cœur. Ce n'était pas encore Paris, mais cela ajoutait une ligne intéressante à son pèlerinage français.

Jacques Espingeon met la pause du déjeuner à profit pour approcher Kluge. Aucun plan de table n'ayant été prévu, il s'assied à côté de lui. Ce dernier se montre très content de pouvoir discuter de manière plus informelle. Mais la conversation tourne court, malgré la meilleure volonté des deux interlocuteurs, faute de terrain linguistique commun. Espingeon se résout à solliciter Mercier pour qu'il serve d'interprète, ce qu'il fait dans la mesure de ses moyens. Il comprend plutôt bien l'allemand de Kluge, qui articule avec application les mots de ses phrases courtes, mais il peine à traduire les propos de son maire. La conversation roule d'abord sur leur famille respective. Espingeon raconte ce que font ses fils, l'aîné négociant en vins de Champagne à Paris, le deuxième architecte à Lyon, et le troisième encore étudiant, parti accomplir sa dernière année de droit à Londres. D'habitude plus disert sur la réussite de ses trois fiertés, il reste très concis pour l'occasion, soucieux qu'il est de laisser le temps à Kluge de parler de lui. Espingeon attaque par l'information que Kluge lui avait lui-même donnée l'avant-veille.

— Vous me disiez avoir habité en Bohème. Vous êtes originaires des Sudètes ?

— Oui, je suis né là-bas. C'était encore du temps de l'empire d'Autriche-Hongrie.

— Et qu'est-ce qui vous a amené en Bavière ? ose-t-il demander, maintenant que la conversation est bien engagée, même s'il sait la question délicate depuis l'expulsion des Allemands de Tchécoslovaquie.

— Je suis venu travailler à Munich après mes études. C'était à la fin des années 1920. Je me suis marié là-bas en 1932. Ma femme est munichoise. Adi est arrivé en 1935. Et puis les deux autres.

Espingeon enchaîne en disant se réjouir que les jeunes des deux villes s'entendent si bien, alors qu'ils sont nés pendant une guerre, et qu'on pouvait craindre qu'elle ait laissé des traces profondes dans leur esprit.

— En tant que psychiatre, je m'occupe encore beaucoup des traumatismes dus à la guerre chez les jeunes, lui confirme-t-il. Les vieux comme nous ont aussi des séquelles, mais ils ne vont pas chez le médecin pour ça.

— Votre famille a également été touchée, j'imagine.

Kluge hoche la tête.

— Comme l'immense majorité des familles allemandes. De mon côté, en plus, nous avons dû renoncer à tous les biens que nous possédions – du moins mes parents – en Tchécoslovaquie. Ma vieille mère vit avec nous à Riedenfeld, maintenant. Mon frère et ma sœur se sont installés à l'autre bout de l'Allemagne, à Brême et Hambourg. Mon père, lui, n'a pas survécu à l'idée de devoir abandonner la terre de ses ancêtres.

Avant, après… Espingeon réfléchit à la manière dont il réussira à centrer le propos sur la période de la guerre. C'est si délicat que le temps qu'il y passe lui fait perdre l'initiative. Kluge bifurque sur le commerce du champagne sans que son interlocuteur ne trouve plus l'occasion de revenir au seul sujet qui l'intéresse.

Quand Wegenrein l'accoste pour discuter, Espingeon a une nouvelle idée. Il questionne son homologue, avec l'aide de Schneider cette fois-ci, sur l'obédience politique des conseillers municipaux présents. Quatre d'entre eux, dont le maire lui-même, appartiennent à l'Union chrétienne-sociale, un parti de centre droit similaire au MRP d'Espingeon ; Jäger s'est présenté et a été élu en indépendant ; quant à Kluge, il milite au sein du BHE, la Fédération des réfugiés et des spoliés. Schneider peine à en traduire le nom. Espingeon en profite pour poser des questions sur ce parti dont il n'avait jamais entendu parler. Il connaît un certain succès en Bavière, un *Land* qui a accueilli beaucoup de *Volksdeutsche* à l'issue de la guerre. Il entre donc dans les coalitions municipales de nombreuses villes, comme à Riedenfeld. Des quelques éléments de programme qu'il apprend de la bouche du *Bürgermeister*, Espingeon comprend que cette formation politique navigue très à droite. Comme souvent les partis nés de la frustration, se dit-il, en observant Kluge, à l'autre bout de la table. Cette information colle avec ce qu'il vient d'apprendre de son passé tchécoslovaque. Elle ne cadre pourtant pas, à ses yeux, avec l'image qu'il s'est faite jusque-là de cet homme en apparence curieux et ouvert. Il ne voit pas en lui un nostalgique de la *Großdeutschland*, comme il doit s'en trouver beaucoup dans son parti. Mais peut-être donne-t-il bien le change. Comment savoir ce qui s'agite dans la tête des gens ?

*

Rivier se présente avec une heure de retard chez Paul Chesny, la faute à une panne sur la ligne 2 du métro qui l'a obligé à prendre plusieurs autobus. Il y est accueilli par douze anciens, dont quatre qu'il a connus dans le camp, plus Martineau, à qui il a parlé au téléphone l'avant-veille. Les mines pourraient être graves, et les salutations sobres. Au contraire, il est reçu avec l'enthousiasme d'un groupe qui semble fêter le trentième ou le quarantième anniversaire de l'obtention du baccalauréat. On le félicite chaleureusement. Certains lui tapent sur l'épaule avec des « bravo » et des « bien joué ! » qui augurent mal de la mission que Rivier s'est assignée. Sur la petite table ronde autour de laquelle ils se tiennent debout, il découvre la photo de groupe prise la veille par Chesny, ainsi que plusieurs agrandissements de Kluge, en pied et en gros plan. Le grain lui apparaît particulièrement gros, ce qui empêche de bien voir les traits du visage de l'Allemand. Mais Rivier n'en tire aucun espoir particulier : sur l'un des clichés, Kluge est affublé d'une casquette de SS dessinée au stylo à bille pour mieux juger de la ressemblance. La tête de mort reproduite sur le couvre-chef en dit long sur l'esprit qui a animé la réunion avant son arrivée. Et peu importe s'il n'a pas été possible sur cette même photo de lui ôter ses lunettes, que Jésus, lui, ne portait pas dans le camp… Kluge, coupable ou innocent, est d'ores et déjà condamné. Il n'a aucune chance de s'en tirer, quoi qu'entreprenne Rivier pour essayer de modérer les ardeurs de ses anciens co-déportés.

Chesny profite de l'interruption pour servir de la bière à ses amis. Ils interrogent le nouvel arrivé sur ses huit années de vie depuis le retour. Rivier sent dans leurs questions une vraie curiosité, moins pour ses activités que pour son vécu. Ils étudient en effet un spécimen qui a emprunté une voie aux antipodes de la leur : il a choisi d'oublier et y est manifestement parvenu jusque-là. Il n'est certes pas unique en son genre, mais l'occasion d'une telle discussion est rare, par définition. Quelle résilience possible en dehors de l'Amicale ? semblent-ils se demander en filigrane, à chaque question. En même temps, la présence de Rivier ôte à cette voie, incongrue pour ces militants de la mémoire, tout son potentiel alternatif. Il est la preuve vivante que Buchenwald vous suit comme la plus fidèle des ombres, vous poursuit si vous tentez de lui échapper, et finit tôt ou tard par vous rattraper. Bienvenue dans le club des anciens, où l'on fait bon ménage avec les pires souvenirs, parce qu'on les partage ! L'anamnèse collective leur sauve le cerveau. La question de l'adhésion prochaine de Rivier à l'Amicale ne se pose même pas, tant elle relève désormais de l'évidence dans l'esprit de tous ses interlocuteurs.

Chesny présente à son intention les conclusions auxquelles ils sont parvenus avant son arrivée. Un autre ancien a croisé son chemin à Buchenwald et a identifié Kluge : Arthur Kowalski. Ils sont donc trois, désormais, à pouvoir témoigner contre lui. L'ensemble du groupe est tombé d'accord sur l'opportunité d'agir sans délai. Une fois reparti en Allemagne, Kluge deviendra inatteignable. Le moment tombe en outre à pic. Martineau vient de leur apprendre qu'une nouvelle loi d'amnistie, après la grosse couleuvre de 1951, est sur le point d'être votée par l'Assemblée nationale. Au creux de l'été, juste avant les départs en vacances, des dizaines de milliers de fonctionnaires épurés à la Libération recouvreront tous leurs droits ! Contre les lois scélérates prêtes à être promulguées en catimini, ils veulent préparer un ramdam qui retiendra plus d'un député de voter le cœur léger, la tête déjà à la plage. Etc., etc.

Sans rien manifester, Rivier écoute le discours passionné de Chesny qui développe les mêmes thèses que la veille à Reims. À chaque nouvel argument, ses camarades opinent du chef ou émettent des onomatopées d'approbation. Quand l'orateur a terminé, les visages se tournent vers Rivier. Ils attendent sa validation définitive, comme si sa position comptait encore.

Il était venu à Paris dans l'intention de leur parler de la piste Wiesenthal/Paslawski pour obtenir des preuves, et de la possibilité de vérifier l'indice capital du pseudonyme à l'aide du diplôme tchécoslovaque… Il y renonce. Qu'il soit arrivé à l'heure n'aurait rien changé au cours des choses. Ils lui apparaissent tous comme hypnotisés par l'extravagance de leur coup politique. En définitive, Kluge ne compte que peu dans leur raisonnement, rien ne sert d'épiloguer. Rivier juge préférable de détourner Saint-Victor de l'œil du cyclone, tant que la force du tourbillon permet de l'en extraire. Il lui faut jouer leur jeu, quitte à leur mentir.

— Bien ! dit-il. Je vous remercie tous, toi le premier, Paul, d'avoir réagi aussi vite à mon appel. Vous achevez de lever mes doutes. Je vous avoue que j'ai eu beaucoup de peine à y croire. Le hasard existe, qu'on le veuille ou non, avec ses caprices. Le temps pour agir est très court. Nous n'avons pas encore parlé du mode opératoire, mais j'ai une requête à vous faire. Une seule, mais impérative à mes yeux : promettez-moi de ne pas impliquer ma ville de Saint-Victor !

— Nous sommes tout à fait d'accord, lui concède Martineau au nom des autres. Mais il faudra bien le coincer quelque part.

Rivier a déjà réfléchi à la question, contrairement à eux.

— Dans le train du retour, prescrit-il. Vendredi. Je ne sais plus si les Allemands prennent le Paris-Strasbourg du matin ou du début de l'après-midi. Je vous l'indiquerai demain. Vous serez dedans, par hasard. Vous le reconnaîtrez en passant dans le couloir, après Châlons, pas avant s'il vous plaît. Vous disposerez de plus de trois heures sur le territoire français pour agir, au moment qui vous semblera le plus opportun. Tout s'expliquera. Saint-Victor n'aura aucun lien direct avec cette histoire.

*

À midi, les lycéens déjeunent à l'ombre de la toute nouvelle salle polyvalente, inaugurée en grande pompe à l'automne précédent.

Tout a été mis à leur disposition pour un après-midi d'activités sportives. Des ballons de football et de basket-ball, des raquettes de tennis, un jeu de croquet et des boules de pétanque. Quelques jeunes privés de la partie scolaire – mais qui ne regrettent pas leur grasse matinée du jour – les rejoignent, comme d'habitude.

Ces activités se déroulent sans Claudine. Après le repas, elle est rentrée chez elle, prétextant une migraine. Ainsi s'expliquent, pour ses camarades, sa sortie de cours précipitée et son silence à table. La seule qui connaît la vraie raison de son changement de mine a voulu la suivre, pour renouer le dialogue et se faire pardonner. Mais Ingeborg s'est fait rembarrer.

En revanche, Claudine a accepté la proposition d'Adi de la raccompagner.

Ils marchent en silence vers la maison. La communication verbale reste difficile entre les deux tourtereaux, lui avec ses deux ans de français (des cours peu poussés, ou une motivation qui manquait encore de fondements), et elle, armée de sa meilleure volonté mais qui reste à un niveau d'allemand encore basique. Prudente, elle fait comprendre à Adi qu'elle ne tient pas, malgré sa propre envie, à ce qu'ils se donnent la main. Elle est soulagée de constater qu'à cette heure-là, les riverains gardent les volets clos, soit pour terminer de déjeuner à l'abri de la chaleur, soit pour s'accorder une sieste. Personne ne les voit tous les deux, seuls.

Une fois au salon, la carafe d'eau vidée, elle lui explique qu'elle se sent mieux. Elle ne le met pas au courant de l'incident avec Ingeborg. À quoi bon ? Et si sa correspondante avait raison ? Claudine sait déjà que cela ne changerait en rien ses sentiments pour Adi. Un enfant ne peut pas être tenu pour responsable des actes de ses parents.

Elle le regarde plus intensément encore que depuis deux jours. Il est beau. Même son nez busqué lui va bien. Dans son esprit, un garçon comme lui, avec des dents blanches et des yeux doux, une posture droite de danseur classique, ne peut pas porter le poids de la culpabilité d'un père. Mais sait-il seulement ce qu'il a fait pendant la guerre, ou reste-t-il, comme elle, dans l'ignorance d'une période dont on ne parle jamais ? Il a trois ans de plus qu'elle. À huit ou neuf ans, il avait peut-être déjà atteint l'âge de comprendre, contrairement à ce qui s'était produit pour elle.

Dans le regard de Claudine, il lit une invitation à se rapprocher. Il lui pince les lèvres avec les siennes. Ils en rient. Il revient à la charge plus longuement, plus passionément. Elle entrouvre les yeux pour l'observer : il garde les siens fermés en l'embrassant. Elle trouve cela beau. Il l'aime, donc. Quand il la regarde à son tour, il voit qu'elle l'a précédé.

— Quoi ? s'étonne-t-il.

— *Nichts. Es ist schön. Ich bin froh.*

Il l'embrasse encore.

— Adi. Il y a dix ans, c'était la guerre ici. Aujourd'hui, nous, on s'aime.

— C'est la vie ! répond-il. *Was passiert ist, ist passiert.*

— Tu as souffert pendant la guerre ?

— J'ai pas compris.

— C'était dur, la guerre ? *Der Krieg. Hart* ?

— Oui.

— Oui ?

— Mon père est parti pendant trois ans. Moi, ma mère, ma petite sœur et mon frère bébé, à *München.* Il y a eu des *bombings.* On a été chez les grands-parents, à Riedenfeld. À la fin, pas la nourriture.

— Tu n'as pas vu ton père pendant trois ans ?

— Non. Il est retourné en 1945. Il était en Est. *Im Osten.*

— Contre les Soviétiques ?

— Je crois, oui. *Ich weiß aber nicht genau.* Mon père dit pas.

— C'est incroyable. Moi, c'est presque pareil. Mon père est parti deux ans, en Allemagne. Il est aussi revenu en 1945.

— *Was hat er in Deutschland gemacht ?*

— Je sais juste qu'il était dans un camp de travail, à Buchenwald.

— Temps durs…

Elle remarque avec satisfaction qu'il n'a pas tiqué à l'évocation du lieu.

— Mais nous sommes là ! dit-il en se redressant avec un surcroît d'énergie qui la fait rire – un petit rire nerveux. *Zeigst du mir mal dein Zimmer*, mon amour ?

Il n'a pas besoin de la convaincre de lui montrer sa chambre. Mais quand ils y pénètrent, elle s'aperçoit que son père, qui y dort depuis samedi, a pensé à fermer le volet mais pas à arranger son lit. Elle défroisse le drap en vitesse.

Pour rien. Il la pousse gentiment pour la faire tomber dessus et plonge à côté d'elle. Le sommier émet un craquement suspect.

— Doucement !

— *Sorry !*

Elle en rigole en l'embrassant, puis se met à respirer les cheveux du jeune homme. Fort. C'est moins une manière de se donner du courage face à cette situation inédite que l'envie de se débarrasser d'une sensation qui la trouble plus encore : le lit porte l'odeur de son père. Le drap empeste l'eau de Cologne. Elle finit par retenir les mains entreprenantes de son amoureux. Il s'excuse à nouveau, cette fois-ci d'être allé trop vite. Elle l'avertit qu'ils ne peuvent pas rester là. Il ne comprend pas. Inquiet, il la regarde se lever, remettre son soutien-gorge et quitter la chambre. Elle n'imagine pas monter dans la chambre qu'elle occupe pour la semaine, celle de son père, et de sa mère. Il ne reste que le lit d'appoint installé dans le bureau, où elle emmène Adi en le tenant par la main. Elle l'y laisse. Elle revient bientôt avec un drap et une serviette-éponge. Entre-temps, Adi a compris, en voyant la valise d'Ingeborg, qu'ils se trouvent dans sa chambre. Il ne cherche pas à en savoir plus sur l'étrange manège que lui propose Claudine. Elle est revenue, c'est tout ce qui compte. Elle prend encore le temps de fermer les volets de bois, tandis qu'il se vautre dans le lit.

— Inge, Inge, Inge ! gémit-il en empoignant ses draps et en les respirant à plein nez.

Sa plaisanterie n'a pas l'heur de plaire à la jeune femme.

— Arrête, *du bist doof* ! lui lance-t-elle, fâchée, en lui tournant le dos.

Conscient d'avoir commis une gaffe, il s'approche d'elle et tâche de l'amadouer par ses baisers. Le désir est sur le point de l'emporter sur la contrariété lorsque la sonnette retentit.

Elle est prise de panique. Son père ? Il n'était pas censé revenir avant dix-neuf heures, il a peut-être rebroussé chemin avant d'arriver à Paris. Elle a fermé la porte à clef, en prenant la précaution de la laisser dans la serrure. Il ne peut pas entrer. Elle se rhabille à toute vitesse, presse Adi de faire de même. On actionne à nouveau la sonnette.

— J'arrive ! crie-t-elle. Descends dans le salon, Adi !

Tandis qu'il reboutonne son pantalon, elle arrange du mieux qu'elle peut ses cheveux en bataille avant d'aller ouvrir la porte.

C'est Ingeborg, accompagnée de Lucien. Elle s'est tordu la cheville au badminton, il l'a ramenée sur son Solex. La jeune Allemande en grimace encore de douleur. Elle entre dans la maison en sautillant sur son pied valide.

— Je vais me reposer dans ma chambre, annonce-t-elle en remerciant Lucien.

*

Ce mercredi soir à vingt heures, l'ABC propose *La Loi du silence*, d'Alfred Hitchcock. Le film, salué par la critique lors du dernier festival de Cannes, vient de sortir dans les salles. On ne savait pas, au moment d'établir le programme des activités, quel film serait à l'affiche. La chance a voulu que le cinéma projette un film américain en version originale sous-titrée, ce qui en facilitera la compréhension par les lycéens allemands.

Lorsque les adultes d'Outre-Rhin ont appris quel type de soirée attendait les jeunes, ils se sont montrés désireux de s'y associer. Wegenrein a tenté une approche dans ce sens auprès d'Espingeon, qui n'y a vu aucun inconvénient. Le programme initial prévoyait à La Grillette une soirée de dégustation de vins de toute la France, sélectionnés par son fils aîné. Il y a renoncé volontiers – il la proposera après le méchoui du lendemain soir. Une séance de cinéma, c'est l'assurance de passer une soirée tranquille.

Rivier apprend ce ralliement imprévu de la bouche de sa fille, au retour de Paris, vers dix-neuf heures trente. Il trouve l'idée excellente, mais pour une autre raison qu'Espingeon : Claudine le presse de faire vite, et il comprend que cette séance offre une opportunité inespérée de repousser la pénible conversation qu'il devra forcément avoir avec elle. Un répit de quelques heures, c'est toujours ça de pris. Son raisonnement à elle n'en est guère éloigné. Elle pressent que cette vipère d'Ingeborg n'a fait qu'anticiper l'annonce de son père, et qu'elle lui a livré le nom de celui qu'il suspecte. Il lui reste un tout petit espoir auquel elle s'accroche encore, si maigre qu'elle ne veut pas qu'il s'envole tout de suite. Elle ne trouve pas la force d'interroger son père. Elle a trop peur d'apprendre le résultat de sa réunion parisienne.

— Votre après-midi s'est bien passé ? lui demande-t-il entre deux bouchées de pain et de pâté.

— Oui. Et le tien ?

— Je te raconterai, lui renvoie-t-il tout en mâchant. Je fais vite, il faut absolument que j'aille me rafraîchir avant d'aller au cinéma, les transports en commun étaient surchauffés. Tu veux bien descendre me chercher une bouteille de rouge, s'il te plaît ?

Elle ne se fait pas prier.

Ils pénètrent dans la salle obscure pendant le générique du début du film. Adi et Espingeon leur font signe pour qu'ils les rejoignent aux places qu'ils leur ont réservées.

Rivier n'espère pas une soirée de détente, bien sûr, mais au moins une trêve de deux heures dans le compte à rebours qu'il a déclenché malgré lui. Il n'est pas déçu… Le scénario tourne autour d'un prêtre accusé à tort d'être un meurtrier. Il connaît le nom du coupable, mais ne peut pas le révéler aux enquêteurs, car il l'a appris dans le secret du confessionnal. Le visage de Montgomery Clift excelle à exprimer la souffrance de son âme d'innocent, incapable de se défendre.

Durant toute la projection, Rivier transfère la situation du personnage incarné par Clift alternativement à la sienne et à celle de Kluge, assis juste devant lui. Un mot de sa part suffirait à faire abattre la lourde lame du passé sur la tête du criminel présumé. Mais peut-être que la nuque qui se dresse à moins d'un mètre de ses yeux est celle d'un innocent, incapable de dire la vérité faute d'en avoir l'occasion.

La Loi du silence. Rivier se demande pourquoi le distributeur du film a jugé bon de traduire ainsi le titre original, *I Confess*, beaucoup plus pertinent à ses yeux que cette expression qui appartient davantage au monde du crime organisé.

Une confession. C'est ça ! Il faut qu'il parle !

À la sortie, sur la petite place du cinéma baignée par la lumière du crépuscule, tout le monde semble satisfait de la soirée. Si les jeunes reprochent un peu au film son manque d'action, les adultes, au contraire, souscrivent à la « finesse de l'approche », selon les mots de Dupré. Espingeon oriente la discussion vers une autre œuvre d'Hitchcock qui l'a marqué : *Le Grand Alibi.* Malgré la moue lasse de Thérèse à son côté, il est intarissable sur le jeu de Marlène Dietrich, son actrice préférée, sûr que ses paroles font plaisir à ses hôtes allemands. Dietrich, pense-t-il, n'était-elle pas l'incarnation d'une Allemagne restée pure, au-dessus de tout soupçon ? Elle crevait les écrans aux États-Unis bien avant que Hitler n'exploite et ne compromette les artistes d'outre-Rhin pour la propagande du IIIe Reich. Il reste bouche bée lorsque Jäger lui apprend l'avoir connue dans ses jeunes années, bien avant qu'elle ne devienne une star hollywoodienne. Elle fréquentait alors l'école de musique de Weimar où il travaillait comme assistant technique. Rivier sourcille en entendant l'indication géographique. Le nom de cette ville chasse l'image de la belle Marlène. Il résonne lourdement dans sa tête, comme si entendre un Allemand le prononcer ressuscitait la cité maudite. « La loi du silence », « le grand alibi », « Weimar »... Aucun mot n'échappe plus à ses réinterprétations automatiques. Comme par réflexe, il tourne la tête vers Kluge pour voir si ces ondes l'atteignent aussi. Le bon docteur lui adresse un sourire d'une simplicité désarmante. Il ne se doute de rien.

Il faut que ça change, Marcel !

À la fin de la discussion, les adultes s'apprêtent à se séparer lorsque Dupré propose de terminer la soirée par un verre au Café du soleil. Thérèse décline l'invitation. Elle est fatiguée et souhaite rentrer à la maison. Espingeon propose donc de servir le cognac chez lui. Personne parmi les Allemands ne semble frustré, car la journée du lendemain promet de se terminer fort tard. Le maire organise donc un premier convoi, emmenant d'abord les deux dames, le *Bürgermeister*, et Schultz, le plus âgé des conseillers. Il est bien conscient de laisser Kluge en compagnie de Rivier, mais pour une vingtaine de minutes seulement.

Regrettant de devoir renoncer à une bière fraîche (ils en sont sevrés depuis quatre jours), Hammerstein et Schneider se font conduire en hâte au bar par Dupré. Wohllieb et Kluge préfèrent la cigarette que leur propose Rivier. Ils fument sur place avec lui, en attendant le retour d'Espingeon.

S'il a des choses précises à dire à Kluge, et à entendre de sa bouche, Rivier dispose maintenant du meilleur traducteur.

Mais il n'ose pas. Que lui dire, sur quoi l'interroger ?

Il se contente de s'enquérir auprès du professeur du déroulement de la matinée au lycée.

Voyant leurs pères ensemble, Claudine et Adi quittent le groupe des jeunes pour les rejoindre. Ingeborg renonce à les suivre. Mathieu Duborgel, le correspondant d'Adi, a pour sa part abandonné depuis longtemps l'idée de disputer la vedette à *Fräulein Rivier*, comme il l'appelle lorsque le soir, dans la chambre, ils font le point sur la journée. Il a tout de même hâte de dresser le bilan de ce mercredi après-midi et d'apprendre comment le fils du médecin s'y prend pour soigner les migraines tenaces…

Rivier les regarde approcher. Il sait à leur propos ce que le père d'Adi sans doute ignore.

C'est la première fois qu'il voit sa fille avec un petit ami. Elle connaît son premier flirt. La rencontre effervescente avec de jeunes étrangers, l'été, dans une ambiance de colonie de vacances, mène à des émois classiques. Il minimise volontiers l'importance de cette relation. *Une amourette… Elle n'a que quinze ans.* Quoi qu'en dise une petite voix au fin fond de sa conscience, qui lui serine avec une ironie piquante que si Claudine et Adi devaient un jour se marier, Kluge deviendrait le beau-père de sa fille. Et le grand-père de ses enfants. Comme lui.

Claudine arrive le sourire aux lèvres, mais Rivier remarque tout de suite qu'il n'est pas aussi naturel que d'habitude.

— Ils veulent nous inviter pour les vacances de Noël ! annonce-t-elle à son père.

Elle ajoute, avec un mouvement de sourcils à son intention qui en dit long sur son espoir qu'il ne commette pas l'irréparable :

— C'est super, hein, Papa ?

— Claudine ! Adi ! Maxime les appelle pour que toute

la bande puisse partir. Les deux jeunes prennent congé et regagnent la zone où les leurs piaffent d'impatience de prendre le large.

Dupré et ses acolytes reviennent bientôt. Le maire ne se fait pas attendre plus longtemps. Tandis que ses hôtes montent dans sa voiture, il baisse le carreau et s'adresse à Rivier :

— Je ne peux pas les déposer et revenir pour discuter, je suis coincé.

— Le mieux est qu'on s'appelle par le téléphone.

— Bonne idée, dit Espingeon en consultant sa montre. Téléphone-moi dans une heure pile, à minuit moins le quart, j'aurai la main sur le combiné !

— Il y aura quand même une sonnerie… Thérèse et les Allemands vont l'entendre.

— Tu as raison. C'est moi qui t'appellerai à la mairie, alors, sur ta ligne. Comme ça, je ne serai pas non plus tenu par l'horaire. Je le ferai dès qu'ils seront montés se coucher. À tout à l'heure.

7

Jeudi 9 juillet

— Dr Kluge ?

— *Ja ?*

— C'est Marcel Rivier. Sortez ! *Raus !*

Il obéit. Quand il ouvre la porte, il le découvre tenant son fils par les cheveux d'une main, et plantant de l'autre un pistolet dans son flanc. Adi tremble de tout son corps.

— Suivez-moi ! Si vous fuyez, il meurt.

Il les emmène dans une pièce où les attendent Paul Chesny et d'anciens déportés. Ils siègent derrière une longue table.

— Déclinez votre identité ! lui intime Chesny.

Kluge reste muet. Adi ose rappeler que son père ne parle pas français. Il reçoit un coup de crosse dans les côtes et tombe à genoux.

— Qu'avez-vous fait pendant les trois ans où votre famille ne vous a pas vu ?

Le visage de Kluge est comme figé. Aucun son ne sort de sa bouche ouverte.

— Je répète la question. Pendant trois ans, on ne sait pas ce que vous avez fait. Où étiez-vous ?

Faute de réponse, Chesny s'impatiente :

— Vous étiez à Buchenwald. Nous vous avons reconnu. Avouez !

Au bout de quelques secondes de silence, il se met à hurler :

— Buchenwald. *Confess !* Ou le jeune Adolf va mourir…

Il pointe Adi du doigt, qui relève sa tête baignée de sueur et regarde son père, l'air épouvanté. Il le supplie de parler. Kluge, lui, reste muré dans son mutisme, impassible.

Chesny tend son bras droit et pointe du pouce vers le bas. Lorsque son père tire à bout portant dans le bas-ventre d'Adi, Claudine pousse un cri d'effroi.

Le hurlement qui déchire la nuit fait sursauter Rivier. Il ne dormait pas, trop occupé à jauger la stratégie décidée au téléphone avec Espingeon. Il monte vite voir sa fille. Il la trouve assise dans son lit, le visage entre les mains, sanglotant. Il allume sa lampe de chevet.

— Tu as fait un cauchemar, ma chérie, la rassure-t-il doucement en la prenant dans ses bras.

Il la berce un moment pour l'aider à chasser les images qui la laissent hoquetante de terreur.

— Dis-moi, Papa, que ce n'est pas le père d'Adi !

— Qu'est-ce qui te fait dire ça ? lui demande-t-il afin de se laisser le temps de trouver les mots pour lui répondre.

Elle plante ses yeux rougis dans les siens.

— C'est lui, hein ?

Son silence vaut réponse.

— Ingeborg m'a appris qu'« Adi » est le diminutif d'Adolf…

Il la serre plus fort dans ses bras et s'entend lui répondre « Ça ne veut rien dire, Claudine », même si cette révélation le saisit aux entrailles. Alors qu'il restait obsédé par cette liste de diplômés en médecine de l'université de Prague, convaincu qu'elle mettrait fin à son propre cauchemar envers et contre tout, cette information renvoie le balancier dans l'autre sens. Seul un admirateur de Hitler, c'est une évidence, peut donner ce prénom à son enfant. La faute ne s'efface pas avec un simple diminutif. Ce prénom, c'est un stigmate des années d'égarement. Comme un tatouage de SS qui vous unit à l'idéologie nazie, à la vie à la mort. Il tâche de conserver un ton calme.

— Rendors-toi, ma chérie, tout va s'arranger, lui dit-il en l'embrassant sur le front.

Elle acquiesce de la tête et se rallonge.

— Est-ce que tu veux que je laisse ta lumière allumée ?

Elle lui fait signe que oui. Il prend la lampe et la dépose sur le sol, ampoule tournée vers le mur pour tamiser l'éclairage.

— Merci, Papa.

— Dors, mon cœur, lui dit-il en lui caressant les cheveux.

Il se lève pour regagner sa chambre. Quand il ouvre la porte, il a la surprise de tomber sur Ingeborg.

— Est-ce que ça va ? demande-t-elle.

— Oui, rassure-toi. Un simple cauchemar. On peut aller se recoucher.

— Je peux aller la voir ?

Rivier s'efface pour la laisser entrer. Elle referme la porte derrière elle.

Intrigué, il reste à proximité. Des mots étouffés filtrent par la porte. « Pardon », « rester avec toi », « dormir », « non ! » Le dialogue ne dure pas plus d'une demi-minute. Rivier voit Ingeborg sortir à son tour, les larmes aux yeux. Il lui propose de descendre discuter au salon. Elle lui fait signe de la main que ce n'est pas nécessaire et s'en va vers le bureau qui lui sert de chambre à coucher. Il la retient du bras et insiste. Elle le suit.

*

— Une lettre anonyme ? s'exclame Claudine, avec une incrédulité qui lui fait écarquiller les yeux.

— Nous avons retourné le problème dans tous les sens, justifie son père. Cette solution nous a paru la meilleure. Ou la moins mauvaise.

— Qu'est-ce que tu y as mis ? Il ne comprend pas le français !

— Il y a deux phrases écrites en allemand. C'est Ingeborg qui les a traduites.

— Ingeborg ? Mais quand ? s'étonne-t-elle en se tournant vers sa correspondante, l'air très contrarié.

— Cette nuit, après être venue te voir, précise son père.

— Et tu lui écris quoi ?

Il soulève son bol de café et en boit une petite gorgée, comme pour préchauffer le passage par lequel doit ressortir sa prose incendiaire.

— Ce sont deux lignes, commence-t-il avant d'observer à nouveau une courte pause. Je lui dis que je l'ai reconnu, qu'il était SS à Buchenwald en 43-44. Et qu'il doit quitter la France avant ce soir, sinon il sera dénoncé et arrêté.

Sa fille tombe des nues.

— Quoi ? Ce soir ? Mais s'il part, c'est avec Adi ! s'écrie-t-elle.

— Il ne partira que s'il est coupable, tente de la rassurer son père. C'est une porte de sortie honorable qu'on lui offre. Demain, de toute façon…

— Mais c'est insensé, Papa ! le coupe-t-elle en se levant brusquement.

— Claudine, assieds-toi, je t'en prie.

Elle se laisse tomber sur sa chaise. Il passe son bras entre les deux pots de confiture et couvre sa main de la sienne.

— Si tout se passe bien… si je me suis trompé… comment dirais-je ? Si ce n'est pas lui, il va rester. Il doit être en train de découvrir le mot en ce moment même. S'il est innocent de ce dont on l'accuse, sa réaction la plus naturelle consistera à en parler.

— Mais à qui ? C'est une lettre anonyme !

— Il peut s'adresser à Jacques, lui montrer la lettre. Jacques l'aiguillera alors vers moi.

— Je ne comprends rien à cette mise en scène, Papa. Pourquoi ne pas aller le voir et lui dire les choses en face ?

— Ce n'est pas si simple, ma chérie. Je me vois mal lui dire, les yeux dans les yeux, qu'il ressemble à s'y méprendre à un SS de Buchenwald, et que je le soupçonne d'être cette même personne.

— Au moins, s'il est coupable, tu le liras sur son visage !

— Et on fait quoi après ? On se bat ? Non, je te le répète, Jacques et moi avons pensé à cette lettre pour lui donner le temps de réfléchir et de prendre ses dispositions. S'il est innocent, il parlera. Je suis d'accord, la manière de faire semble choquante, mais c'est tout ce qu'on a trouvé pour éviter une catastrophe.

— Mais quelle catastrophe ?

Il lui raconte la réunion de la veille à Paris, en se reprochant intérieurement de ne pas avoir commencé par là. Elle aurait mieux compris la démarche. Et en effet, ces informations la laissent pensive.

— C'est horrible pour Adi ! conclut-elle. Il n'a rien fait ! Il n'y est pour rien !

— Si son père parle et nous donne des éléments qui le disculpent, il ne se passera rien. Peut-être même qu'Adi n'en saura rien… Je te promets d'y veiller, autant que possible.

Claudine a envie d'aller trouver sur-le-champ le Dr Kluge pour mettre fin à ce cauchemar. Mais elle se rend bien compte de l'impossibilité de cet acte. Ouvrir les yeux ne suffira pas, cette fois-ci.

— J'espère seulement qu'il est en train de parler à Jacques en ce moment, dit-elle, pas qu'il fait sa valise ! Qu'il lui donne les preuves qu'il se battait contre les Russes à ce moment-là !

— Les Russes ?

— C'est Adi qui m'a dit hier que son père avait quitté sa famille pendant trois ans. Il croit savoir qu'il se battait contre les Russes.

— Mais Claudine, c'est une information capitale, ça ! Tu ne m'as rien dit !

— Je ne savais pas que c'était lui que tu soupçonnais ! Et puis je t'ai à peine vu entre-temps. Mais Adi n'est pas sûr, de toute façon. Son père ne lui a jamais rien raconté sur cette période…

— Qu'est-ce qu'il t'a dit, exactement ? Tous les détails ont leur importance (il croit entendre Rosa Paslawski parler à sa place). Qu'a-t-il dit, mot pour mot ?

Elle lui relate la conversation telle qu'elle s'en souvient. Elle conclut en lui certifiant qu'il paraissait ignorant du rôle de son père pendant la guerre.

Rivier reste songeur. Les SS n'avaient peut-être pas tous logé leur famille en périphérie du camp. Mais dans ce cas-là, il ne comprend pas que Kluge n'ait plus vu son fils pendant une si longue période. Il devait pourtant profiter de permissions, surtout s'il avait des enfants en bas âge. Il a calculé, sur la base de ce que lui a appris Kluge lui-même, que le petit frère était né en 1941, la fille n'a que deux ans de plus. Peut-être que pour Adi, dans sa tête de petit garçon, les périodes d'absence, bien qu'entrecoupées de courts séjours, se sont fondues en une seule, interminable. L'Est ? Weimar ne se situe pas plus à l'est que Munich... Mais la ville se trouve maintenant en « Allemagne orientale », comme ils l'appellent en RFA, d'où une confusion possible. L'Est, donc une assimilation compréhensible avec le front russe où l'Allemagne a envoyé tant d'hommes... Ou alors sa mère lui a parlé des batailles en URSS pour exalter le rôle de son héros de père, même s'il ne s'y trouvait pas ? Comment savoir ?

— Quoi qu'il en soit, les dés sont jetés, conclut Rivier, las d'essayer depuis cinq jours de reconstituer un puzzle dont il ne connaît pas l'image d'origine. À l'heure qu'il est, Jacques a relevé le courrier et lui a remis la lettre. D'ailleurs il faut qu'on se dépêche. Le train part dans quarante minutes. Allez vous préparer, les filles !

Rivier débarrasse la table. Il renonce à mettre du jazz en fond sonore, comme il aime à le faire au moment de la vaisselle. Les casseroles qui s'entrechoquent dans l'évier produisent déjà un bruit analogue à ses pensées. Inutile d'y rajouter des cuivres.

*

Tous trois font irruption sur le quai in extremis, au moment où le train arrive – à l'heure, pour une fois. Du premier coup d'œil, Rivier repère Kluge. Il n'a pas pris la poudre d'escampette. Il montera bien dans le train, mais pour venir passer la journée à Châlons-sur-Marne, pas pour s'enfuir en Allemagne. Rivier n'en tire aucune conclusion hâtive. Il faut d'abord s'assurer auprès d'Espingeon qu'il lui a bien remis la lettre. Et puis il y a le problème d'Adi, qui ne dort pas à La Grillette. Pour avertir son fils d'un départ anticipé, il faudrait pouvoir le rencontrer. Peut-être profitera-t-il de la visite de Châlons pour prendre le premier train vers l'est avec son fils ?

En approchant, il observe que Kluge n'a emporté que sa sacoche à main. Deux passeports suffisent, de toute façon. Mais laisser toutes ses affaires derrière lui serait difficile à justifier auprès de ses compatriotes. Il lui fallait trouver une raison vraiment impérative. S'il était lui – Dieu sait qu'il lui en coûte de se mettre dans sa tête depuis la veille au soir ! –, il prétexterait un problème familial urgent. Un coup de fil en Allemagne pour savoir si tout va bien, une mauvaise nouvelle, un départ anticipé d'un jour. Quelque chose de plus solide que l'excuse du fémur de la grand-tante.

Il ne l'a pas fait. Pas imaginé, pas osé, pas jugé nécessaire ? Ou simplement pas *encore* fait ? D'un côté, Rivier est rassuré, tant il désire se tromper sur son compte. D'un autre, faute de réponse, il se dit que c'est la manière forte qui l'emportera. Il s'en tiendra à sa ligne, cherche-t-il encore à se convaincre. Faute de réaction de Kluge durant la journée, il le livrera aux gars de l'Amicale. Ce soir au plus tard, il téléphonera à Chesny pour lui indiquer dans quel Paris-Strasbourg il faut monter.

Claudine accélère inconsciemment le pas lorsqu'elle aperçoit, soulagée, la silhouette de son amoureux. Elle lui dira au revoir au même endroit dans vingt-quatre heures. Mais ces heures-là compteront double ou triple ; elle aurait été meurtrie d'en être privée. Elle ressent comme un soulagement aussi de ne pas avoir de motif d'en vouloir à son propre père.

Ingeborg laisse l'écart se creuser avec sa correspondante. Elle regrette, pour sa part, que la lettre n'ait pas encore eu l'effet qu'elle avait espéré durant le restant de la nuit.

On se salue rapidement tous azimuts. Rivier serre la main de Kluge ; ce dernier lui sourit comme si de rien n'était. Espingeon se montre égal à lui-même. Il aide les dames à gravir le marchepied, et laisse passer tous les adultes. Il glisse simplement à Rivier au moment où il monte à son tour : « Il l'a bien reçue. » Il effectue le trajet à côté de Thérèse, qui lui a réservé une place cette fois-ci. Rivier s'assied à côté de Schneider qui l'y invite. Il l'écoute patiemment lui chanter les louanges de la France, de Saint-Victor, de l'accueil, etc. Kluge est assis deux rangées derrière, hors de son champ de vision. Rivier bénéficie ainsi de quarante-deux minutes de répit.

À la descente du train, il est dix heures vingt. Il leur faudrait marcher une vingtaine de minutes jusqu'à l'usine Vitoux, où ils sont attendus pour onze heures. Rivier calcule qu'ils disposent d'un battement suffisant pour boire, en chemin, un petit noir dont il ressent l'impérieuse nécessité. Il en touche un mot à Espingeon, en tête de cortège, qui partage son point de vue. Au bout de la rue Jean-Jaurès, sur le pont qui enjambe le canal latéral de la Marne, les adultes laissent les jeunes observer le fonctionnement de l'écluse en contrebas et se rendent dans un café de la petite place adjacente. Sur les quinze présents, aucun ne renonce à ce supplément de caféine bienvenu. Wegenrein est si content de l'initiative qu'il insiste pour payer lui-même cette tournée non prévue au budget.

Le bar dispose d'une cabine téléphonique. Kluge pourrait très bien profiter de l'occasion pour appeler chez lui. Il ne le fait pas. Il est vrai que la halte s'annonce courte.

Le groupe reprend sa promenade en empruntant l'avenue du Général-Patton, le long du canal, avant d'obliquer en direction des établissements Vitoux-Vitos, dont on aperçoit bientôt les sheds à quelques encablures.

Robert Poron, le directeur de l'usine, les accueille à bras ouverts. Dans son discours de bienvenue, il les remercie de leur faire l'honneur de cette visite. La chambre de commerce et d'industrie de Châlons, où il côtoie Espingeon depuis vingt ans, pousse les autorités à créer un office de tourisme dans la ville. Avec une telle visite, il réclamera de figurer en tête des destinations de choix, avant même les maisons d'élevage des vins de champagne, plaisante-t-il. Il leur brosse à grands traits l'histoire de l'industrie textile dans la région, et le succès dans le monde entier de la bonneterie de l'axe Reims-Troye. Il les invite ensuite à prendre une petite collation en préambule au tour dans l'usine.

Cette sympathique introduction redonne de l'allant aux jeunes que l'idée d'assister à la fabrication de bas Nylon n'enchantait guère a priori. Tout le monde y trouve son compte. Les dames, surtout Mme Schneider qui frétille d'aise à l'idée de se trouver dans un sanctuaire du *chic* français, s'émerveillent de l'habileté des ouvrières ; les messieurs, et les garçons en particulier, ne montrent aucun signe d'ennui, bien au contraire, lorsque M. Paron les emmène dans la zone de fabrication de la lingerie féminine. Certains commentaires sont heureusement couverts par le bruit des machines à coudre.

Espingeon et Rivier en profitent pour échanger quelques mots en aparté.

— Qu'est-ce qu'il a dit quand tu lui as donné la lettre ?

— Il a paru surpris. Il l'a prise puis est monté dans sa chambre pour se préparer. Ensuite, aucun commentaire, aucune réaction.

— Il n'en a pas parlé à ses compatriotes ?

— Je n'étais pas à l'étage…

— Ça ne va pas dans le bon sens.

— Attendons encore !

Comme un enfant qui s'assure qu'on ne le voit pas commettre une bêtise, Rivier a le mauvais réflexe de jeter un coup d'œil en direction de Kluge. Il a la tête tournée vers eux. Instinctivement, Rivier détourne les yeux. Ses nerfs se tendent un peu plus. Il a pressenti que la journée se déroulerait ainsi. Dire mais ne pas dire ; savoir mais ne pas montrer qu'on sait. Digne d'un roman de Kafka. Kluge a dû lire son illustre compatriote de Prague. Peut-être se fait-il la même réflexion s'il soupçonne de qui provient la lettre.

Pour la fin de la visite, M. Poron les conduit au stock, où il leur propose d'acquérir des articles à prix d'usine. La question des souvenirs à rapporter à la maison est ainsi résolue. Les épouses et les filles, les mères et les sœurs restées à Riedenfeld recevront qui des bas Nylon Vitos, qui des chaussettes en pur coton, qui de la lingerie à la française. Quelques messieurs (dont Kluge, comment peut-il avoir l'esprit à ça ?) osent demander conseil, pour les tailles, à Mme Schneider ; Thérèse Espingeon se permet d'y aller de ses recommandations. Poussés par le sentiment d'effectuer une bonne affaire, nombre de Français remplissent aussi les cabas qu'on leur offre et passent par la caisse improvisée, tenue par M. Poron en personne.

En attendant que les derniers acheteurs en terminent, Espingeon raconte à Wohllieb, qui traduit pour ses compatriotes présents, que les trois usines Vitoux de Troyes travaillent à plein régime elles aussi, malgré la crise générale dans le secteur textile. La marque connaît un succès retentissant en parrainant une émission qu'écoutent des millions de Français le samedi soir sur la TSF : *Dans les mailles de l'inspecteur Vitos*. Le jeu de mots, une fois expliqué, les fait tous rire. Y compris Kluge.

Rivier s'étonne de sa décontraction, une fois de plus. À se demander s'il n'a pris la lettre que comme une mauvaise blague, une menace sans fondement… Est-ce l'attitude possible d'un coupable ? Il se souvient de cette citation (il ne sait plus de qui) : « Quand on a envie de nuire et qu'on le peut, on ne menace pas. » Pourquoi le menacer, peut se dire

Kluge, alors qu'il suffirait de lui envoyer les gendarmes ? Un pari très culotté de sa part. Mais peut-être, s'il vit sous un pseudonyme depuis huit ans sans jamais avoir été inquiété, a-t-il fini par croire à sa bonne étoile ? Ce rire franc traduirait alors le sentiment de sa toute-puissance, comme jadis les coups de schlague sur le dos des fantoches de Buchenwald. Est-ce l'attitude possible d'un innocent ? Il ne rirait pas, il ne garderait pas cela pour lui, même s'il considérait qu'il s'agit d'une tentative d'intimidation grossière, comme contre le jeune arbre ou la baie vitrée des Espingeon. La lettre, pourtant, lui était adressée personnellement, le citait nommément. Personne, en dehors du groupe et de quelques conseillers municipaux de Saint-Victor, ne connaissait son nom. « Pourquoi moi ? » doit-il au moins se demander. Il y a bien de quoi ôter l'envie de rire.

De quelque côté qu'on la prenne, son attitude paraît incongrue.

À quoi joue-t-il ?

Le groupe se met en branle en direction du centre de la ville, passant devant la cathédrale Saint-Étienne et des monuments d'intérêt, sans toutefois s'arrêter : la visite de la cité est prévue pour l'après-midi. Il faut marcher d'un bon pas pour rejoindre la cantine d'entreprise que Rivier a dénichée pour nourrir les cinquante-cinq bouches, correctement mais à moindres frais. Son responsable lui a garanti de bien les recevoir pour une somme relativement modique, mais lui a fait promettre en retour qu'ils n'arriveraient pas après midi et demi.

Le petit couple ne se sépare plus depuis la montée dans le train. Dès que le groupe se met en mouvement, Claudine et Adi jouent à se laisser glisser derrière le dernier adulte pour pouvoir se donner la main. Ils se la lâchent à la moindre alerte. Ingeborg les suit en permanence comme leur ombre et feint de ne pas remarquer que cela les agace au plus haut point. Deux ou trois fois, ils trouvent le moyen de s'esquiver à l'abri d'un porche ou d'une devanture de commerce pour s'embrasser fougueusement ; Ingeborg les attend à proximité.

À table, lorsque Adi se lève pour aller se servir au buffet et qu'elles se retrouvent seules, Claudine tourne sept fois sa langue dans sa bouche – c'est le dernier jour, elle ne veut pas qu'elles se quittent en mauvais termes, mais c'est aussi le dernier avec Adi jusqu'à Noël – et se décide à lui dire que sa présence continuelle la gêne.

— J'ai peur Claudine ! lui rétorque Ingeborg.

— Peur ?

— Oui, toute cette histoire… La lettre, c'est moi qui l'a traduit.

— Comment pourrait-il le savoir ? C'est une lettre anonyme !

— Oui, mais s'il suspecte ton père ? Il saura qui !

— Tu ne risques rien, Ingeborg, lui répond-elle avec une pointe de mépris pour ce qu'elle considère comme une nouvelle hypocrisie. Qu'est-ce que tu veux qu'il te fasse ? D'ailleurs, tu le vois bien, il ne se passe rien.

Ingeborg adopte une attitude pensive.

— J'ai peur aussi parce qu'il ne réagit pas.

— Tu ne voulais pas qu'il s'en aille tout de suite, quand même ?

La jeune Allemande ne sait pas à quel registre, l'ironie, la naïveté ou au contraire la clairvoyance, elle doit attribuer cette phrase.

— Demain, dans le train, ce sera terrible, lâche-t-elle alors qu'Adi revient avec son assiette pleine.

Les deux demoiselles se remettent à manger comme si de rien n'était.

Le patron de la cantine vient dans la salle avertir Rivier qu'il est attendu au téléphone. Il en est surpris, s'excuse auprès de ses voisins de table et le suit jusque dans la cuisine.

— M. Rivier ? C'est Rosine à l'appareil.

— Que se passe-t-il ?

— Un certain M. Chesny, qui m'a assuré être de vos amis, a appelé tout à l'heure à la mairie pour vous parler. Je lui ai dit que vous étiez à Châlons toute la journée.

— Oui, je devais le rappeler. Je le ferai plus tard.

— Il voulait savoir à quelle heure partait le train des Allemands, demain.

Rivier sent le sang refluer de son visage et ses jambes faiblir.

— Vous le lui avez dit ? lui demande-t-il en se forçant à sortir une tournure affirmative.

— J'aurais bien voulu, mais je n'ai pas pu. Dans le programme que vous m'avez laissé, il y a un point d'interrogation à la place de l'heure.

Ses poumons se défroissent subitement sous l'effet d'une profonde goulée d'oxygène.

— Ah, oui ! Je n'y ai pas reporté cette information. Vous en avez eu l'avant-dernière version.

— Voulez-vous me la donner, comme ça, je le rappelle tout de suite ?

— Non, je vais l'appeler moi-même, c'est gentil, Rosine. Je ne veux pas vous retenir plus longtemps, il vous faut fermer la mairie. Vous êtes déjà en retard.

— M. Chesny m'a fait promettre de le rappeler…

— Ne vous inquiétez pas, je m'en charge. C'est un ami.

— Vous connaissez son numéro ?

— Je l'ai en tête, dit-il, puis il ajoute, pour la rassurer : 08-01-73.

— C'est ça. Bon, alors je vous souhaite une bonne journée. Tout se passe bien ?

— Oui, tout se passe bien, Rosine, et merci beaucoup de m'avoir appelé !

— C'était Rosine, répond Rivier au regard interrogateur d'Espingeon, lorsqu'il revient s'asseoir. Elle cherchait un papier important resté sur mon bureau, s'excuse-t-il auprès de ses compagnons de table.

Ils ne sont pas seuls dans la cantine. Une centaine de travailleurs contribuent à alimenter le brouhaha. Réverbéré par le carrelage qui couvre à moitié les murs de la salle, il rend difficiles les conversations au-delà de son voisin direct. Espingeon et Rivier donnent le signal du départ.

Pendant que tout le monde sort ou se rend aux commodités, Rivier va régler la note avec le chéquier de la mairie. Claudine en profite pour venir discuter, seule, avec son père.

— Papa, il ne se passe rien, lui dit-elle d'une voix inquiète.

— Pas encore. Patience.

— Je n'en peux plus d'attendre. Je vais aller lui dire.

— Tu ne diras rien, lui enjoint-il.

— Laisse-moi être l'intermédiaire entre vous. Il n'est pas parti. Il est innocent !

— Claudine, je t'en prie, ne complique pas les choses. Tu patientes, sans rien dire ni montrer. S'il veut parler, il saura me trouver.

— C'est ton raisonnement qui complique tout, Papa !

Rivier vérifie la facture qu'on lui tend et remplit son chèque.

— Ce sera horrible demain ! le relance sa fille.

— On n'en est pas encore là… Zut ! Voilà, tu me fais

faire des bêtises, dit-il en déchirant le chèque mal libellé. Va rejoindre les autres. Tout de suite !

Elle n'insiste pas.

*

L'après-midi a été pensé pour en mettre plein les yeux à leurs hôtes avant qu'ils ne repartent. Le temps, fort heureusement, leur sourit. Le soleil brille sans que le mercure ne déborde plus des thermomètres comme en début de semaine. Toutes les conditions sont réunies pour profiter pleinement de la « croisière » sur le Mau et le Nau, ces deux petits affluents de la Marne qui serpentent dans la ville. Là encore, Rivier a fait jouer ses contacts pour obtenir les autorisations nécessaires. Dans certains secteurs, la voie n'est ouverte qu'en de rares occasions. Il a aussi fallu trouver suffisamment de barques pour accueillir tout le monde, une affaire qui l'a occupé pendant un nombre d'heures appréciable.

Jäger s'étonne du nom de la rivière, le Nau : eux aussi ont un « Nau », qui se jette dans le Danube à une trentaine de kilomètres de Riedenfeld. La coïncidence lui paraît remarquable, comme si les deux régions étaient prédestinées à s'unir.

Sept barques les attendent sur le Nau, dans le Petit-Jard, l'un des deux poumons verts de la cité. Chacune peut contenir jusqu'à huit passagers. On décide que les adultes s'y répartiront pour éviter que les jeunes chahutent, même si la croisière ne présente aucun danger. Au moment de monter, le hasard veut qu'Adi et Claudine prennent les deux dernières places d'une embarcation, laissant Ingeborg sur la grève. Ils en rient intérieurement en pressant leurs hanches l'une contre l'autre sur la planche rustique qui sert de siège. Ingeborg ravale sa salive et monte la première dans la suivante, avec cinq autres jeunes, plus Schultz et Kluge.

Rivier, quant à lui, embarque dans le canot qui ferme la marche, en compagnie des deux adultes restant, Thérèse et Mme Schneider.

Il faut refréner l'envie des garçons de faire une démonstration de force à chaque coup de rame. La ville doit s'admirer au rythme du faible courant qui les porte.

La promenade au fil des méandres les mène aux abords du cirque, magnifique bâtiment du siècle précédent, puis sous l'arche Mauvillain, un pont construit en pierre de Savonnières qui enjambe le Mau et servait de fortification au Moyen Âge. Au passage, ils peuvent imaginer, à l'écart entre les feuillures de pierre, la puissance de la herse qui s'y trouvait jadis. Rivier ne quitte pas des yeux le dos de Kluge, qui semble apprécier l'excursion : il tourne la tête à droite, à gauche, laissant son regard traîner sur des détails qu'il juge intéressants. Le temps qui passe n'a manifestement aucun effet sur lui, au contraire de Rivier qui sent son anxiété augmenter au fil des minutes. En même temps, que peut faire Kluge dans ces circonstances, sinon se laisser porter ?

Ils glissent ensuite à faible allure dans les jardins de la préfecture que rafraîchit le cours d'eau.

— On se croirait à Venise, commente Annette Schneider, qui n'y est pourtant jamais allée.

Au pont Putte-Savate, ils empruntent un tunnel par lequel le Mau disparaît sous la ville. Ils profitent de l'écho des voix de quelques beugleurs embarqués, bientôt imités par tous les lycéens. On voit un couple de ragondins effrayés fuir le long des murs cette agitation insolite. L'imposante silhouette de la collégiale Notre-Dame-en-Vaux fait baisser le volume sonore dès la sortie du tunnel.

On s'arrête de nouveau au pied de l'église pour en admirer les formes gothiques.

À mi-parcours, possibilité est donnée de changer de rameurs là où les jeunes le souhaitent. Certaines filles négocient avec les garçons le droit de s'y essayer. Ingeborg ne change pas de place. En revanche, Kluge vient s'asseoir à côté d'elle. Une fois la colonne repartie, il engage la conversation. Rivier observe la scène à quelques mètres, sentant que quelque chose se produit, enfin. Il ne perçoit que des bribes de mots échangés en allemand. Même s'ils parlaient en français, il ne réussirait pas à les comprendre.

La manœuvre à bâbord pour retrouver le Nau et s'engager dans la seconde moitié du parcours mobilise l'attention. Leur dialogue cesse. Mais il reprend tout de suite après. Les barques s'enfoncent sous le château du Marché, à travers une palissade en bois entrouverte pour elles. On a l'impression de pénétrer dans la gueule de Moby Dick à travers quelques fanons manquants.

Ils parlent toujours.

La connaissait-il avant ce séjour en France ? Qu'est-ce qui peut nourrir un si long échange ? Rivier cherche dans sa mémoire les moments où elle a été témoin de ses conversations avec Claudine. De quelles informations dispose-t-elle ? Qu'est-ce qu'elle peut lui dire… et ne doit pas lui dire ? Elle est au courant de ce qui se trame à propos du train du lendemain. Quelles conséquences, si elle le lui avoue ? Ne faut-il pas, d'un autre côté, qu'il sache qu'une épée de Damoclès pend réellement au-dessus de sa tête, que la lettre lui adressait une authentique menace ? Il tâche d'y réfléchir entre deux sollicitations de Mme Schneider : Thérèse ne peut pas (ou ne souhaite plus) répondre à toutes ses questions.

Lorsqu'ils remettent pied à terre, les adultes se rassemblent autour de Rivier afin de le remercier pour la magnifique excursion de deux heures, « le clou du séjour », à en croire Wohllieb. Les quelques Français présents, dont Dupré qui a passé une partie de son enfance à Châlons, se joignent à ces louanges, parlant de « privilège » et de « découverte complète ». Rivier se montre content que content de la satisfaction des visiteurs, mais s'empresse de leur rappeler qu'il faut se mettre en route pour attraper le train de cinq heures. En réalité, il a surtout hâte d'impulser le mouvement pour pouvoir mieux interroger Ingeborg.

La jeune Allemande n'attend pas qu'il effectue le premier pas. Dès que l'occasion se présente, c'est-à-dire lorsqu'elle voit Mme Schneider interpeller son mari et libérer sa place dans la colonne à côté de Rivier, elle se porte à sa hauteur.

Quand il la voit l'accoster, il suspend son souffle. D'un petit signe de tête, il l'incite à parler.

— Il m'a demandé est-ce que j'aime lire Agatha Christie ! lui annonce-t-elle à voix basse.

— Agatha Christie ?

— Oui. L'auteur des *krimis.*

— Nous y sommes, donc ! Et qu'est-ce que tu lui as répondu ?

— Que j'aime bien. Mais je crois qu'il a surtout vu que j'étais embêtée par la question. J'ai rougi.

— C'est normal, Ingeborg, il a voulu te tester. Si tu n'avais pas su pour la lettre, tu n'aurais pas réagi comme ça. Et ensuite, vous avez parlé de quoi ?

— Il a juste dit que dans *L'Homme dans le suit brun*, il y avait un grotte, et que le tunnel le lui faisait penser.

— *L'Homme au complet marron...* Je l'ai lu, mais je ne vois pas trop le rapport. Passons. Ensuite ?

— Rien, il a parlé de la semaine ici. Il m'a demandé mes impressions.

— Rien d'autre ? Est-ce que tu lui as dit quelque chose pour le train du retour ?

Avant qu'elle ne puisse répondre « non », Rivier voit Kluge tourner brièvement la tête dans leur direction. L'Allemand vient d'obtenir la confirmation visuelle de ce qu'il a deviné ; Rivier de même.

— Merci de m'en avoir informé, Ingeborg. Il va certainement revenir vers toi tout à l'heure pour savoir quand nous pourrons nous parler. Tu lui diras que ce sera chez le maire, pendant l'apéritif, d'accord ?

La demoiselle acquiesce. Elle part rejoindre Claudine quand il l'arrête.

— Encore une chose, Ingeborg. Pour qu'on se comprenne bien, j'ai besoin d'un interprète. Il n'y a qu'à toi que je peux demander ça…

— C'est OK, oui.

Elle retourne à l'arrière, affichant un grand sourire à l'adresse des deux amoureux. Claudine tente discrètement de lui soutirer un compte rendu de leur conversation. Ingeborg lui fait comprendre, non sans plaisir, que la présence d'Adi l'empêche de parler.

*

Les agneaux rôtissent tête à tête sur la même broche.

Deux ouvriers agricoles maghrébins qui travaillent pour Espingeon se relaient depuis trois heures pour faire tourner lentement les belles pièces au-dessus des braises incandescentes. La veille déjà, la cave avait été le théâtre d'une préparation à base d'ail, d'herbes aromatiques et d'épices qui avait embaumé les lieux. Ce n'était rien à côté du fumet dégagé par la viande dorée et la farce qu'elle renferme. Six heures ont à peine sonné, mais les premiers hôtes du jardin de La Grillette sentent que leur estomac en réclamera sans relâche jusqu'à obtenir satisfaction.

Les tables de kermesse ont déjà été dressées avec nappes et couverts. Pour l'apéritif, Jacqueline achève de préparer les amuse-gueule. La maîtresse de maison accepte que quelques invités volontaires se chargent de transporter les verres et sortent les premières bouteilles de champagne de leur bain glacé. L'ombre de la bâtisse commence à gagner les tables, ils peuvent donc les poser à l'abri du soleil en attendant qu'on les démuselle.

Rivier et les deux filles arrivent en vue de La Grillette sans avoir échangé une seule parole en chemin. À la maison, le ton était à nouveau monté. Les mots résonnent encore dans leur tête tandis qu'ils marchent d'un bon pas, en file indienne, au bord de la départementale. Rivier a dû batailler pour faire entendre à sa fille qu'elle ne pourrait pas assister à la conversation.

Il profitera du temps de l'apéritif pour s'éclipser dans le bureau avec Kluge et Ingeborg, comme le lui a suggéré Jacques Espingeon en apprenant, dans le train du retour, que le face-à-face aurait bien lieu.

Espingeon avait renoncé à y assister, certain que son absence se remarquerait. Il avait toutefois préconisé une présence masculine, une idée rejetée par Rivier. Personne d'autre, hormis les deux filles, n'était au courant, et le risque que la discussion dégénère lui semblait négligeable. Au pire, Ingeborg serait capable de donner l'alerte. En revanche, la présence de Claudine avait paru inutile à son père, et même nuisible à la sincérité de l'échange. Kluge se sentirait peut-être gêné d'évoquer certaines choses devant de jeunes oreilles. Celles de l'interprète se concentreraient sur les mots, moins sur le fond. Elles suffiraient. Kluge savait-il, par ailleurs, pour Claudine et Adi ? Rivier le croyait :

cela introduirait un biais supplémentaire. Et puis, Adi ne manquerait pas de s'inquiéter de son absence soudaine, se mettrait à la chercher... De la discrétion, du calme, pas d'interruption. Connaissant sa fille, il craignait en plus quelque perturbation susceptible de tout remettre en cause. Il n'avait guère argumenté quand elle avait appris et, évidemment, aussitôt contesté sa décision. Il mobilisait ses dernières ressources intellectuelles pour imaginer la scène à venir, et ne voulait pas perdre d'énergie à la convaincre. De toute façon, elle trouvait toujours réponse à tout. Le « non » net et définitif de son père avait déclenché chez elle une crise telle qu'Ingeborg avait rejoint sa chambre, à l'abri de la fureur de sa correspondante. La jeune Allemande sentait bien qu'un soupçon de jalousie vis-à-vis d'elle attisait les braises de sa colère. Elle avait jugé plus sage, cette fois-ci, de ne pas verser d'huile sur le feu.

Les vingt-cinq minutes de marche silencieuse ont tout de même permis de calmer les esprits. Les coups de sonnette d'une dizaine de loustics qui pédalent en direction de La Grillette leur arrachent un sourire. Mathieu trouve même le moyen de les faire rire en débarquant son correspondant du porte-bagages qu'il a bricolé à l'avant. Lorsque Adi en descend, il redémarre sur la seule roue arrière comme si son poids manquait à l'équilibre de sa bicyclette, cri de surprise à l'appui de sa démonstration. La voiture de Mercier, avec son épouse et les deux professeurs, klaxonne au moment de les dépasser. Quand ils arrivent enfin chez les Espingeon, la quasi-totalité du groupe est déjà présente, impatiente de faire sauter les bouchons.

La rumeur des voix fait descendre les Allemands de leurs quartiers. Le *Bürgermeister* et les conseillers se sont donné le mot. Tous portent en effet la cravate à laquelle ils ont collectivement renoncé dès le lundi. Mme Schneider a revêtu une robe de soirée et des bas Nylon tout neufs qu'elle étrenne pour l'occasion.

Voyant que le moment est venu de lancer l'apéritif, Thérèse demande à quelques garçons de déboucher les bouteilles et de procéder au service. Jacqueline se charge de circuler avec les plateaux couverts de canapés, rappelant à l'ordre les jeunes qui pensaient pouvoir en stocker impunément. Espingeon s'assure que tous les invités sont arrivés lorsque Wegenrein vient lui demander de dire quelques mots à l'assistance. Espingeon juge que le plus vite sera le mieux : après le discours, Rivier et Kluge auront le champ libre pour s'esquiver. Le maire en informe son ami juste avant que Wegenrein ne demande aux adultes allemands de le rejoindre. Il fait tinter sa coupe à l'aide d'une cuiller.

En fait, c'est Jäger qui prend la parole, traduit par Wohllieb.

— Comme je suis le plus âgé de la délégation de Riedenfeld, j'ai obtenu du Dr Wegenrein de vous dire quelques mots à sa place. Je l'en remercie.

Je suis né il y a soixante et un ans, en 1892. Au siècle précédent, en d'autres termes. En entendant cela, les plus jeunes parmi vous doivent me prendre pour un homme venu du temps de Néandertal... Le nombre d'années vous paraît grand maintenant, mais vous changerez d'opinion dans quelques décennies, quand vous aurez atteint mon âge et que vous vous retournerez sur votre vie. Je vous assure qu'elle vous semblera courte.

Quand j'étais adolescent comme vous, le monde me paraissait plein d'optimisme. Vous auriez dû voir les villes grandir et se transformer. Dans la mienne, à Munich, de nouveaux quartiers voyaient le jour, on créait des infrastructures pour se déplacer, faire du sport, profiter de la culture. La science et les techniques connaissaient un essor impressionnant. J'ai assisté aux débuts de l'automobile et de la motocyclette, j'ai connu les premiers avions, la naissance du cinéma, de la radio, du phonographe, j'ai vu l'arrivée de l'électricité dans les foyers... J'étais issu d'un milieu modeste. Mon père était ouvrier, ma mère couturière. Il leur fallait travailler dur pour gagner leur vie, mais ils le faisaient avec la conviction que l'avenir apporterait le meilleur, car le monde progressait, s'améliorait sous leurs yeux.

À l'âge de vingt ans, j'ai effectué mes deux années de service militaire. Je l'ai terminé en juillet 1914. En août, j'étais rappelé pour la mobilisation générale. Six années de ma jeunesse ont ainsi été englouties dans la plus improductive des activités humaines. Et la plus destructrice. Notre monde plein de promesses s'est écroulé une première fois, puis une seconde parce qu'on a voulu bâtir sur des ruines sans soigner les fondations.

Je voudrais vous parler, en cette soirée de fête, d'un épisode que j'ai vécu dans « ma » guerre, la première, et qui, rétrospectivement, prend un relief particulier à mes yeux. Je peux vous l'avouer aujourd'hui : je suis déjà venu en Champagne. C'était à la fin de 1914. J'étais l'un de ces millions de *Landser* qu'on a envoyés se battre dans le nord-est de la France. Croyez-moi, les conditions de séjour dans votre belle région ne ressemblaient pas à celles, si accueillantes, que vous nous avez réservées cette semaine. Non. Et dans les tranchées d'en face où se trouvaient les Français, non plus. Rassurez-vous, je ne vais pas vous couper l'appétit en me mettant à décrire la misère à laquelle nous étions tous réduits, à ce moment-là. Je veux vous parler en réalité d'un fait heureux au milieu de la désolation. Le 24 décembre 1914, j'ai serré la main de plusieurs Français, les premiers que j'ai eus à connaître dans ma vie. Nous avons échangé des cigarettes et les avons fumées ensemble. Et tous mes camarades en ont fait autant. Nous avons *fraternisé.* Vous n'imaginez pas le choc que j'ai ressenti alors. Les gars avec qui j'essayais d'échanger quelques mots me renvoyaient mon image comme si je me trouvais devant un miroir. On nous avait mis dans la tête que les Français étaient des lâches, des incompétents, des paresseux… Je me trouvais pourtant bien devant des types de mon âge, pour la plupart, et qui ne valaient pas moins que moi.

Ces sympathiques poignées de mains n'ont malheureusement pas duré. Les chefs des deux armées ont fait en sorte de ne plus les laisser se reproduire. Passons, là n'est pas mon propos. Me voilà trente-neuf ans après, toujours vivant, *invité* en France. Jacques et Thérèse – si vous me permettez cette familiarité – m'ont reçu sous leur toit, m'ont servi leur meilleur champagne, m'ont fait goûter aux plats français les plus savoureux, m'ont emmené visiter les plus belles curiosités de leur région. Nous avons parlé, ri, partagé beaucoup de choses. Leur générosité ne me donne qu'une envie : les accueillir à mon tour chez moi et leur rendre la pareille, si c'est possible !

Je me dis : que de vies sacrifiées, que de destructions, que de malheurs entre-temps pour arriver au même constat… Que de temps perdu entre 1914 et aujourd'hui pour prendre conscience que les rapports fraternels constituent l'état normal des relations entre voisins !

Je vous ai observés, jeunes gens, depuis que nous sommes arrivés ici. Je ne vous cache pas que je l'ai fait avec une pointe d'envie. Comme j'aurais voulu connaître la même expérience à votre âge ! L'histoire, j'en suis sûr, n'aurait pas emprunté les mêmes chemins… En même temps, je suis extrêmement heureux pour vous. Je suis un homme du passé. Je ne vous parle d'ailleurs presque que de lui. Mais quand je vous vois, je suis confiant dans l'avenir. Il ne peut sortir que du bon d'expériences comme celle que nous avons vécue ensemble cette semaine. En deux mots : *merci beaucoup* à nos amis français, et en particulier à Jacques et Thérèse, à M. Rivier et à M. Dupré. *Merci beaucoup !*

Il veut poursuivre, mais l'émotion l'empêche d'en dire plus. Tout le monde l'applaudit longuement, sourire aux lèvres, gorge serrée. En d'autres circonstances, Rivier aurait été gagné par les mêmes sentiments. Mais l'imminence du face-à-face accapare ses pensées.

Wegenrein juge utile de reprendre la parole :

— Il n'y a rien à ajouter au beau discours de mon ami Jäger, sinon pour vous adresser à tous une invitation officielle. Ce serait un grand honneur de vous recevoir à notre tour pour les fêtes de Noël. Riedenfeld, comme toute la Bavière, se pare de ses plus beaux atours à cette occasion, et nous serions très heureux de vous en faire profiter.

Tandis qu'Espingeon remercie ses hôtes à son tour, Rivier dirige son regard vers sa fille. Elle se réjouit tant de cette perspective qu'elle saisit la main d'Adi, malgré la présence de nombreuses personnes autour. Mais elle a bien compris que ce projet reste suspendu à la conclusion des minutes fatidiques à venir. C'est ce que son père lit dans ses yeux lorsqu'elle les lève vers lui.

Quand Espingeon termine sa brève intervention et que les convives convergent vers les tables pour se ravitailler, Rivier fait signe à Ingeborg que le moment est arrivé. Il n'a pas à lui demander d'aller trouver Kluge, ce dernier vient de lui-même à leurs devants.

Informée par Rivier, Ingeborg lui annonce qu'ils discuteront dans le bureau. Kluge acquiesce. Rivier est sur le point de les y emmener lorsque l'Allemand lui dit en français :

— Avec Adi, s'il vous plaît.

Cette demande surprend Rivier, qui ne peut qu'y consentir. Il attend une seconde que sa fille le regarde de loin pour lui faire signe de venir avec Adi. C'est donc à cinq, finalement, que la grande explication devra avoir lieu.

*

Comment a-t-on pu en arriver là ?

Comment ai-je pu en arriver là ?

Rivier déplace le fauteuil en cuir d'Espingeon pour le mettre au centre de la pièce, face à la seule chaise qui s'y trouve. Les jeunes vont devoir rester debout, pense-t-il, comme si ce détail importait. Il entend Adi demander à Claudine :

— Qu'est-ce qui se passe ?

Il a chuchoté, percevant de lui-même que ce curieux aparté nécessitait de mettre ses cordes vocales en sourdine. L'absence de réponse lui confirme son impression. Rivier sent le jeune Allemand froncer les sourcils et se raidir. Tout le monde se trouve maintenant au diapason.

Kluge saisit la chaise et s'y assoit. En prenant place à son tour, Rivier regrette aussitôt de ne pas avoir mis une plus grande distance entre les deux sièges. Leurs genoux se touchent presque. Mais il ne peut pas reculer. Il rêverait de s'enfuir pour échapper à ce moment qu'il a provoqué. Il se tient pourtant là, prisonnier de son tribunal improvisé et de sa boîte crânienne, face à la terrible responsabilité du jugement qu'il va devoir rendre. Traître au passé s'il se laisse berner ; traître à l'avenir s'il cède à la pression du doute et des apparences. Dans les deux cas, Rivier pressent qu'il ne s'en remettra pas. La digue rompra. Cette conscience le laisse sans ressort. La jauge d'adrénaline indique zéro. Pour la première fois depuis huit ans, il ne se sent plus capable de lutter. Il regarde Kluge sans le voir, tant son image paraît irréelle.

— Monsieur Rivier ?

La voix de Sigmar Kluge – si proche, trop proche – lui fait l'effet d'une décharge électrique et le ramène à la réalité.

L'Allemand le regarde d'un air scrutateur qui ne lui plaît pas du tout. Un vrai regard de psychiatre. L'homme censé être jugé, pourtant, c'est lui, c'est Kluge. Il attend manifestement une première question. Rivier ne sait que dire. Il a envie que ça commence vite. Le temps presse, certes, on attend son coup de fil à Paris depuis trop longtemps. Mais sa hâte vient surtout de son besoin d'abréger cette situation intenable.

Le moment de vérité est arrivé. Il faut sauter.

Il ne sait pas comment dire « Allez-y ! » en allemand. Il se contente de le lui faire comprendre d'un signe de menton.

Kluge s'exécute.

— *Ich bin es nicht.*

— Ce n'est pas moi, traduit Ingeborg.

Rivier sent son cœur fendre ses côtes. Il peine à garder son regard braqué sur son vis-à-vis. Tout son être réclame qu'on s'en tienne là, à ces quatre mots, simples comme une vérité libératoire. On se lève, on se serre la main, on s'excuse de la méprise, et on continue sans plus y penser, confiants dans l'idée que ça restera un *incident sans incidence*.

Mais il se rappelle immédiatement à l'ordre. Il se frotte le nez et se force, pour la première fois, à revoir la séquence. Le crachat de Georges Bernardot. La tache glaireuse qui se forme sur le col de l'uniforme de Jésus. Rivier regarde la clavicule droite de Kluge. Là, juste là.

Il se tient un mètre derrière Georges, aux premières loges pour assister à l'acte héroïquement suicidaire qui fige instantanément les corps de tous ceux qui trottinent déjà dans la colonne macabre. Le temps reste suspendu. Une éternité durant laquelle Rivier voit Jésus examiner l'avanie visqueuse. Se lever de sa chaise. Dégainer son arme. Pointer la tête effrontément droite de Georges. Se raviser au profit d'un coup de crosse rageur sur la tempe qui fait s'affaisser son camarade comme un chiffon. Il entend Jésus extraire le kapo de sa stupeur par quelques injonctions cassantes. Ce dernier s'agite, court, revient avec une pelle, creuse la terre avec frénésie aux pieds de Jésus, repart en vitesse, rapporte un pieu, approfondit le trou, y enfonce le bois, hisse le corps inanimé de Georges, l'attache tant bien que mal au poteau, et se redresse, face à son maître, dans un garde-à-vous plein de servilité craintive. Mais le regard de Jésus pèse maintenant sur lui, Rivier. Il entend encore quelques onomatopées incompréhensibles lui marteler les tympans. Il sent la main du kapo lui arracher la manche et l'entraîner au pas de course vers l'arrière du Block. Il se revoit, accroupi, obligé de puiser à pleines mains dans les latrines. Devoir barbouiller le visage de son ami inconscient avec l'immonde produit de la souffrance collective. Le dévêtir et, sous les yeux baissés d'un public résigné, effectuer trois allers-retours pour avoir de quoi lui souiller tout le corps. La besogne achevée, Jésus tourne les talons et s'en va. L'épuration est annulée. Tous les déportés du Block 63 ont le droit de rester en vie pour mieux voir l'un des leurs se dessécher au soleil de juillet 44, sous sa croûte envahie de mouches. Deux jours d'agonie sous la bonne garde du kapo et leurs regards impuissants. Jésus n'est jamais revenu se livrer à son sinistre tri dominical.

Rivier gratte dans cet épisode traumatique, tel un mineur à court d'oxygène qui dégage une voie d'air à grands coups de pioche. Ce n'est pas la haine qu'il espère trouver. Il s'en sait incapable. Ou alors elle se retournerait tout de suite contre lui-même, comme à Buchenwald, se transformant en un sentiment de culpabilité toxique. Non ! Il n'est plus question de haine ou de culpabilité, ces obstacles à la vérité et à la justice. Il convoque l'image de Georges pour affronter le passé, sans faux-fuyant, droit dans la mémoire. Le rappel intime de sa responsabilité morale lui offre un moyen, le seul qu'il trouve, de contrer son désir de croire Kluge sur parole.

— *Ich bin es nicht*, répète ce dernier.

Il livre maintenant sa vérité d'une voix qu'il voudrait posée, comme ses mains sur ses genoux. Mais Rivier note que les fins de phrase trahissent un souffle court. Lorsqu'il déglutit, il devine la salive épaisse. Des serpentins sombres sur sa chemise bleu ciel signalent les gouttes qui perlent sous ses aisselles et dégoulinent le long de ses flancs. Il s'efforce d'arrondir son allemand, comme s'il craignait que le heurt des consonnes le fasse basculer dans le précipice d'un jugement défavorable. Et quand Ingeborg prend le relais pour traduire ses propos, il braque sur son juge des yeux qui trahissent la crainte de ne pas être cru.

Rivier prend conscience que la tempête a changé de bord. Une sorte de calme inattendu s'empare soudain de son esprit. Il se sent comme dédoublé. Une partie de lui, celle qui cherche à comprendre et à juger sur pièces, reste à hauteur d'homme. Elle passe le récit de Kluge au crible de la vérité, ou du moins de la vraisemblance. Elle traque, dans chaque phrase prononcée par Ingeborg, l'incohérence qui la mettrait sur la voie. Elle pose des questions lorsque l'enchaînement n'est pas clair ou la traduction imprécise.

L'autre partie de lui plane au-dessus de la pièce. Elle se contente d'observer. Elle voit les larmes abondantes qui coulent sur les joues d'Adi. Elle sent la confiance chaude de la main de Claudine dans celle de son amoureux. Surtout, elle accueille la voix de Kluge sans chercher à comprendre les mots qui l'animent. Elle gage que la réponse se fera connaître par son accent. Elle croit au langage universel de la sincérité et du mensonge, aux ondes qui parlent à l'intuition. Rivier la laisse planer à sa guise, il l'encourage même, malgré cette petite voix intérieure qui l'accuse de naïveté. Il veut y croire de toutes ses forces, comme si une lumière venue d'en haut devait lui permettre de *savoir.* Une révélation qui emporterait son intime conviction. Il s'oblige à ouvrir son esprit comme il tendait sa gamelle, là-bas. Il ne s'agit plus de recueillir un fond de soupe, cette fois-ci, mais la ration de vérité qui lui permettra de continuer à vivre.

8

Vendredi 10 juillet

Le quai ne compte que le chef de gare et Rivier, ainsi qu'un couple de voyageurs inconnus. Les grandes affluences attendront la semaine suivante, lorsque le 14 juillet marquera le début des grands départs en congé. L'atmosphère est plus conforme à celle que Rivier y trouve les jours où il se rend à la préfecture. Ses deux semaines de vacances à lui prennent fin. Elles semblent n'avoir jamais existé. Il s'apprête à monter dans le train avec une fatigue bien pire que celle d'un vendredi normal. Une semaine de préparation intensive, puis six jours d'émotion, cumulés aux nuits incomplètes, l'ont vidé de son énergie. Ou presque. Il sait d'expérience que ce puits n'offre jamais de fond à qui veut en extraire encore et encore. La perspective de se confronter à ses anciens camarades de camp l'oblige à descendre son écope dans les tréfonds, en vue de l'ultime confrontation, la vraie peut-être. Mais il se promet déjà de passer son dimanche à dormir tout son soûl. Plus rien ne l'empêchera de trouver le sommeil.

Le train arrive en gare. Les wagons défilent à faible allure. Rivier aperçoit Martineau derrière la vitre, qui balaie le quai du regard et déjà devine un problème. Sous peu, la surprise se muera en accusations et en invectives, c'est inévitable. Rivier se dirige vers le wagon où sont assis ses camarades et y monte sans se presser. Il s'étonne de sa propre sérénité, non feinte. Sa conscience et sa conviction constituent le meilleur des boucliers.

Ils sont cinq dans le compartiment. Tous debout. Et pas pour le saluer. La question fuse.

— Il n'est pas là ?

— Je vais vous expliquer.

— Marcel, reprend Chesny, qu'est-ce que c'est que cette plaisanterie ?

Rivier ferme la porte coulissante, s'assied. Et lâche la nouvelle.

— Il est déjà parti !

Tous s'agitent, incrédules. « Quoi ! », « Quand ? », « Comment ? », « Et les jeunes ? ».

— Asseyez-vous, asseyez-vous s'il vous plaît. Je vais tout vous expliquer.

Ils sont suspendus à ses lèvres, en arrêt. Sous le choc, ils n'ont pas la présence d'esprit de descendre séance tenante, même s'il ne sert plus à rien de poursuivre le voyage dans ce sens. Le coup de sifflet qu'attend Rivier retentit. Il sait qu'il dispose maintenant de près de trois quarts d'heure avant la halte à Châlons pour apaiser la fureur naissante de ses compagnons de voyage.

— Hier, j'ai eu une longue discussion avec Sigmar Kluge. Il n'est pas Jésus.

— Mais qu'est-ce que tu nous chantes, Rivier ? On l'a tous reconnu, toi compris !

— Il m'a convaincu que ce n'est pas lui.

— Attends ! Tu es en train de nous dire que tu nous

as communiqué un faux horaire, en toute connaissance de cause ?

Rivier se tait, confirmant ce qu'ils ont tous pressenti. Il déclenche sur sa tête un tombereau de grossièretés. S'ensuit un silence abasourdi.

— Kluge a bien été SS. Il me l'a avoué. Mais pas à Buchenwald.

Rouge d'avoir ravalé sa colère, Martineau prend le relais de Chesny, qui s'est affaissé sur son siège :

— Kluge, sosie de Jésus ; Kluge, SS comme Jésus ; mais Kluge *nicht* Jésus ? ironise-t-il, la mâchoire serrée.

Rivier temporise pour laisser la tension revenir à un niveau qui lui permette de s'exprimer.

Ce temps mort fait brusquement sortir Chesny de sa léthargie :

— Parle donc, puisque tu nous as tous fait venir de Paris pour t'écouter !

Il laisse encore quelques secondes s'écouler pour remettre de l'ordre dans ses idées.

— Sigmar Kluge est né dans la partie tchèque de l'Autriche-Hongrie. C'est un Allemand des Sudètes. À la création de la Tchécoslovaquie, en 18-19, il avait quatorze ans. Il m'a raconté qu'il avait été très frappé par le mécontentement de ses proches à l'idée de devoir quitter le giron autrichien pour être gouvernés par des Slaves. C'est à cette période que remontent ses premières lectures pangermanistes. Comme les siens – même s'ils parlaient tous tchèque couramment –, il rêvait de pouvoir un jour rejoindre à nouveau un grand empire germanophone. Il a fait des études de médecine à l'université allemande de Prague, où il a adhéré à une association estudiantine bien ancrée à droite. De fil en aiguille, il a connu des activistes du Front patriotique sudète, qui l'ont convaincu de militer dans ses rangs. En 33, quand Hitler est arrivé au pouvoir en Allemagne, il venait de terminer sa spécialité. Dans son milieu et dans les cercles qu'il fréquentait, voir Hitler à la chancellerie soulevait un nouvel espoir. À Prague, au contraire, le gouvernement redoublait de méfiance vis-à-vis des partis pro-allemands comme celui de Kluge. Il y a eu des pressions politiques, des intimidations. Kluge s'est senti menacé personnellement. Il est parti s'installer à Munich, où il a trouvé un emploi d'assistant à l'université.

Il y a connu sa femme, qui est d'origine bavaroise. Ils se sont mariés, et au début de 1935 est né leur premier enfant, Adolf – le jeune Adi que tu as rencontré à Reims, Paul. Inutile, donc, de préciser de quel bord politique était Kluge à ce moment-là. Comme beaucoup de médecins, il a adhéré au parti nazi. Certains le faisaient par opportunisme professionnel. Lui ne m'a pas caché l'avoir fait par conviction. Il est même devenu membre de l'Allgemeine-SS. Il m'a expliqué que cette branche de la SS regroupait en quelque sorte la réserve de l'organisation. Il ne portait pas l'uniforme et n'a pas travaillé formellement pour elle avant la guerre. Dans la seconde moitié des années 1930, il devient directeur médical adjoint d'un hôpital psychiatrique à Munich.

Quand la guerre éclate, il est mobilisé. Il est versé dans les troupes sanitaires de la Wehrmacht en Pologne. Mais il est très vite rappelé pour être employé dans le cadre d'un programme médical secret. Il s'agit de donner la mort à tous les patients des hôpitaux du Reich qui souffrent d'une maladie incurable, d'un handicap mental ou physique, ou d'une pathologie psychiatrique. Il fait partie d'un groupe d'experts chargé d'en définir les modalités puis de sélectionner les malades qui seront euthanasiés. Il m'a raconté avoir baigné, durant ses études, dans cette idéologie d'hygiène raciale.

Il a suivi des cours sur l'hérédité des maladies mentales. L'idée de sélection n'avait rien de tabou dans les milieux médicaux. On stérilisait les handicapés mentaux en Allemagne comme ailleurs. Kluge est entré sans problème dans la logique d'une mise en application plus générale de ces principes, il me l'a confessé sans détour. Des dizaines de milliers de vies ont ainsi été ôtées dans les hôpitaux allemands. Avec son concours.

Jusqu'au jour où sa sœur accouche elle-même d'un enfant ayant un retard mental. On est à l'automne 41. Durant l'été, les protestations d'un évêque allemand contre ces pratiques les font connaître à l'opinion publique, qui s'en émeut. Hitler fait suspendre le programme. Pour les adultes, mais pas pour les enfants. Kluge sait ce qui va arriver au bébé de sa sœur, contrairement à elle. La situation le frappe d'autant plus que sa propre femme a mis au monde un troisième enfant quelques mois auparavant.

Cet événement a changé le cours des choses pour Kluge. Il prend conscience de son aveuglement. De l'horreur de ce que produit le nazisme. Il se sent soudain pris au piège d'un système auquel il a adhéré et même contribué, à son niveau. Il ne sait pas quoi faire. Il décide d'alerter le même évêque, par des voies détournées, de la poursuite en secret du programme avec les enfants. Le message est intercepté par la Gestapo. Une enquête est lancée. On le soupçonne. Il nie malgré des interrogatoires musclés. Faute de preuve, il échappe à l'exécution. Mais on l'envoie sur le front russe, ce qui revient au même. Il y passe un an comme médecin, en première ligne. À Stalingrad, il est lui-même grièvement blessé au ventre par un obus. Il bénéficie d'une évacuation dans les derniers jours où la Luftwaffe assure encore un pont aérien. Il est soigné et guéri dans un hôpital à Dresde.

Mais il est rattrapé par son affaire de trahison. Il n'était pas censé rentrer d'URSS dans l'esprit de ceux qui l'y ont envoyé. Dans la confusion de Stalingrad, il est sauvé par son tatouage de SS, car on l'a cru prioritaire pour le rapatriement sanitaire. À Dresde, le chirurgien qui l'opère le lui enlève, pour qu'il ne bénéficie pas deux fois d'une heureuse méprise. C'est ce qui lui permet de survivre à la suite. Tout d'abord dans la prison, une sorte de maison de redressement si j'ai bien compris, où l'envoie la Gestapo après sa convalescence : cela lui évite de connaître des traitements spéciaux de la part des autres condamnés aux travaux forcés, beaucoup de soldats de la Wehrmacht punis qui ne détestent rien plus que les SS. Puis au moment de l'évacuation de la prison : en mars 1945, tous les prisonniers sont transférés dans le camp de concentration de Mauthausen. Kluge y reste deux mois, jusqu'à ce que les Américains arrivent. À la libération du camp, ils inspectent les aisselles, comme à Buchenwald. Ils ne voient pas la petite cicatrice sur sa peau. En deux ans, elle a quasiment disparu. Au moment de la capitulation allemande, il rentre tout simplement chez lui, à Munich. Il ne se cache pas, il ne change pas d'identité. Il n'est pas inquiété par la justice militaire américaine pour son ancienne appartenance à la SS.

De son côté, il considère qu'il a payé pour ses errances passées. Il m'a assuré que Stalingrad, les travaux forcés et son court séjour à Mauthausen l'ont vacciné à jamais contre le nazisme. C'est d'ailleurs pour cela qu'il s'est présenté aux élections dans sa ville. Il adhère à un parti qui n'est certes pas de gauche, mais qui est attaché à la démocratie. C'est aussi pour cela qu'il est venu en France dans le cadre du jumelage avec Saint-Victor. Il considère que la réconciliation franco-allemande est une chance pour l'avenir. Il a voulu absolument que son fils aîné y participe.

Kluge n'est pas celui que l'on croyait, mes amis. Ma conviction date d'hier soir. Il était trop tard pour vous la faire partager.

— Bourreau puis victime... s'exclame Chesny en prenant un air entendu. C'est très habile de sa part. Il t'a raconté la belle fable que tu voulais entendre, ton psychiatre !

— Non, je ne crois pas, répond Rivier avec calme, sans prêter attention à la provocation. Je ne doute pas de sa sincérité. J'ai de bonnes raisons pour cela.

— Ah bon ? Lesquelles, alors, hormis ces belles paroles ?

— Durant l'entretien, il a déboutonné sa chemise. Il m'a montré sa cicatrice au ventre. Une vraie. Longue de vingt bons centimètres. Et la toute petite marque à l'aisselle.

— Mais qu'est-ce qui te dit que la blessure au ventre n'est pas le résultat d'un simple accident de vélo dans les rues de Prague ou de Munich ? Qu'il n'a pas fait effacer son tatouage après la guerre, précisément pour ne pas être attrapé ?

— Il n'aurait pas gardé son nom de famille.

— Là encore, c'est lui qui te le dit !

— Son fils était présent durant l'entretien. Il m'a certifié s'être toujours appelé Adi Kluge.

Rivier ne précise pas qu'il ne lui a pas posé la question. Le jeune homme a pleuré durant toute l'entrevue ; des larmes qui authentifiaient les dires de son père. Il évite de donner cet argument qu'ils interpréteraient dans un sens contraire.

— C'était un môme en 45 ! reprend Chesny. Ses parents lui ont peut-être mis un autre nom en tête.

— C'est Kluge qui a insisté pour que son fils entende son témoignage. Il ne lui avait jamais parlé de tout cela auparavant. Il s'est confessé, messieurs ! Il a dit qu'il s'était lourdement trompé, et que ses fautes continuaient de hanter ses nuits. Un père ne se livrerait pas à une telle parodie si l'objectif n'était pas de se confesser pour de vrai, pour de bon. J'ajoute que deux autres personnes étaient présentes : ma fille et sa correspondante allemande, qui traduisait son témoignage. Si vous y aviez assisté vous aussi, vous auriez senti qu'il ne pouvait pas jouer la comédie.

— Sauf s'il s'entraîne depuis huit ans, relève Martineau. Il y a des mythomanes qui t'arracheraient des larmes en te parlant de leur passé.

— Un menteur ne demanderait pas pardon comme il l'a fait.

— Il a demandé pardon ? bondit Chesny. Pardon à qui, pardon pour qui, bon sang ? C'est un comble ! C'est immoral !

— Tu lui as accordé ton pardon ? renchérit Martineau en insistant sur chaque syllabe.

Rivier marque un temps en balayant du regard les visages de ses interlocuteurs, penchés en avant comme s'ils allaient se ruer sur lui.

— Quand il a prononcé ce mot, commence-t-il posément, sa voix s'est brisée. En même temps, j'ai ressenti en moi une immense chaleur.

— Arrête, Marcel, arrête ! hurle Chesny en l'agrippant violemment par le col de sa chemise pour le mettre debout à sa hauteur.

Rivier ne se laisse pas démonter par la perspective de se prendre un coup de poing ou de tête. Il souhaiterait même que Chesny libère physiquement sa rage contre lui pour pouvoir ensuite mieux l'écouter. Il poursuit, avec le filet de voix qui passe encore par sa gorge :

— Ses yeux portaient sa demande, les miens lui ont donné ma réponse. Je n'ai pas eu besoin de l'exprimer par des mots. Je ne me suis pas prononcé à la place ou au nom d'autres personnes.

Avec tout le dégoût que sa bouche peut exprimer, Chesny le repousse sur la banquette.

— Bordel, mais qu'est-ce que c'est que cette thérapie ? dit-il en faisant un effort pour empêcher sa voix de défaillir. Ta réaction est une insulte ! Vis-à-vis des victimes, vis-à-vis de nous ! Pense à Georges, Marcel. Ne me dis pas que cette image s'est effacée de ton cerveau. Ce sadique l'a fait crever comme un chien ! Et c'est toi, Marcel, qui as été désigné par Jésus pour l'enduire de merde de tes propres mains, qui te dis prêt à passer l'éponge ? S'il y en a un parmi nous qui avait le *devoir* de faire justice, c'était toi ! Il ne peut pas être question de pardon.

Secoué dans tous les sens du terme, Rivier rajuste sa chemise et ses idées.

— Je te le répète, Paul : ce qui s'est passé avec Kluge ne concerne que moi. Je n'ai pas arrêté de penser à Georges cette semaine, et si je…

— Mais en attendant, l'interrompt Chesny, Jésus part avec ta bénédiction. Et nous, non seulement tu te débrouilles pour nous laisser le bec dans l'eau, mais tu te permets en plus de venir nous narguer avec tes niaiseries. Tu me déçois profondément Marcel. Après ce qu'on a traversé ensemble…

— Je sais d'où vient ta colère, Paul, je le sais bien. Mais laissez-moi vous dire encore ces quelques mots. Depuis huit ans, j'essaie de tourner la page. J'ai compris cette semaine que toute l'énergie que j'ai mise à oublier n'a rien réglé. Les souvenirs se condensaient au fond de moi et n'attendaient que la première occasion pour s'échapper, comme le gaz d'une poche. Kluge est venu la percer, bien malgré lui. S'il avait été Jésus, les choses se seraient passées différemment, je vous le jure. Mais j'ai l'intime conviction que ce n'est pas lui, et j'aurais voulu réussir à vous la faire partager. Libre à vous de poursuivre les investigations sur son compte à l'aide de tous les éléments que je vous ai donnés. Pour ma part, je m'arrête là.

— Poursuivre, poursuivre ! Elle est bien bonne, celle-là ! On le tenait, et tu l'as laissé s'enfuir, tu te rends compte de la responsabilité que tu prends avec tes certitudes à la con ? Maintenant, ça va être mille fois plus compliqué. On n'aura sans doute pas de seconde chance, tu le sais bien... Il va pouvoir nous narguer depuis l'autre côté de la frontière, comme les bourreaux d'Oradour... Tu veux connaître ma conviction à moi ? Tu t'inventes des raisons parce que tu n'as pas eu les couilles d'aller jusqu'au bout. Tu as voulu sauver ton foutu jumelage, c'est ça la vérité. Ton gaz t'a explosé à la figure, oui, et t'a fait perdre l'entendement ! Ça me donne à moi l'envie de t'exploser la tête !

Il sort brusquement le pistolet de sa veste et le braque sur Rivier.

Kowalski et Martineau ont le réflexe de se lever et de lui faire baisser son arme.

— Je lui ai sauvé la vie à ce salaud, je peux la lui reprendre si je veux, crie-t-il, la voix cassée de rage et de dépit.

— Assieds-toi Paul, ça ne servirait à rien, lui assure Martineau en le poussant calmement mais avec fermeté pour qu'il reprenne place sur la banquette.

Rivier prend une profonde inspiration. Il fait une dernière tentative, moins peut-être vis-à-vis de ses cinq anciens compagnons de déportation que pour lui-même, afin de ne pas perdre le fil de cette espérance née la veille au soir.

— Quand il a demandé pardon, je me suis senti guéri. Cela n'effacera rien de ma mémoire, mais je sais maintenant que je peux vivre sans enfouir mes souvenirs, sereinement. Le temps est un remède à la douleur, on le sait bien, mais pas à n'importe quelles conditions. Je respecte les parents des victimes d'Oradour qui plaçaient leurs espoirs dans le procès du début d'année, mais je crains que cet épisode judiciaire n'ait contribué qu'à renforcer leur douleur. Je respecte leur décision de bâtir un nouveau village à côté de celui qui désormais servira de témoin du martyre, pour ne jamais oublier l'horreur du massacre, mais je crains que ces ruines du passé n'empêchent désormais ses habitants de retrouver le goût de vivre. En ce qui me concerne, je refuse l'obsession.

Il déglutit et conclut :

— J'ai écouté longuement hier un Allemand qui a certes été un salaud, mais qui s'est lui-même débarrassé de ses démons en payant le prix fort pour cela. Devant son fils, devant deux jeunes filles qu'il connaît à peine, il s'est livré, il s'est mis à nu, il a demandé pardon comme on le fait au confessionnal pour que les mots résonnent jusqu'aux oreilles des victimes. Il n'attendait pas de réponse de ma part. Mais il savait – oui, certainement ! –, il savait que ce simple mot me délivrerait du passé. Je ne lui ai pas dit que je lui pardonnais, cela n'aurait eu aucun sens. Je l'ai remercié, simplement.

*

— Et après ça, ils ne t'ont plus adressé la parole, devine Claudine au long silence de son père.

— Non, en effet, soupire-t-il. Pas un mot ni un regard jusqu'à l'arrivée à Châlons. Avant de descendre, je leur ai proposé de les inviter à boire quelque chose en attendant le premier train en sens inverse. C'était bien le moins que je puisse faire. Mais Paul m'a répondu que ça le dégoûterait d'être traité comme un SS à la retraite ! Il a craché par terre, et il est parti sans se retourner.

Claudine met sa main sur la sienne.

— Il n'y a que Bergeron, ajoute-t-il, qui m'ait dit au revoir avant de le suivre.

— Ça en fait un qui a compris. Les autres finiront par y arriver, Papa.

— Oui, dit-il pensivement. Je le souhaite. Moins pour moi que pour eux.

— Moi, je suis heureuse et fière que tu aies réussi à faire tout ça.

— Tu es bien indulgente, ma fille. Je me suis mis dans la panade tout seul. Pour peu, je provoquais une catastrophe. Et tu n'aurais pas été la dernière à m'en vouloir...

— Tu as agi du mieux que tu pouvais, Papa. Tu n'as pas inventé la ressemblance entre M. Kluge et le SS de Buchenwald. Mais toi, au moins, tu as su garder la tête froide. Et puis, il fallait que ça sorte un jour !

Son père la regarde avec étonnement.

— Je veux dire : ce passé était tellement lourd. Tu n'avais jamais voulu m'en parler. Et là, tout est sorti. Ça a été dur, bien sûr. Je t'ai senti très mal toute la semaine. Mais maintenant, tu es soulagé. En tout cas, moi, je le suis pour toi. Et pour Adi et son père, d'une certaine manière. Parce que, eux aussi, ils ont pu repartir plus légers.

Il sourit, et lui caresse la joue du dos de la main. Elle voit si juste, même si ses réflexions sont encore un peu désordonnées et naïves. Il sait bien, lui, qu'il va maintenant devoir décanter l'épreuve des six derniers jours. Un nouveau travail sur lui-même commence. Différent de celui qu'il a accompli depuis son retour d'Allemagne, mais peut-être avec de meilleurs résultats. Il ne souhaite pas trop y penser maintenant, cela lui coûte déjà trop d'énergie. Ce sera un sujet à aborder dès le lendemain, dans la lumière ensoleillée de l'aube, avec un café, se promet-il. Sans faute. Il ressent même de la hâte à l'idée de ce rendez-vous avec lui-même.

— Tu me pardonnes, Papa ?

— Te pardonner ?

— Oui. J'ai poussé le bouchon un peu loin ces derniers jours, vis-à-vis de toi je veux dire…

— Tu as bien fait, ma chérie. Je sais bien que tu l'as fait pour moi.

Il ajoute, sur le ton de la confidence :

— Ta mère n'aurait pas agi différemment.

Le compliment la fait fondre en larmes. Elle se jette dans les bras de son père.

— J'aimerais tellement t'aider à oublier tout ça…

— Je sais, mon cœur, je sais, la rassure-t-il par-dessus son épaule. Et tu y as contribué, cette semaine. Grâce à M. Kluge, bien malgré lui, et surtout grâce à toi, j'ai été forcé de regarder les choses en face. Je sens que c'est le début d'une autre approche… J'aimais bien la méthode Coué. Désormais, j'appliquerai plutôt la « méthode Claudine ».

Elle rit, les yeux baignés de larmes.

— Tu viendras, à Noël ? lui demande-t-elle sans détour, comme pour tester sa bonne résolution.

— Oui… Si tu veux bien que je t'accompagne.

Remerciements

À Jean-Pierre Menu, Michel Jans, Dieter Stöcklin, Ingeborg Christ et Bernadette Dedon : ils/elles m'ont fait part avec générosité de leur expérience du jumelage entre Épernay et Ettlingen, commencée en 1953 à l'invitation des Allemands, et qui connaît aujourd'hui encore une belle vitalité. L'atmosphère créée dans ce roman doit beaucoup à leurs précieuses informations.

À Philip Grant, directeur de l'ONG Trial international de lutte contre l'impunité des crimes internationaux : il m'a encouragé à développer cette histoire qui pourrait se décliner aujourd'hui dans bien d'autres lieux.

Au professeur Didier Rebut, qui m'a appris que, contrairement à ce que pense Rivier, la situation de « Jésus » aurait relevé de la justice pénale française en application de l'ordonnance du 28 août 1944 relative à la répression des crimes de guerre, même si ces crimes ont été commis hors de France.

À Anne Geisendorf, dont les encouragements amicaux m'obligent à aller au bout de mes projets d'écriture.

À Guillaume Rihs, Johannes Lackner, Mélanie Chappuis et Monique Berthollet-Montavon : leur relecture éclairée et heureusement sans concession m'a forcé à « tuer mes chéries », suivant le sage conseil de Stephen King.

À Cécile, ma femme, ma compagne d'intuitions.

Achevé d'imprimer en février 2019
sur les presses de la Nouvelle Imprimerie Laballery
58500 Clamecy
Dépôt légal : mars 2019
N° d'impression : 902286

Imprimé en France

La **N**ouvelle **I**mprimerie **L**aballery est titulaire de la marque Imprim'Vert®